KB262280

빚은 길을 가는 사람을 저버리지 않는다

빚은 길을 가는 사람을 저버리지 않는다

빛은 길을 가는 사람을 저버리지 않는다

초판1쇄 인쇄 2024년 11월 15일
초판1쇄 발행 2024년 11월 28일

지은이   이순자
펴낸이   이대현
편집   이태곤 권분옥 임애정 강윤경
디자인   안혜진 최선주 강보민
마케팅   박태훈 김동건

펴낸곳   도서출판 역락
출판등록   1999년 4월 19일 제303-2002-000014호
주소   서울시 서초구 동광로 46길 6-6 문창빌딩 2층 (우06589)
전화   02-3409-2060
팩스   02-3409-2059
홈페이지   www.youkrackbooks.com
이메일   youkrack@hanmail.net

ISBN   979-11-6742-871-4 03810

* 정가는 뒤표지에 있습니다.

* 잘못된 책은 바꿔 드립니다.

이순자
수필집

빛은 길을 가는 사람을 저버리지 않는다

역락

가족사진

수필가 이순자, 2022.3.

수상 소감 말하는 필자

    빚은 길을 가는 사람을 저버리지 않는다

부모님 산소에 성묘하러 갔다고 오는 길에 형제들과 함께
(왼쪽으로 두 번째가 필자, 1985년 가을)

셋째 약혼 기념으로 찍은 가족사진
(제일 뒷줄 오른쪽으로부터 세 번째 빨간 옷 여성이 필자, 1982년 겨울)

장떡 벤또밥의 소재 내원 사진, 필자가 12세 때의 사진
(오른쪽이 필자)

길림성 오림중학교 중학교 졸업사진
(두 번째 줄 왼쪽으로부터 세 번째가 필자, 1974년)

   빛은 길을 가는 사람을 저버리지 않는다

여수 앞바다 이순신 장군 동상 앞에서
남편과 함께(2024년 3월)

2024년 봄 한국에서 언니와 꽃구경하다

개국 70주년 맞이 문학포럼
(앞줄 오른쪽 세 번째가 필자, 2019년 7월, 대련민족대 문화강당)

순자어부촌 앞
(오른쪽으로부터 네 번째가 필자, 2020년 9월)

제35회 교사절맞이 문필회에서 시낭송하는 작가
(시골집정원에서, 2020년 9월)

교사절맞이 문학 좌담회에서 전통문화 찰떡치기 체험

　　　　　　　　　　빛은 길을 가는 사람을 저버리지 않는다

수필작품교류회
(앞줄 왼쪽 첫 번째가 필자)

시가작품교류회
(앞줄 왼쪽 두 번째가 필자, 2022년 6월)

수필작품 교류 및 김치문화 체험
(광대식품에서, 앞줄 오른쪽 세 번째가 필자, 2022년 6월)

3.8 여인의 날 윷놀이 문화체험 수상
(왼쪽 두 번째가 필자, 2022년 3월)

                    빛은 길을 가는 사람을 저버리지 않는다

3.8 여인의 날 웇문화 체험 및 건강강좌
(뒷줄 오른쪽 두 번째가 필자, 2022년 3월)

제2회 문학상 북경 동계올림픽컵 시상식 단체사진
(서교골프장, 앞줄 오른쪽 네 번째가 필자, 2022년 8월)

제2회 대련조선족 문학회 북경올림픽컵 문학상 동상 수상
(오른쪽 세 번째가 필자, 2022년 8월)

제1회 청도조선족작가협회와 한국문학생활회 문학세미나
(오른쪽으로부터 첫 번째가 필자, 2023년 11월)

빛은 길을 가는 사람을 저버리지 않는다

제2회 한중 문학 세미나
(뒷줄 오른쪽 다섯 번째가 필자, 2024년 6월)

제2회 한중 문학 세미나
(앞줄 오른쪽 두 번째가 필자, 2024년 6월)

제1회 영성컵 문학상 시상식 공로상 수상
(오른쪽 세 번째가 필자)

서울 책고리 이야기 스토리에서 공부하는 작가
(뒷줄 오른쪽 두 번째가 필자, 2024년)

      빚은 길을 가는 사람을 저버리지 않는다

배움이 열어준 가능성, 그리고 보람

남춘애 교수[*]

우리는 AI가 인간 삶의 일상을 지배하려고 눈치를 엿보고 있는, 말하자면 사람 반 기계 반인 시대에 살고 있다. 이 같은 시대의 걸음을 같이 하느라 사람들의 심신은 급하고 복잡하고 고단해졌다. 이순자 작가의 수필 작품집은 바로 이러한 시기에 포근한 영혼적 자세로  우리들의 곁에 왔다. 이 수필집의 출간으로 이순자 문학인은 이제 진정한 작가의 반열에 서게 된다. 수필집 『빛은 길을 가는 사람을 저버리지 않는다』의 출간에 진심된 축하

---

[*]   현재 산동 외국어대학교 교수로 재직 중.
   문학박사, 교수. 내몽골 출신. 연변대학 조문학부 졸업. 고등학교 국어 교사. 대한민국 충남대학교 문학박사. 미국 국제 선진 학교 교사. 대련민족대 외국어대 교수(2023년 퇴직). 대련 조선족문학회 회장(역임). 대련 안중근 연구회 부회장(역임).
   논문 및 저서 : 국제논문: 40여 편 발표, 학술 저서 2부 출간, 번역서 1부 출간. 편저 대련 조선족 문학 작품집 1권 2권 발행 편집 출간.

의 메시지 보낸다.

스토리텔링이 부각되면서 이야기성을 갖춘 수필 문학이 타 장르들에 비해 점점 위치 부상을 하고 있다. 수필이란 문학 장르는 품이 넓어 모든 이야기를 담을 수 있는 큰 그릇이 되면서도 또 자잘한 이야기를 아기자기 나누어 담을 수 있는 작은 그릇이기도 하다. 바꾸어 말하면 3~5분이면 다 읽을 수 있는 짧은 글에다가도 개인적인 것을 비롯해 시대적 흐름까지를 주름 잡을 수 있는 것이 수필이라는 말이 된다. 이순자 작가는 이런 수필 쓰기에 남다른 애정을 가지고 비었던 삶의 구석을 채우는 일로 보람된 삶을 만들어 가고 있다. 정확히 말해 이순자 작가는 2020년 첫 수필 데뷔작이 있은 후부터 지금까지 쉬지 않고 글쓰기 코스를 달려왔고 그 와중에 여러 번 반짝 기쁨을 챙겼다. 양변이 질변을 가져온다는 철학을 그대로 실천하여 지금은 이렇게 수필 작품집을 내는 데까지 이르렀다.

사실 개인 수필집을 출간한다는 것은 단순히 글을 쓰는 것 이상의 용기를 필요로 한다. 수필 문학의 특징상 먼저 진실성을 앞세운다. 그러니 수필집을 낸다는 것은 자신의 희노애락 이야기를 세상의 좌판에 펼쳐 놓는 일로, 진실된 나눔의 과정이다. 이순자 작가의 수필을 읽으면서 삶을 받쳐주는 가장 큰 힘이 되는 부분은 삶의 진실에 있고 또 그 진실을 나누는 일에 있구나 하는 느낌을 진하게 받았다. 「장떡 벤또밥」, 「빛 바랜 읽기책」,

    빛은 길을 가는 사람을 저버리지 않는다

「고등어 조림」, 「덕수궁 약장사」, 「배추시래기밥」, 「아들 등에 업혀 만리장성에 오른 어머니」 등등… 작품집 한 페이지 한 페이지씩을 넘기다 보니 원초적인 인간 정나미들에 마음이 저절로 씻기는 감이 온다. 또 작가가 걸어온 60여 년 인생길을 함께 걷고 작가가 느꼈던 기쁨과 슬픔조각들을 공감하게도 된다. 그의 글은 나에게 학교의 찌그러진 용광로에서 쇠붙이를 녹이고, 광활한 농촌에 내려가 대체를 따라 배우고, 꽁꽁 어는 한겨울에도 황무지 개간에 땀 흘려야 했던 시대적 애환도 함께 읽게 했다.

이 수필집은 개혁개방을 맞이하여 현유 삶에 변화를 만들고자 혼신을 다하는 그 구석구석들에 슴베인 땀, 아픔, 방황, 노력, 출국꿈, 실패, 도전, 배움, 발전, 환희…… 등의 수많은 삶의 순간들과 조각들에 의해 안팎이 장식되어 있다. 이 부분은 이 작품집의 주류 내용들로 나라의 발전이자 가족의 발전이고 나의 변화와 성장이 되는 과정이었다. 작품집에는 이 3자가 한데 녹아 있어 수필이 완성해야 할 차원 업그레이드를 자연스럽게 소화해 냈다. 그리고 그 어떤 경우가 와도 내 길을 열어 가고야 마는 곧고 굳센 극복의 의지와 웃음을 잃지 않는 작가 심중의 긍정적 에너지 또한 이 수필집의 빛점으로 안겨온다.

모든 성사된 일은 진실의 힘을 바탕으로 하고 있다고 할 때, 이순자 작가의 작품에서 진실은 무형의 심장 그 이상이다. 우리가 잊고 지냈던 소중한 가치들을 다시금 일깨워 주고 지나간 세월은 단순히 지난 것이 아니라 거기에는 만들어가는 미래가 숨 쉬고 있다는 걸 알게 한다. 매 한 편의 글들을 단순 회상의 우리 안에 가두지 않고 시간의 고개들을 훨훨 넘어 현재와 미래를 잇는 다리로 거듭나게 함으로써 오늘을 살아가는 우리에게 각자의 삶을 되돌아보고 앞으로의 길을 새롭게 그려보는 계기를 얻게 한다.

지구촌 인간 모두에게는 공통된 재산이 하나 있다. 그 재산의 이름은 지나간 세월이다. 이순자 작가는 그 자고 있는 세월에 문학이라는, 수필이라는 영양제를 먹여 살려내는 일에 성공했다. 이에는 끊이지 않은 노력이 기여한 바가 가장 크다. 노력보다 더 파워적인 것은 없다. 이 작가는 노력 끝에 자기 인생의 로켓을 쏘아올린 것이다.

모든 오늘은 모든 내일의 시작이 된다. 이 책을 시작으로 양질의 글을 더 많이 써서 계속 삶을 빛내기를 기대하면서 이순자 작가의 수필집 출간의 기쁨에 나의 기쁨을 보태고자 함이다.

이순자 작가의 수필집 출간은 배움에는 늦음이 없고 모든 가능성은 노력에서 온다는 말을 깊이 깨닫게 한다.

2024년 10월 18일

산동 외대 연구실에서

남춘애

 빛은 길을 가는 사람을 저버리지 않는다

가을꽃

셋째오빠 이원모

나는 길림성 교하현 오림이라는 작은 마을 가난한 농부의 가정에서 태어났다. 부모님이 아들 딸 칠남매를 똑같이 공부시킬 수 있는 형편이 안되였고 남존여비 사상이 남달라서 우리 집에서 내 동생 순자는 열 살 때부터 물지게를 져야 했다. 순자가 어머님 도와 집안일을 하느라 힘다할 때 나는 항상 책상 앞에 앉아 숙제도 하고 책도 읽으며 매일 공부할 수 있었던 것이 지금도 생각하면 가슴이 아프고 또 동생한테 한없이 미안해진다.

동생은 어릴때부터 노래 부르기를 무척 좋아했다. 그때 동생이 제일 즐겨 불렀던 노래가 경극 <홍등기>였는데 방 청소 할 때나 부엌에서 밥을 하면서도 계속 노래를 부르곤 했다. 동생이 시도 때도 없이 노래를 불러 아버지가 빗자루를 들 형편이였지만 동생은 그렇게 인근 마을들에까지 이름이 알려진 시골 가수가 되었다. 동생이 그렇게 노래를 부르면서 그 험한 나날들을 잘 넘겼는지도 모르겠다.

그때 이미 대학을 졸업하고 국제도시 대련에서 살고 있는 큰 형이 동생의 끼를 보아내고 그곳으로 데려가 공부도 시키고 본격적인 노래수업도 받게 해주겠다고 했을 때, 어머님은 쪼들리는 집구석 형편에 무슨 땅변으로 딸까지 공부 시킬 수 있냐며 형의 제안에 동의하지 않았다. 동생은 뜻을 펼 수 있는 그 천재일우의 기회를 놓치고 나서 혹독한 겨울날과 같은 인생 여정을 죽 걸어야 했다.

나는 곧 출간 될 동생의 작품들 속에서 몇 편의 수필을 읽어 보고 감회가 새로웠다. 동생은 자기 글에서 자신이 살아온 이야기로 60년대 중국 사회의 학생들의 학교생활과 농민들의 현실적 삶을 살아 숨 쉬는 것처럼 표현했다. 효와 충이 차츰 사라지는 현시대와는 달리 젊은이들은 모두 꿈을 이루기 위해 혼신을 다하던 그 시대에 우리 형제들도 부모님께 효도하고 어떤 난관 속에서도 목표를 위하여 열심히 살아온 과정을 생동감 있게 참 잘 표현했다.

특히 동생이 쓴 글 중, 1989년 잘살아 보겠다고 한국으로 약 장사 갔다가 한국 해관에서 약을 압수당하고 동지섣달 추운 날씨에 덕수궁 돌담에 기대앉아 하루 끼니를 김밥 한 줄로 때우며 약 팔던 이야기, 귀국하여 그 이야기를 하며 옷깃으로 눈물

　　　　　빛은 길을 가는 사람을 저버리지 않는다

을 닦고 있는 동생의 초라한 모습을 본 어머님이 그날 저녁 당장 우리 형제들께 동생을 도와 줄 것을 지시했던 이야기, 어머님의 말씀에 우리 형제들 각자가 형편에 따라 만원 이만원씩 부조하며 동생이 빨리 잘살기를 바랐던 일, 우리 형제들이 그렇게 서로 사랑하고 아껴주며 함께 웃고 떠들던 일들이 어제 같이 안겨온다.

책임성이 남달랐던 동생은 19살 때부터 50호나 되는 생산대 부녀대장직을 맡아 했다. 한 생산대에 여자들이 70-80명이 되였고 고부 사이의 다툼과 이웃집 간의 불화 문제들을 해결하기 위해 동생은 참 많은 노력을 했다 그리고 생산대 간부들은 고중을 나온 청년들도 많았지만 성실하고 착한 동생에게 생산대의 현금 관리와 출납까지를 맡겼었다. 그때 동생은 처음부터 제 집일처럼 알뜰살뜰 생산대의 경제 관리를 잘 맡아 했다.

동생은 일생을 장애물 달리기 선수처럼 수없이 많은 난관과 절망 속에서도 좌절하지 않고 잘 살아왔다. 아무리 힘들어도 포기하지 않는 긍정적 에너지로 시어머님 모시고 남편 섬기며 살다가 27살이 되던 해부터는 더 잘 살아보겠다고 첫돌이 갓 지난 아들을 둘쳐 업고 식당을 오픈했다. 그가 겪은 고생은 나의 이 몇 줄의 글에 담을 수가 없다. 열심히 또 열심히 살면서 두 자식들 훌륭하게 키워냈고 한가족을 일떠세운 장한 내 동생 순자가 이젠 문학의 길에 당당하게 서있는 모습을 보니 진심으로 박수를 보내고 싶어진다.

이번에 여동생이 한국에서 책을 쓰고 출간하게 된 것은, 자기 자신을 쓴 것이면서도 중국 40년 개혁 개방의 물결 속에서 성장해 온 우리 같은 시골아이들이 온갖 험난을 헤치고 살아온 진솔한 기록이라고 할 수 있다. 내 여동생은 학력이 높지 않지만 삶을 사랑하고 문학을 사랑하며, 용감하게 펜을 들어 자신의 성장과 그 시대 시골 아이들의 성장 과정을 기록하는 일에 성공했다. 이는 후대의 젊은 세대, 특히 시골 아이들에게 좋은 메시지로 전달 될 것이라 생각한다.

얼마 전 내가 한국에 갔다가 여전히 일을 하며 열심히 사는 모습을 보면서 참 순자답구나 싶었다. 더 좋은 글, 더 많은 글을 현실의 삶속에서 길어올리기 위해 칠십을 바라보는 나이에도 해외에서 직장 생활을 이어가고 있는 모습이 참 멋스럽다. 지금 그가 살아가는 모습과 만난을 이기고 살아온 생의 과정은 나날이 향상하는 동생을 만들어가고 있지 않냐 하고 생각해본다. 글을 쓰기 시작해서 철자나 받침이 틀리는 경우를 겪으며 그것을 크게 부끄러워하던 동생이 이젠 인터넷이나 사전 공부로 못배웠던 공백을 잘도 메우고 있다. 언제까지나 배움을 포기하지 않고 60평생 살아온 이야기들을 오늘 책으로 척 남기는 동생이 참

　　　　　　빛은 길을 가는 사람을 저버리지 않는다

으로 대견스럽다. 힘들고 지칠 때 이 책을 느긋한 마음으로 한 번 읽어 본다면 힘이 될 것이라 믿는다.

끝으로 동생이 이 수필집을 발표할 수 있도록 도와주신 남춘애 교수님께 경의를 보낸다. 아울러 끝까지 포기하지 않고 작품집을 펴낸 동생에게 엄지척을 보낸다. 너는 봄이 아닌 가을에 폈지만 그 아름다움은 손색이 없구나! 너 같은 동생이 있어 참으로 자랑스럽다!

대련에서

오빠 이원모 필

2024.09.01.

一、一九五五年出生于吉林省蛟河县乌林乡友宣村。

二、一九六三年~一九六八年小学。一九六九年~一九七四年乌林中学学习。在校期间（当过班长。当过校红代会主席即学生会主席。当过校团总支副书记兼组织部长。副校长兼团书记。

三、一九七五年~一九七七年毕业返乡务农。（期间任乡团委副书记。大队团总支书记。生产队会计等多次被乡、生产大队、生产队评为先进生产者。优秀团干部。等等

四、一九七七年回复高考到吉林财经学院学习。在校期间任校团委组织委员。校学生会副主席兼生活部长。 第四：一九八0年参加工作。吉林省棉麻纺织厂财务处工作。期间脱产带职学习企业管理三年。当企业内部银行负责任。

五、一九八六年调到大连经济开发区东方电脑集团。先后任财务部部长。副总经理。总经理。被评为开发区管委会先进生产者。优秀共产党。大连市先进科技工作者等

六、1986年~2004年在大连东方电脑集团工作。先后担任财务部部长。分公司经理。集团公司总经理。2005年退居二线至退休为止。

退休后与大连理工大学合资合作蓝莓生产种植。

· 1955년, 길림성 교하현 오림향 우선촌에서 태어남.

· 1963-1968 국민학교 졸업.

· 1969-1974년 오림중학교 재학. 재학 중 반장 역임, 학교 홍대회(학생회) 주석, 학교 단총서기 겸 조직 부장, 부교장 겸 단서기를 맡음.

· 1975년~1977년 졸업 후 고향으로 돌아가 농사 지음. 이 기간 동안 향 단위원회 부서기, 대대 단서기, 생산대 회계 담당을 역임, 향, 생산대대, 생산 소대에서 여러 차례 선진 공작자 및 우수 단 간부로 평가받음.

· 1977년, 대학 입시제도 회복된 후 길림재경대학에 진학. 재학 중 학교 단조직위원회 조직위원, 학교 학생회 부주석 겸 생활부장을 겸함.

· 1980년, 졸업 후 길림성 면마방직공장 재무에서 근무 시작. 이 기간 동안 기업 관리에 관한 3년간의 직무 훈련 과정을 이수하고, 기업 내부 은행의 책임자를 맡음.

· 1986년-2004년, 대련 경제개발구 동방컴퓨터그룹 재직, 재무부 부장, 그룹 부총경리, 그룹 총경리 등을 역임. 대련 개발구 관리위원회 선진 공작자, 우수 공산당원, 대련시 우수 과학기술인 등으로 평가받음.

· 2005년 정년퇴직.

· 현재 합자기업 '대련 이공대 블루베리 생산 기지' 경영.

   빛은 길을 가는 사람을 저버리지 않는다

1%의 가능성을 잡고 글을 썼더니

작가의 말 집필을 시작하려고 필을 드니 먼저 내가 살아온 인생살이부터 앞서는 것을 막지 못해 글길을 그리로 양도한다.

생계가 어렵던 그 시절 1958년 나는 농부의 집에서 태어났다. 어릴 때부터 어머님을 도와 집안일을 했고 내가 중학교를 졸업할 쯤에는 세상 인식이 뒤집혔다. 문화 혁명이 일어나면서 갑자기 지식인들은 고린내 나는 아홉째로 타도의 대상이 되었다. 이리하여 나는 십 년 문화대혁명의 십 년 전부 과정을 다 거치게 되었다. 책상을 마주하고 공부할 수 있는 기회를 깨끗이 잃었고 그 후로는 먹고 사는 데에다 혼신을 다해 몸부림치며 살다보니 다시 배움의 길을 택하는 길 역시 열지 못하였다. 그런데다가 우리 집은 남존여비 사상이 남달라 딸로 태어난 나는 중학교를 졸업하자마자 우리 집을 도와 그저 잘 살아 보려고 손발이 닳도록 일에 심신을 혹사했다. 노동의 대가로 집안 형편이 조금씩 나아지긴 했지만, 훗날 다시 학교 수업이 회복되었을 때 나는 집에 남아 일할 것을 결심했다. 이로 배울 수 있는 모든 가능성을 통째로 버리게 되었다. 아니, 기막히는 일이나 삶의 고난 앞에 허리를 굽혀버렸다고 하는 게 차라리 더 어울릴 듯하다. 이렇게 인생길 따라 걷고 걷다 보니 어느덧 쉰 고개, 예순 고개를 연이어 넘어 선 볼품없는 여자가 되어버렸다. 식당 경영을 하여 경제적 부를 어느 정도 쌓기는 하였으나 배운 게 없고 문화가 없어 그것이 내내 내 생의 큰 아픔으로 남았다.

그러다가 우연히 지인의 소개로 대련에 사는 조선족들로 무어진 대련 조선족 문학회에 회원이 되었다. 문인들의 모임에 처음 참가하는 날이 잊혀지지 않는다. 낯이 선 분들과 인사를 하고 얼굴을 익힐 때 학교 교수요, 선생님이요 하면서 자기소개를 하는 사람이 꽤 많았고 그로 하여 그렇지 못한 나는 스스로 주눅이 들어 대충 통성명을 하고는 입을 다물어버렸다. 그런가 하면 그 이후로 회원들이 여러 잡지에 글을 발표할 때마다 그에 대한 부러움과 함께 서러움이 내 옷섶을 적셨고 그때마다 내 신세가 한스러워졌다.

내 꼴을 읽은 남춘애 회장님은 나에게 글을 한 번 써 보라는 메시지를 보내왔다. 한 번으로 소식이 없으니 몇 번이나 보내오면서 시작이 절반이라는 말씀을 해 주셨다. 그렇게 나는 글 쓰는 펜을 들게 되었고 매일 아침 인사글을 쓰는 일부터 시작하여

　　　　빛은 길을 가는 사람을 저버리지 않는다

삼년이 넘도록 하루도 빠짐없이 단톡방에 올리면서 글쓰기 내실을 다지기도 했다. 그때마다 회장님과 동인들, 그리고 지인들이 보내 주는 박수는 나에게 큰 힘이 되었고 꿈을 향해 도전할 수 있게 했다.

나이가 들어서인지 아침편지를 쓰느라 화장실 가는 시간까지도 노력했지만 눈이 잘 보이지 않아 오타도 많았고 철자 받침을 틀리게 쓸 경우도 많았다. 처음에는 어떤 사람이 우스갯소리로 '한강에 잉어가 펄떡 뛰니 건넌방 목침이 펄떡 뛰네요' 라고 말했을 때 쥐구멍을 하나 파서라도 들어가고 싶을 만큼 부끄러웠었다. 하지만 회장님과 주위의 더 많은 사람들의 이해심과 위안의 말들은 나에게 매일의 인사글을 계속하여 쓸 수 있도록 큰 힘을 실어 주었다. 그 와중에 나는 못 배운 것이 죄가 아니라는 것을 깨닫게 되었고 나이와는 무관하게 지금이라도 배워야 되겠다는 생각을 굳히게 되었다. 아울러 나는 60평생을 인생의 망망 대해에서 삶과 실패와 성공을 번갈아 가면서도 희망의 끈만은 놓지 않고 끝까지 노력한 족적들이 오늘날 내가 글을 쓸 수 있는 원천임도 알아냈다.

글을 쓰고 수정하고 발표하고 하는 과정을 거치면서 나는 글을 쓴다는 것은 마음에 도사리고 있던 서러움과 한을 청소하는 일임을 기쁘게 알게 되었다. 한편의 글을 써 낼 때마다 내 마음은 한 번씩 밝아졌고 배우지 못해 한으로 남은 서러움들은 따뜻한 봄날 눈 녹듯 녹아그 자리에는 행복감이 차곡차곡 채워졌다. 이렇게 나는 글을 쓰면서 요기조기서 기쁨이 들어오는 새 인생을 살아가게 되었다. 글을 쓰는 시간에 내 눈은 반짝이었고 내 삶의 구석구석에는 빛이 따라다니기 시작했다. 나는 처녀작 「삶의 플러스」를 도라지 문학지에 발표한 후로부터 글쓰기에 더없이 부지런해졌고 2년 반 사이에 몇십 편의 수필작품을 중국 전역의 조선족문학지에 발표할 수 있는 문학적 성과를 거두었다. 내가 창작에 승승장구하고 있을 때 내가 소속된 작가협회가 기울어지는 바람에 큰 상심이 따랐지만 글쓰기에 대한 열정은 여전히 식지 않았다.

세월은 나에게 참으로 착했다. 글을 쓰고 발표하면서 쓴 글들을 묶어 작품집을 내야겠다는 작은 꿈을 선물했다. 헌데 작품집을 내려면 작품의 수량이 부족하다. 더 많은 것을 보고 느낀 것들을 글로 남겨야 한다. 이리하여 나는 가족을 동원하여 한국 생활을 하기로 결정했다. 모국이라 일단 언어가 통하는 것이 참 좋았다. 그리고 일을 곁들인 한국 생활을 해 가면서 내가 잘 안다고만 생각했던 것에 새 도전이 있는 것도 알게 되었다. 그러나 흐르는 물이 한 곳에 머물지 않듯이 그 옛날 내가 덕수궁 앞에서 약장사를 했던 시대와는 너무 많이 낯설었다. 제일 많이

   빛은 길을 가는 사람을 저버리지 않는다

낯선 것은 말하는 투가 달라진 것이다. 소위 말하는 MZ세대의 반토막 말과 거기에 영어를 반 이상 섞어서 하는 한국말은 내가 잘 알아듣기가 힘들 정도였다. 허나 적응하면서 이겨내야 하는 것은 모두 내 몫임을 나는 잘 안다.

한국 생활을 하기 시작하여 일단 열심히 일했다. 휴식할 때는 짬 내어 무엇이든 배울 수 있는 곳을 찾았다. 70을 바라보는 나이에 책과 볼펜을 챙겨 들고 한 시간씩 강의를 듣고 나면 허리도 쑤시고 몸도 오그라들려 했지만 배움으로 보낸 하루의 시간은 그저 행복하기만 했다. 그리고 나는 많은 시간을 내어 한국의 방방곡곡에 있는 천년 사찰들을 찾아다니며 역사 문화 탐방을 하고 배워가면서 3천리 금수강산이라는 말의 진의에 대해서도 실감하게 되었고 자랑스러웠다.

글을 쓰는 일은 내 인생에 둘도 없는 최고의 행복을 가져다주었다. 글을 쓰다 보면 내 인생 자국들에 고였던 눈물들은 웃음과 환희로 거듭났고 이로 인하여 미소와 당당함으로 살아가는데 낯익어졌다. 그렇다, 나의 존재감은 글을 쓰는 그때부터다. 지속하여 글쓰기에 정진하고 있는 지금부터다!

할 말은 태산을 몇 개 이룰 수 있을 정도로 많지만 할 말을 다 하고 사는 사람은 없다고 했으니 나 또한 이에서 멈춘다.

끝으로 작품집을 낼 수 있게 깊고도 넓게 도와주신 존경하는 남춘애 회장님께 경의와 감사를 드린다. 아울러 내가 글을 쓰는 일을 지속할 수 있도록 옆에 있어 주고 발표작을 읽을 때 함께 기뻐해 준 남편에게 고마움을 전한다. 그리고 나이든 엄마가 글을 쓰는 일이 멋지다며 엄지를 보내준 내 아들들에게도 사랑을 전하고 싶다.

오늘 작품집을 낸다는 것은 흘러간 지난날의 삶을 되돌려 세우는 일이고 또 몇 년 간 땀 흘리며 함께 걸어온 문학과의 힘찬 포옹이라 생각한다. 이는 또 내가 더 큰 보폭으로 앞을 향하게 하는 추동력이 되기도 할 것이라 믿는다.

지금까지 우리글로 내 삶의 자락들을 펴 내온 자신에게 칭찬을 보내고 또 내 문학적 정진의 길에 격려를 주신 모든 분들께도 감사한 마음을 전한다.

2024. 08. 24. 이순자

　　　　　　　빛은 길을 가는 사람을 저버리지 않는다

차
례

빚은 길을 가는 사람을 저버리지 않는다

고향집

  바쁜 일정을 미루고 몇십 년이나 못 가본 고향에 가기로 형제들과 함께 약속을 잡았다. 아침 일찍 화장대 앞에 앉았다. 거울을 보니 고향에서 나올 때는 색시였던 내 얼굴에 세월이 그려놓은 인생이 한눈에 안겨 온다. 눈망울은 아래로 축 처지고 눈가에는 잔주름이 쪼글쪼글! 그러나 고향 간다는 설레임에 못난 주름살 따위는 거들떠보지도 않았다. 나는 붕 떠오르는 마음을 걷잡으며 분치장에다가 화려한 립스틱까지 발랐다. 오랜 세월 기억의 마음 속에서만 만나던 고향의 품을 찾아가니 최고의 예의는 갖추고 가야지, 혹시 옛친구들도 만날 수 있을지, 고향집은 어떻게 하고나 있는지……

  나는 형제들과 함께 고속 열차에 몸을 실었다. 17시간을 달려야만 했던 기차가 이젠 4시간이면 도착이다. 나날이 새로운 발전을 맞이하는 삶이 좋다. 우리 형제 일행은 기차에서 내려 시골 가는 택시에 몸을 담고 고속도로를 올랐다. 그 옛날 울퉁

불퉁 흙먼지 돌길 옆에 줄지어 서있던 가냘픈 백양나무들이 굵직한 성숙기를 자랑하고 있었고 산들에는 소나무들이 하늘을 찌를 듯 기세 늠름하게 서있었다. 먹고 살려고 떠나 간 우리들 대신하여 고향 산천을 지키고 있구나 싶어 더욱 대련스럽게 안겨왔다.

우리는 간 날 저녁을 90고령이신 삼촌네 집에서 묵기로 했다. 조카들이 우르르 찾아 드니 삼촌은 입을 못 다무셨다. 우리는 도시에서는 만금을 주고도 못 먹어 보는 고향의 내음 다분한 향토 음식을 마음껏 즐기며 고향의 옛이야기에 밤 가는 줄 몰랐다.

이튿날, 아침 일찍 우리 형제 일행은 옛 고향집을 찾아 보러 나섰다. 옛터들이 다 새 집으로 바뀌고 해서 물어 물어 갔다. 받침 기둥이 다 무너져 내려 볼품이 없는 옛터가 우리 가족 역사를 지니고 우리를 기다리고 있었다. 집 주변에는 풀이 집을 지키기라도 하려는 듯 키 높게 빼곡히 자라 있었고 앞마당은 누가 심어 놓았는지 배추밭이 되어 있었다.

우리가 자랄 그때 우리 집 앞마당에는 매일같이 동네아이들의 놀이마당이었다. 꼬마들이 우르르 모여들 와서 뽈망치 치며 (일명 쿼기던지기: 주로 여자들이 편을 짜서 노는 전통놀이) 놀고 줄뛰기도 놀면서 온 동네가 떠내려 갈 듯 떠들고 웃어댔다. 그 모습들은 이젠 추억 속의 고운 한페지로 되었다. 썩고 말라 오른쪽으

    빛은 길을 가는 사람을 저버리지 않는다

로 찌그러져버린 집문을 열어 제끼니 쿰쿰하고 썩은 냄새가 확 풍겨나왔다. 바닥에는 벌레들이 욱실거리고 쥐들은 자기네 궁전에 강도들이라도 들어선 듯 두려움 없는 무적의 태세로 찍찍 소리 치며 와닥와닥 왔다 갔다를 한다.

그러건 말건 나는 그자리에 서서 움직일 줄 몰랐다. 빗물에 대면적으로 무너져 내려 앉은 벽면이 아프게 안겨 온다. 그것을 보고 있을 라니 그 옛날 집을 짓던 그때 일이 영화를 돌린다.

원래 우리 집은 한 주방에 두 집이 같이 쓰는 이가구 합작형이었다. 동쪽은 내 친구 태옥이네가 살았고 우리 집은 서쪽에 살고 있었다. 그런데 태옥이네 집에서는 큰아들이 결혼을 하게 되면서 집이 좁아 새 집을 지어야 한다며 현재 집을 허물고 다시 새 집을 짓겠다고 했다. 그때 우리 집 경제 형편은 새 집 짓기는 고사하고 급성 황달 간염으로 병원에 입원 중인 아버지 병원비도 겨우 내는 상황이었다. 도시에 있는 큰오빠네와 둘째 오빠네도 결혼한 지 몇 년 되지 않아 자기네 생활도 힘든 판국이라 우리 집에서 시골집을 새로 짓는다고 해도 큰 도움을 받기는 어려웠다. 엄마는 옆집을 찾아 이런 사정을 털어 놓고 의논을 할 수 밖에 없었다.

'우리 집은 당신들도 잘 알다시피 지금 사는 집을 허물어 다시 지을 수 있는 형편이 아니니 명년에 애들 아버지도 건강이 좋아지고 하면 어떤 일이 있어도 같이 집을 허물고 지을테니 일 년만 기다려 주면 안되냐고' 사정을 했다. 하지만 그 집은 남편 이 생산대의 목수로 있었고 집을 지을 수 있도록 모든 준비가 되어 있기에 양보를 할 리가 없었다. 나중에는 우리가 집을 함 께 짓지 못하면 주방벽 만이라도 우리 집에서 지어 올려야 한다 고 요구했다.

이것은 엄마에게 청천벽력이나 다름 없는 요구였다. 살림 살 고 자식 키우며 들일만 하던 엄마는 혼자 아무 것도 할 수 없어 외삼촌을 찾아 갔다. 외삼촌은 엄마한테서 사정이야기를 듣고 아무말 없이 애궂은 담배만 몇 대를 연거퍼 피웠다. 엄마는 어 린 우리들을 쳐다보며 혼자 한숨을 쉬었고 우리들 몰래 눈물을 훔치기까지 했다.

그날로부터 우리 집에서 형제들이 글 읽고 노래하고 장난하 며 웃던 소리는 더 이상 들리지 않았다. 며칠이 지났다. 외삼촌 이 싱글벙글 기분이 좋아서 우리 집을 찾아 왔다.

'누님 이제는 됐소.' 외삼촌의 말씀에 엄마는 퉁명스럽게 뭐 가 됐냐고 되물었다. 외삼촌은 '내가 원학이한데 편지로 여기 형편을 얘기해 줬더니 돈을 마련해 보내겠다고' 회답이 왔다고 말했다. 엄마는 눈살을 찌프리며 '갸들이 무슨 돈이 있냐고~ 모 르는 게 약인데, 지금 여기 사정을 알았으니 그 애들이 걱정이

   빛은 길을 가는 사람을 저버리지 않는다

얼마나 태산 같겠냐'며 아들걱정부터 했다. 그 후 며칠이 안 지나 오빠한데서 편지와 함께 현금 800백원을 부쳐왔다.

엄마는 그돈을 받고서 얼마나 펑펑 눈물을 흘리는지 우리들은 그 영문도 잘 모르고 함께 엉엉 울었다. 아들 덕에 새 집을 지을 수 있게 되었지만 빚까지 내서 돈을 보내준 자식들에 대한 미안한 눈물이였을 것이다.

그 후 외삼촌의 도움과 동네 목수일 잘하는 사람들 그리고 큰오빠 친구분들이 자주 와서 조언도 해주고 일도 도와주었다. 그런데 집을 지으려면 흙으로 투피를 만들어야 하는데 때는 한창 농망기라 일을 도와 줄 사람이 없었다. 엄마는 할 수 없어 우리들에게 도움을 청했다. 엄마는 우리에게 오전에만 학교 가고 오후에는 투피 만드는 일을 도와 달라고 했다. 이리하여 우리 형제들은 다들 반주임 선생님께 청가를 맡고 투피딛기일을 돕게 되었다.

막내동생은 그때 12살이었는데 흙에 섞을 볏집을 옮기는 일을 했고 어머니와 셋째 오빠는 작두로 볏집을 썰어서 진흙에 뿌려 주면 나와 여동생이 맨발로 진흙을 밟아서 이겨가지고 그것을 투피틀에 넣고 다시 꽁꽁 밟아서 투피장을 만들어 냈다. 이 광경을 보고 동네사람들이 마음 아파하지 않는 사람들이 없었고 자식들을 시켜 짬짬이 와서 도와주는 사람들도 있었다. 마침내 집 지을 투피를 다 만들었다. 그리고 문턱 밑으로는 단단히 고여줄 돌이 필요한데 대대 당지부서기가 딱한 우리 집 형편을 알고 동네 청년들한테 지시를 내려 무료로 뒷산에서 돌을 캐 왔다. 그리고 목재도 헐값으로 대대 소나무를 벌목하여 준비해 주었다. 시작이 반이라 우리 집은 집을 짓기 시작하여 용마루도 올리고 지붕까지 마무리를 했다.

그쯤해서 아버지가 병원에서 퇴원하여 집으로 돌아 오시게 되었다. 새 집이 마무리 되어가고 있는 모습을 보신 노(老)공산당원 아버지께서는 눈물을 머금고 '공산당만세'를 웨치셨다. 해방 전 같으면 꿈도 꿀 수 없는 일을 해 냈으니 '당신과 아이들도 고생했지만 공산당의 좋은 정책과 이웃사람들의 넉넉한 인심들이 이렇게 우리도 새 집에 살 수 있게 해 줬으니 얼마나 감사한 일이냐고, 그리고 너희들도 항상 감사한 마음으로 남을 돕고 살아야 한다'고 엄마와 우리들에게 힘 담아 말씀하셨다. 그렇게 우리는 많은 사람들의 도움으로 새 집에 이사를 했다. 하지만 집을 지으면서 빌린 돈이 500원이나 생겨났다. 아버지는 편찮은 몸이라 힘든 일을 할 수 없고 엄마도 오십이 넘었으니 상등 노동력이 못되니 그 많은 빚을 어떻게 값겠냐며 걱정이 태산을 쌓아 놓은듯했다.

그때 당시 나는 17살로 중학교를 졸업했고 셋째 오빠는 고등

빛은 길을 가는 사람을 저버리지 않는다

학교 일학년이었는데 키가 작고 몸도 약했다. 그때만 해도 남자들은 출세하지 않으면 영원히 농촌을 벗어날 수 없지만 여자들은 다르다. 한 번의 기회가 더 있다. 시집을 잘 가는 것이다. 엄마와 아버지가 나를 설득했고 셋째 오빠는 고등학교 1학년인데 우리 학교에서 홍위병 총책임자였고 공부도 엄청 잘했다. 당연히 내가 학교에서 나오게 되었다. 나는 학교문을 나온 후 나처럼 가정 곤란으로 중도 반단한 친구들과 함께 '광활한 천지에는 할 일이 많다'고 하신 모 주석의 어록을 높이 들고 마을의 일터에 서게 되었다. 나는 그때부터 해가 뜨는 날은 쉬지 않고 일을 했다. 그 이듬해부터 우리 집은 일년에 몇 백원씩 분홍도 타고 생활 형편도 차츰 넉넉해졌다.

엄마는 고생한 보람을 듬뿍 받으셨다. 슬하 자식들 중 아들들은 그 시절엔 벼슬이나 다름없는 대학을 가서 출세의 길을 넓혔고 딸들도 시집가서 시부모님 잘 모시고 잘 살아 동네 사람들은 우리 집터는 동네의 최고 좋은 "명당"이라고 이름을 붙여 주었다.

명당이란 풍수 지리적으로 봤을 때 길함이 잠재되어 있고 산 좋고 물 좋은 이상적공간을 가리키지만 지금 와서 생각해보면 마을사람들이 명당이라고 이름을 붙여준 것은 그런 의미를 훨씬 넘은 거 같다. 한 가족이 화목하게 모여 살고 인심이 따뜻하고 인정이 넘쳐서 사람들이 많이 모여 드는 곳이 명당이라는 생각이 든다.

사실 우리 집은 자식들이 커 가면서 형편이 좋아지고 도시에 있는 오빠 형님이 해마다 봄이면 청어나 정어리같은 생선을 말리여 몇 백근씩 보내 오군 했다. 그때마다 엄마는 동네 어르신들께 나누어 드렸었다. 물론 우리 집 밥상에도 항상 생선요리가 자주 올랐다.

고생을 한 끝에 낙이 온다는 말에 깊숙이 배어 있는 인생 철리를 나는 누구 못지 않게 잘 납득하며 열심히 지금도 살고 있다. 어렵고 힘든 일은 다 그에 버금 가는 낙을 품고 함께 오는 것이니 피하거나 두려워 할 것이 없는 것이다. 우리가 알고 있는 크고 작은 모든 위대함은 엎친 데 다시 덮쳐오는 고생의 덤불을 하나하나 잘 헤치고 나온 데서 온 것이 아닐까!

아침 태양이 중천으로 떠오르며 배추밭 이슬이 밭고랑에 떨어지며 흙냄새가 물신 풍겨온다. 내가 매일같이 이 땅을 밟고 다녔던 그때에도 흙냄새가 이렇게 싱그럽고 구수한지는 몰랐다. 나도 모르게 시가 한 수 흘러나온다.

너가 역겨워
뒤도 돌아보지 않고

빛은 길을 가는 사람을 저버리지 않는다

고무신 돌려신고 너를 떠났건만
인정 많은 너는 언제 찾아올 줄 모르는 나를
해가 가고 달이 가도 변치 않는 마음으로
기다리고 있었으니
너에 대한 감사한 마음 금할 수 없어
눈물이 샘 솟듯 하는구나!

꽃피는 생활

　　빨간 꽃따발을 양쪽에 단 금정색 벤츠 대열이 줄을 지어 호텔 입구로 들어온다. 예쁘게 한복을 차려입은 시어머님 되는 분이 춤을 추며 뛰어 나와 하얀 드레스를 입고 차에서 내리는 며느리를 포옹한다. 시어머님의 얼굴은 세상을 다 가진 표정이었고 며느리는 사랑과 행복이 활짝 피어 있는 꽃밭에 서있는 표정이었다. 한쌍의 청춘남녀가 사랑과 행복의 꿈을 싣고 많은 일가친척들과 하객들의 박수와 환호성 속에 삶의 무대로 입장하는 아름다운 모습을 보고 있으니 내 생각 날개는 어느새 내가 결혼하던 시절로 날아간다.

　　나는 다른 청춘남녀들처럼 불타는 연애 결혼이 아니라 양가 부모님의 중매에 맞선 한 번 보고 인생 대사 결정을 내렸다. 남편이 될 사람은 군인이었는데 나와 맞선 한 번 보고 난 뒤 곧 부대에 복귀하였다. 그 후 30개월이라는 길면 길고 짧다면 짧은 시간을 한 번도 만난 적 없이 편지 연락으로만 교제를 하다가

빛은 길을 가는 사람을 저버리지 않는다

1981년 가을에 부대에서 재대한 지금 남편과 이듬해 정월달에 결혼을 했다.

시집에는 큰아주버님이 33세에 암으로 돌아가셔서 나는 시어머님을 모시고 살게 되었고 시어머님은 막내아들과 함께 사는 것이 큰 죄라도 되는 것처럼 말없이 할 일 안 할 일을 찾아 했다. 어떤 때는 아침 일찍 일어나 우리들 잠을 깨울까봐 소리 나지 않게 도마 위에 깨끗한 수근을 펴고 채소를 쓸어서 찌개도 하고 무침도 해서 아침상을 차려주군 했다. 내가 시집 온 후 시어머님은 당신의 사랑을 아낌없이 우리들에게 주었고 나로 하여금 어렸을 때 형제가 많고 남존여비가 심한 친정에서 결핍되었던 부모님 사랑을 혼자 독차지하게 되어 행복의 도가니 속에 빠진 것 같이 행복했다.

하지만 행복과 불행은 동반자라고 하던 어른들의 말씀처럼 처녀땐 건강하던 나는 결혼한 후 사흘이 멀다 하게 몸이 아파 어떤 때는 니야까<推车>에 실려서 병원에 간 적도 있었다. 동네 사람들은 강씨네 며느리 잘못 봤다고 하면서 직장 있는 총각이 농촌 처녀와 결혼하면서 건강도 안 좋은 색시를 며느리로 봤다고 숙덕숙덕 흉을 보기 시작했다. 나는 무슨 큰 잘못이라도 범한 사람처럼 길을 갈 때나 마을의 구멍가게에 갈 때나 그저 사람들을 피해 다녔다. 그렇게 시름시름 아픈 나에게 선물이나 하듯 이듬해에 큰애가 태어났다. 다른 집 며느리들은 모유가 남아 돌아 걱정이라고 하는 말을 들었는데 어쩌면 나는 젖까지 모자라서 아이에게 우유를 먹여야 했다. 그렇게 되니 미운 짓은 하나도 빠짐이 없이 다 하고 있었던거 같아 마음에는 늘 불안함과 미안함이 꽉 차 있었다. 그 와중에 말 못하는 갓난 아기도 우유를 꿀컥꿀컥 먹었으면 좋으련만 우유병 젖꼭지를 빨지 않고 입으로 뱉어 내며 배가 고프면 그냥 자지러지게 울기만 했다. 어린 것이 배가 고파 우는 소리에 나는 가슴이 찢어질 듯이 아팠으며 시어머님과 남편한테는 미안한 마음에 눈길을 마주하고 얼굴을 볼 수가 없었다. 내가 겪어야 하는 안 보이는 마음 고생은 이루 말할 수가 없었다.

결혼하기 전 남편은 군대에서 열심히 노력하여 공산당원에 가입했으며 제대할 무렵에 농촌 호구를 도시 호구로 변경했기에 국가소속의 직장에 출근하게 되었다. 시가의 집안 친척들은 처음에 나와의 결혼을 하나같이 말렸다. 살다가도 이혼하는데 총각 인물 좋고 또 공산당원에 내노라하는 직장도 있으니 큰 도시에 좋은 처녀 만나 결혼하라고 권했다. 하지만 시어머님이 친척들의 이런 말들을 막아나섰다. 시어머니는 <남의 눈에 눈물 나게 하면 자기 눈에는 피눈물 흘리게 된다>며 절대로 그럴 수는 없다고 잘랐으며 남편도 양심 없이 그렇게는 할 수 없다고

                    빚은 길을 가는 사람을 저버리지 않는다

입장 세우고 나오니 형제들이나 친척들도 더 이상 우리 결혼을 말리지 않았다고 한다.

결혼 후 내가 그 사실을 알았을 때 가슴에는 시댁에 대한 사랑과 감동의 마음으로 채워졌다. 나는 시어머님과 남편에게 고마운 마음을 표달하기 위해 하루같이 열심히 일하고 시댁 식구들과 사이 좋게 지내며 오손도손 행복한 가정을 꾸려 나가리라 마음먹었다. 하지만 생활의 본연에는 행복만 있는 것이 아닌가 보다. 행복해 하는 나를 가만히 놔 두지 않고 갖가지 시련을 가져다 주었다. 나의 결혼 생활은 점점 안개 속 미궁으로 빠져 들어가는 기분이 들었다. 내 자신이 건강이 좋지 않아 들일을 할 수 없는 형편에 아이에게 우유까지 먹어야 하니 남편이 받아다 주는 쥐꼬리만한 봉급에 매달려 사는 우리의 생활비는 턱없이 부족했다. 설상에 가상으로 <바쁜 달에 해산하고 부정 달에 손님 온다>더니 시어머님과 같이 한 집에서 살다 보니 시집 친척들이 온다 싶으면 동네방네에 살고 있는 사촌들까지 다 모여오니 대충 모여도 열 명 정도가 되니 식사를 함께 할 때 대접할 것이 없어 난감할 때가 한두 번이 아니었다.

나는 시가 친척들을 잘 모른다. 시집온 지가 오래지 않다 보니 별로 정이 없었다. 그러거나 말거나 시집 식구들은 한 번 만나면 밤이 깊도록 옛 이야기에 흥분해서 제집으로 돌아갈 생각을 안 한다. 먹을 것이 넉넉치 않던 그때는 배만 불리면 만사대길이었고 꼬마가 있는 집이라고 담배를 피하는 일이 없었다. 그러니 방에는 담배 연기가 자욱하게 차고 그 정도가 되면 나는 하는 수 없이 애기를 업고 주방을 서성거리면서 친척들이 가기만을 기다려야 했다. 이렇게 한 번 두 번 차수가 늘면서 나의 마음에는 작고 큰 불만의 씨앗이 자라나기 시작했다. 미안하고 고마웠던 것들은 점점 불만과 미움의 독초밭에 파묻혀 버렸다. 이에서 그치면 그런대로 괜찮겠건만 한 마을에 사는 손주나부랭이들까지도 시도 때도 없이 우리 집을 들락거렸다. 어떤 때는 그들이 예고도 없이 들이닥쳐서는 우리 식구 점심밥을 다 먹어 치울 때도 있었다. 그럴 때마다 나는 피가 거꾸로 솟구치는 것을 느꼈지만 내가 화통을 터져서 짜증을 내게 되면 시어머님 마음이 얼마나 아플까 하는 생각에 참고 또 참았다. 큰아들을 하늘나라로 보내고 젊은 나이에 혼자 되어 아이 둘 키우고 있는 큰며느리가 항상 가슴 아팠던 시어머님의 마음을 헤아려야 했었다.

그때 당시에 내가 참은 것은 착해서가 아니다. 가정에 깃든 행복과 평화를 단 한 번만이라도 깨버리면 그릇이 두 동강으로 깨어지듯 영원히 아물 수 없기에 나는 그저 내 몸에서 타오르는 불길로 내 몸을 태우며 버텨내야 했던 것이다. 시어머님과 한집

빛은 길을 가는 사람을 저버리지 않는다

에 산다는 것은 길고 긴 여정을 남편의 식구들 전부와 함께 어울려서 살아 간다는 것이니 이런 방식으로라도 나는 내 두리 여기저기에 있는 행복 조각들을 지켜 내고 싶었다.

경제적 어려움은 우리 집에 이루 말할 수 없는 불화를 안아 왔다. 나는 더는 남편의 39원 봉급으로 시가의 대가정을 운영할 수가 없다는 것을 통째로 깨달았다. 내가 어떻게 할 것인가에 고민고민하고 있을 때가 1980년대 초라 개혁 개방이라는 시대정신이 우리 동네에도 불어왔다. 나는 배운 것도 별로 없고 가진 것은 더 없지만 어떤 어려움이 와도 식구들과 함께 잘 살아야 되겠다는 생각 뿐이였다. 이런 생각에 너무 고심하다 보니 동네에 내가 나갈 작은 길이 하나 보였다. 슈퍼나 식당을 차리는 것이었다. 그때 우리 동네에는 조선족이 하는 슈퍼나 식당은 하나도 없었다.

그때부터 시가친척들에 대한 불만의 독초에 묻혀버렸던 내 마음의 바닥에는 봄을 만난 것처럼 꼬물꼬물 희망의 싹이 트기 시작하였고 도전으로 꽉 찬 그 생각은 차츰 나를 정복했다. 그렇게 나는 우리 가정을 위하여 무엇이라도 해야 되겠다는 일념을 품은 채 남편의 반대를 8개월 동안 설득하여 현재 살고 있는 오두막집에다 음식점을 차렸다.

생활이란 무엇이든지 시작하면 또 다른 힘든 일이 기다리고 있는 법이다. 나는 결혼 생활이란 아름다운 삶의 여정에서 하나 또 하나의 힘든 일들을 가족과 함께 헤쳐나가며 부딪히면 해결하고 부서지면 다시 만들어 가면서 한 계단 두 계단 삶의 흔적을 남기며 10만이 넘는 계단을 쉬지 않고 걷고 뛰고 뛰고 걷고 하면서 올라왔다. 지금 와서 그때를 되돌아보니 항상 숨이 차고 벅찬 일들이 끊임없이 쌓이고 많았지만 그런 모든 일들이 나를 성장시켜 주기 위한 과정이 되지 않았나 하는 빛이 나는 생각으로 벅차오른다.

오늘 결혼하는 저 신혼 부부도 축복의 건배 속에 새 삶의 돛을 올리고 삶의 바다를 향하여 노를 저어가게 된다. 그야말로 삶의 바다 위를 항해하다 보면 크고 작은 파도에 쉬임이 없는 흔들림이 오는데 과연 저 불타는 사랑과 미래에 대한 동경심을 식힘 없이 꽃 피우고 열매 맺으며 살아갈 수 있을까?! 혼인 생활이란 사랑하는 사람과 손잡고 며칠 여행 다녀오는 것이 아니라는 것을 그들도 나처럼 깨닫게 되겠지?! 인생의 여정길에 펼쳐진 파란만장함을 하나하나 이기고 끝까지 행복의 웃음을 잃지 말기를 기도해 본다.

     빛은 길을 가는 사람을 저버리지 않는다

메기 매운탕

새벽부터 사람과 자가용, 자전거, 니야까들이 북적거리는 장마당에서 한 푼이라도 저렴하게 구매하려고 흥정을 하는 사람들, 싱싱하고 좋은 것만 고르는 사람들, 버려진 야채잎을 비닐주머니에 주워 담는 사람들로 시끌벅쩍인다. 나 역시 그 복새통을 이룬 사람들 사이를 오고 갔다. 내가 싱싱한 해산물들을 고르고 있는데 좀 멀리 떨어져 있는 매대에서 민물생선을 파는 사람이 큰소리로 흑하(黑河 감숙성에서 발원하여 내몽골지역을 흘러지나는 내륙호)에서 온 자연산 메기를 팔고 있었다. 왠지 마음이 끌려 몸을 돌려 그쪽으로 갔더니 자연산 메기가 수조 안에서 와당거리며 힘자랑을 하고 있다. 나는 그 중 누런 색을 띠는 놈을 둬마리 골라 잡았다.

사실 우리 식당에선 민물생선은 취급하지 않는다. 그런데 오늘 계획에도 없었던 메기를 산 것은 가족들 입호강 시킬 욕심에서이다. 그런데 오래동안 민물고기 요리를 하지 않아서 그런지 별로 자신이 없다. 메기를 들고 걷는 내 머리 속에는 온통 어떤 식으로 음식을 만들까 하는 생각 뿐이다. 중국식으로 요리 조림을 할까, 아니면 옛날 엄마가 해 주던 고추장 된장에 부추를 듬뿍 넣고 찌개를 할까, 아님 시래기 듬뿍 넣고 메기탕이나 푹 고아 끓일까…… 여기까지 생각을 굴려 가는데 추억의 타임머신이 오더니 나를 싣고 36년 전의 세계로 데려갔다.

때는 1985년. 그때 당시 나는 오두막집에다 작은 식당을 하고 있었는데 손님이 많지 않아 한밤중에 오는 손님에게도 따끈따끈한 밥을 해서 대접하며 밤낮 가리지 않고 열심히 장사를 했다. 그렇게 매일같이 첫돌이 갓 지난 아이를 업고 열심히 식당 일만 하면서 몸을 돌보지 않았더니 겹겹이 쌓인 피곤에 못이겨 그만 쓰러져 병원으로 실려 갔다. 내가 정신이 돌아와 눈을 뜨고 보니 병원이었다. 의사선생님은 기어코 일어나 집으로 가려 하는 나에게 진단서를 보여 주며 반드시 병원에서 입원치료를 받아야 한다고 잘라 말했다. 입원을 해야 한다니, 내 심장에서 하늘이 무너지는 소리가 쿵 하고 나는 것 같았다.

내가 걱정하고 있는 건 어린 아들이 아니다. 집이다. 지금 우리 집은 무너져가고 있다. 식당을 개업한 후 매일같이 보신탕을 끓이다 보니 투피로 된 초가집 벽면이 물기를 먹으면서 서서히 집 안으로 무너져 들어오고 있었다. 두 눈을 펀히 뜨고 이 상황을 보면서도 새 집 지을 형편도 안되고, 그렇다고 어디에서 집을 빌릴 수도 없고 해서 그냥 그런대로 장사를 하고 있는 와중에 내가 병원 신세가 되어버리고 보니 기막히고 억이 막혔다. 책가방끈이 짧은 나는 식당을 개업한 후 자신이 할 수 있는 일은 식당업밖에 없다고 생각해 왔다. 또 그래서 그 김에 식당 문을 닫아 걸면 다시는 할 수 없을 것 같아 생각에 방법을 다하던 끝에 친척들의 신세를 지기로 했다. 나는 외사촌 동생들에게 임시로 경영을 맞기고 입원하여 치료하기로 했다.

그렇게 우리 식당은 장사에 까막눈인 동생들한테 맡겼고 몇 달 사이에 장사는 엉망이 되었다. 겨우 숨 붙어 있는 사람이 숨을 쉬듯 우리 식당은 적자밖에 없이 할딱거렸지만 나는 식당문만은 닫지 않으려 애썼다.

하루는 남편이 병원에 와서 지금이라도 식당문을 닫아야 되지 않겠냐고, 하루에 두 사람 봉급도 못벌어 내는 형편인데 식당은 왜 굳이 할려고 하냐면서 겨우 버티고 있는 식당을 그만두자고 했다. 나는 식당문은 절대로 닫으면 안된다고 하면서 적자를 봐도 식당을 하고 있어야 내가 출원해서 계속 식당을 할 수 있을 것이니 식당문 닫을 생각을 하지도 말라며 내 고집을 세웠다.

사실 지금 같으면 보통 살림집에 소독 시설이나 소방 시설, 하수구 시설 등 아무것도 갖추어져 있지 않은 우리 집 같은 경우에는 식당 허가를 받으려고 한다면 아예 하늘에 가서 별을 따 오는 게 나을 정도로 불가능하다. 하지만 그때는 개혁개방이 금 방 시작되었고 누구든 잘 살아보려고 과감히 개인 사업을 시작 하면 영업 허가는 꽤 쉬이 받을 수가 있었다. 하지만 시간이 지 나면서 개인 영업에 대한 요구가 껑충 올라가 허가 받기가 까탈 스러워졌고 식당업을 하는데 필요한 모든 시설이 완비되지 않 으면 허가를 받을 수가 없었다.

이런 사정은 식당을 하고 있는 나는 잘 알고 있었다. 그래서 식당을 그만두려고만 생각하는 남편에게 이러저러하게 사정이 야기를 하면서 이번에 문을 닫아 버리면 다시 열기가 참으로 힘 드니 내 생각을 이해해 달라고 하였다. 특히 식당업같은 경우는 임시 휴업을 해도 하루이틀이 아니고 두세 달 걸리면 방역에서 다시 허가를 받아야 하게 되고 재허가를 받기가 힘들다고 하는 내 말을 듣고는 남편도 내 말에 일리가 있다고 생각했는지 더는 자기 생각을 주장하지 않았다. 이렇게 되어 식당은 폐업의 운명 을 면하기는 했지만 엄청난 적자를 보게 되었고 그러면서도 장 사의 길만은 이어갔다.

내가 몇달 동안을 거쳐 병마를 이기고 집에 오니 장기간 안 주인이 없었던 집이라 엉망투성이었다. 나는 청소부터 서둘러 했고 어쩌다가 한 사람씩 오시는 손님이 있어도 최고의 정성을

빛은 길을 가는 사람을 저버리지 않는다

다해 음식을 만들고 음식의 양도 넉넉히 덤으로 담아 손님을 대접하면서 열심을 기울였다. 그러던 어느 하루, 점심 장사를 끝내고 보니 식재료가 아무 것도 남은 것이 없어서 나는 오후 시간을 내서 버스를 타고 시내 장마당으로 갔다. 시장을 돌며 필요한 식자재를 구매하고 집으로 올려고 장마당 입구로 나오다가 시골의 강에서 금방 잡아온 자연산 메기를 팔고 있는 연세 드신 아저씨를 보게 되었다. 한 근에 칠십 전이라며 지나가고 오는 사람들께 권했지만 그 당시 메기는 인기가 없어서 시장을 들락거리는 사람들은 거의 쳐다보지도 않고 그냥 스쳐버렸다.

왠지 안스러운 생각이 들었다. 나는 잠깐 버스 타러 가던 걸음을 멈추고 그 자리에 섰다. '해가 넘어가고 있는데 저 아저씨 메기 못 팔면 어떡하지, 내가 병원 있는 동안 시부모님과 남편도 고생 많았을 텐데 맛나는 음식 대접이라도 해야지' 하는 두 가지 생각을 하며 주머니에 남은 부스름돈을 만지작거렸다. 나는 생선 파는 아저씨도 도와줄 겸 가족들에게 별미도 맛보게 할 겸 겸사 겸사 큰 마음 먹고 싱싱한 메기를 사서 집으로 왔다.

나는 옛날 엄마가 해주던 방식대로 요리를 할 양으로 앞 밭에 갔다. 먼저 파부터 몇 포기 뽑아 들고 밭고랑을 어정어정 다니며 요리에 필요한 재료를 찾다 보니 눈에 들어오는 것이 있었다. 그것은 밭에 주렁주렁 달려 있는 가지였다. 바로 이것이다.

나는 먹기 좋은 연한 가지만 따서 메기와 함께 고추장 된장에 풋고추 숭숭 썰어 넣고 메기 매운탕을 부글부글 끓였다.

저녁 먹을 때가 되어 밥상 차릴 준비를 하고 있는데 갑자기 손님이 여덟 명이나 들이닥쳤다. 우리 집에는 보통 저녁 손님은 없어서 저녁 시간에 손님이 오리라고는 생각도 못했다. 그 중 한분은 공사 합작사 경리였는데 조선족이였다. 나는 그 손님으로부터 음식 주문을 받았다. 그는 맛있는 음식 열 가지를 해 달라고 하면서 솜씨껏 맛있게 해 주면 된다고 했다. 기쁘기도 하고 걱정스럽기도 한 일이었다. 우리 집은 평시에 저녁손님이 없어 모기가 못들어오게 전기불도 켜지 않고 있는 상황이고 손님 대접을 할 수 있는 식당이라고 하기에는 너무 초라해 빠졌다.

들이 닥친 손님을 문 밖으로 내보내는 도리는 없지만 없는 게 많아서 먼저 여차여차하다고 실토정하면서 다른 요리는 할 수 있는데 생선요리는 없다며 이해를 구했다.

사실 그때 우리 동네 몇몇 식당에서는 잉어나 화련어(花鲢)같은 생선으로 튀겨서 달짝지근하게 탕수어육<糖醋鱼> 요리를 하거나, 간장과 설탕을 살짝 넣어 졸여 만든 홍민어<红焖鱼> 요리를 하여 상등 요리로 손님상에 올렸다. 하지만 우리 식당에는 그런 고급 손님은 없었기에 준비해 둔 것이 없었다. 손님들은 생선 요리가 없다는 말을 듣고는 그러면 지금 끓이고 있는 메기

   빛은 길을 가는 사람을 저버리지 않는다

매운탕을 대신 달라고 했다. 나는 시어머님과 남편한테는 미안
했지만 손님상에 올리기로 마음 먹고 주문을 받았다.

매운탕을 큰 냄비에 담아 올리고 밭에 있는 여러가지 야채로
정성껏 요리를 만들어 손님상에 올렸더니 다들 음식이 일미라
고 하시면서 엄지를 내밀었다. 손님들은 메기매운탕이 시원하
고 맛있다며 칭찬에 칭찬을 아끼지 않았고 그만큼 맛있게들 들
었다. 한 가마솥 메기매운탕은 금방 깡그리 거들이 났다.

그 이튿날 점심부터 우리 집 식당에는 메기매운탕 주문이 들
어 오기 시작했다. 발 없는 말이 하루 사이에 삼천리를 달려 우
리 집 메기매운탕이 소문이 난 것이다. 그때로부터 우리 식당은
매일 손님이 많아 예약하지 않으면 자리가 없었고 주방과 마당
에까지 상을 차려 손님을 받았다. 그리고 우리 집 식당이 맛의
모범으로 알려져 여러 식당 사장님들이 음식맛을 배우러 오는
일이 자주 있었다.

그때로부터 나는 손님상에 우리 엄마손맛을 살리는 음식을
주 코스로 정하고 전통식 무침이나 조림같은 것을 많이 했다.
손님들은 갈수록 우리 집 음식을 알아줬다. 그리고 서비스를 넉
넉히 받는 보상으로 식사 비용을 항상 더 얹어 주고 가는 손님
들이 많아졌다. 그렇게 차곡차곡 모아 우리는 이듬해 봄에 무너
져 가는 오두막집을 허물고 4칸짜리 집을 지어 올렸다.

아침 햇살이 사방을 비춰 온다. 오늘도 복철 무더위에 숨이 막힐 것이다. 하지만 고추장 된장에 풋고추 넣고 보글보글 끓인 매운탕으로 찜통 더위에 땀 흘리며 열심히 일하는 식구들에게 맛있게 대접할 생각을 하니 흘러 내리는 얼굴의 땀이 반갑기만 하다. 순간, 내가 몇 십 년동안 식당을 하면서 하루같이 그에 정성을 쏟아 부어 올 수 있었던 것은 삶의 갈피마다에 진하게 묻어 있는 식구들 사랑이었음을 재확인하게 되었다. 집을 향하는 내 발걸음에 잔잔한 기쁨이 고여든다.

 빛은 길을 가는 사람을 저버리지 않는다

배추시래기밥

며칠 전부터 꾸무리하던 날씨가 오늘은 아침부터 비가 주럭 주럭 내리고 있다. 오월달인데도 집 안은 못 다 간 겨울의 냉기를 품었는지 어디에도 따뜻한 곳은 없다. 감기 몸살을 앓고 있는 나는 입맛도 없고 꼼짝하기도 싫어 안방으로 들어가 전기요를 켜고 침대에 누웠다. 아픈 머리를 부둥켜 안고 간신히 잠이 들까 말까 할때 '띵동' 하는 벨소리가 났다. 나는 귀찮은 몸을 간신히 일으켜 문을 열었다. 언니가 비를 맞으며 죽을 끓여 왔다. 나는 아무 것도 먹고 싶지 않아 인사만 대충하고 그대로 침대에 가서 누웠다. 언니는 식은 죽을 다시 보글보글 끓여 와서 한 번 먹어 보라고 귀찮게 권하기에 하는 수 없이 한술 먹는 시늉을 했는데 너무 생각밖에 그옛날 엄마가 해 주던 그 맛이었다. 나는 단숨에 죽 한 그릇 뚝딱하고 나니 온몸에서 땀이 나며 정신이 들었다. 나는 몸을 일으켜 창가에 가서 밖을 내다 보았다.

어둠살이 들기 시작했다. 퇴근 시간이라 양산을 든 사람들이 몸을 움추리고 바쁘게 지나가는 모습과 길가에 핀 개나리와 살구꽃이 찬바람에 파르르 떨고 있었다. 가끔식 거세게 부는 비바람에 야들야들한 풀잎들이 추위에 흐트러진 모습을 하고 있는 것이 보이기도 했다. 나는 그 광경을 보면서 불현듯 나도 모르게 어머니 모습이 떠오르며 눈가가 축축해졌다.

때는 문화대혁명이 한창인 1960년 말, 어느 늦가을이었다. 그날도 장마비가 주럭주럭 며칠째 내리고 있었는데 우리 집 주방에는 을씨년스럽게 밭에서 비 맞으며 캐다 놓은 배추, 무우, 거기다 손질 못한 고추 대궁이까지 온 주방을 채워 놓았다. 철없는 우리들은 추운 줄도 모르고 비를 맞으며 주방을 들락거리다가 어머님께 꾸중을 듣곤 했다.

그날도 오늘처럼 해가 넘어가면서 빗줄기가 더 거세게 몰아치더니 하늘이 곧 무너질 듯 점점 캄캄해왔다. 저녁밥을 해야 할 시간이건만 어머니는 비닐을 쓰고 손에는 바가지를 들고 이웃집으로 가는 것이였다. 나는 배추 손질하고 있는 언니에게 물었다. '나 지금 배고픈데 엄마는 우리 밥도 안 해주구 어데 갔어?'라고 했더니 언니가 하는 말이 저녁 지을 쌀이 없어서 쌀꾸러 갔는데, 오늘 저녁에 쌀 못 빌려 오면 저녁은 굶어야 된다고 하면서 잠줏고 기다리라고 했다. 언니의 말에 저녁밥을 못먹을 생각을 하니 갑자기 배가 더 고파나며 눈물이 왈칵 났다. 그

   빛은 길을 가는 사람을 저버리지 않는다

때 당시는 생산대에서 대인 소인으로 기준을 잡아서 양식을 갈라 주었는데 노인이 많은 집은 양식 걱정하지 않지만, 우리 집처럼 자식들이 올망졸망 많은 집에서는 아무리 아껴도 가을이면 양식이 모자라 이 집 저 집 다니며 쌀을 빌려야 했다. 어떤 집은 빌려 주지도 않으면서 엄마가 살림을 살 줄 모른다며 핀잔을 하기도 했다. 엄마는 그런 소리를 듣는 날에는 혼자 부엌에 쪼그리고 앉자 눈물을 흘리셨고 그때마다 우리에게 쌀알은 보일락말라한 시라지갱죽(배추시래기하고 식은 밥을 넣고 끓여 먹는 죽) 아니면 배추밥을 해 줬다.

　해가 꼴깍 넘어가니 비가 더 세차게 내리고 있었고 기름이 아까워 호롱불도 켜지 않고 싸늘하게 식은 구들에 우리들은 울상을 하고 쭈크리고 앉자 엄마가 쌀 빌려 오기만을 학수고대하며 기다렸다. 그때 철벅철벅 빗길을 걸어오는 소리를 듣고 동생이 '엄마다~' 하며 웨쳤다. 우리는 일제히 출입문 쪽으로 눈을 돌렸다. 캄캄한 주방에 들어선 엄마의 얼굴에는 빗물인지 눈물인지 분간 할 수 없었지만 엄마 손에 든 바가지는 하얀 쌀이 소복이 담겨 있었다. 철없는 우리 형제들은 연습이나 한듯 이구동성으로 '엄마 배고파요'를 웨쳤다. 엄마는 '잠깐만 기다리거라' 하시면서 호롱불을 켜고 부지런히 밥을 했다. 그날 저녁에는 배추밥에 밥솥에 된장을 한그릇 넣어 찐 강된장에 비벼서 온식구가 맛있게 먹고 뜨끈뜨끈한 숭늉까지 둘러 앉아 먹고 나니 온 식구들의 얼굴에 화색이 돌고 웃음소리도 저절로 나갔다.

그때 어머니가 하시는 말씀 지금도 기억에 생생하다. '너희들은 오늘을 잊으면 안된다. 앞으로 너희들이 커서 어른이 돼면 배 고픈 사람, 너희들보다 못 사는 사람, 몸이 아픈 사람들은 꼭 도와 줘라. 옛말에 삼대 가난 없고 삼대 부자 없다고 하더라!' 어머니는 이렇게 말하시면서 오늘 쌀 빌리던 이야기를 했다.

정씨네 집은 대인이 다섯 명이고 두 살짜리 한 명이 소인인 지라 그 집은 아무리 흉년이 들어도 양식 걱정 없는 집이라고 소문난 집이다. 하지만 인색하기에도 이름이 있었다. 그래도 어머니가 그 집에 가서 쌀 빌리기로 마음 먹은 것은 그 집 큰아들하고 우리 큰오빠와 동창이었다. 어느 면으로 생각해 봐도 쌀 한바가지쯤은 못 빌리겠냐고 생각하며 엄마가 그 집을 찾아 갔는데 안방할머니가 곰방대를 물고 담배 연기를 뿜으며 하시는 말이 '어쩌면 자네는 젊은 사람이 살림을 못해서 쌀 빌리려 다니냐고, 젊은 사람이 부끄러운 줄도 모르고……' 하면서 비가 내려서 탈곡을 못해 자기네 집도 죽만 끓여 먹는다고 하면서 문전박대를 했다. 엄마가 할머니의 핀잔에 한마디 찍소리도 못하고 눈물을 머금고 빈 바가지를 들고 밖으로 나오는데 그집 며느리가 석탄 창고에서 나오다가 어머니가 울면서 나오는 모습을

          빚은 길을 가는 사람을 저버리지 않는다

보고 '어르신 여기서 좀 기다 리세요' 하면서 빠른 걸음으로 주방에 가서 쌀 한 바가지 가져다 주면서 '시어머님이 모르니 안 갚아도 된다'고 했다고 들려 주었다. 어머니는 우리들에게 '앞으로 공부 열심히 해서 성공하면 꼭 공을 갚아야 한다'고 당부 말씀하시는 것을 잊지 않으셨다.

그 후 몇 년 지나 나는 <꽃파는 처녀> 영화를 보면서 엄마가 쌀 빌리던 그 날을 떠올리며 얼마나 울었는지 모른다. 아픈 엄마 약을 사 드리려 산에 가서 진달래꽃을 꺾어다 파는 그 영화 속 여 주인공이 우리 엄마 같았다. 그 후 우리는 어린 나이에 궁색한 집에서 살면서도 항상 사람이 해야 할 도리를 배웠다. 그 당시에는 산동 쪽에서 동북으로 동냥하러 오는 사람이 많았는데, 그때마다 산둥빵즈(산동 가난뱅이)라고 핀잔하며 밥 한 톨 안 주는 집도 있었지만 우리 집에서는 한 번도 빈 그릇으로 보내지 않았다. 가끔 우리가 밥 먹는 시간에 동냥하는 사람이 오면 우리는 말 없이 밥그릇에서 각자가 한 술씩 떠 내여 동냥하는 사람들의 밥그릇에 담아 주군 했다. 그때마다 우리 엄마는 칭찬을 아끼지 않았고 우리들에게 하시는 말씀이 <동냥을 주지 못하면 동냥바가지는 깨지 말아야 하며> <말 한마디에 천냥 빚을 갚는다>고 하면서 좋은 말은 아끼지 말고 나쁜 말에는 가담하지 말라고 부탁하셨다.

　엄마의 말씀을 가슴에 담아 둔 덕분에 지금까지도 마음은 항상 부자로 살고 있으며 입맛이 없을 때면 배추밥이나 시라지갱 죽을 만들어 먹군 한다. 지금도 힘든 일이 앞을 가로 막을 때마다 그 옛날 저녁 밥상에 온 가족이 한 자리에 모여 앉아 함께 식사하고 밤이면 새끼 꼬며 엄마가 가르키는 예절법도 배우고 옛이야기도 듣던 때를 생각하군 한다. 이제는 쌀 빌리러 갈 일도 없고 살림 못 산다는 핀잔 같은 것은 돈을 주고도 들을 수 없는 말이 되었다. 그러나 세월이 천년 만년이 흘러도 어른을 존경하고 어린이를 사랑하며 서로 돕고 사는 세상은 그때나 지금이나 변함이 없어야 한다는 생각을 해본다.

빛은 길을 가는 사람을 저버리지 않는다

빛 바랜 읽기책

　추운 겨울이 들이닥치기 시작하면 옛 고향의 집집마다는 문풍지를 하느라 바쁘다. 문풍지를 할 때 풀이 골고루 잘 발리지 않은 곳에 붙인 문풍지는 한겨울 바람을 못견디고 뻴쭉하니 떨어져 일어난다. 그 사이로는 상상하기도 무서운 큼지막한 찬바람이 악을 물고 들어온다. 요즘은 온난화로 따뜻한 겨울이라는 우스운 표현이 자연스럽게 사람들 입을 거쳐 돌아가지만, 내가 살았던 작은 시골마을 오두막집은 겨울을 맞을 때마다 추위에 몸서리를 해야 한다.

　올해도 어김없이 찾아온 겨울은 나로 하여금 40년하고도 더 되는 그 아득한 날의 일을 떠올리게 한다.

　농한기라 밭일은 없고 탈곡도 끝나 집에서 한가함을 즐기던 한겨울. 부지런 떨기를 좋아하는 나는 어머님을 도와 이 일 저 일을 하다가 장롱 정리를 하게 되었다. 옷가지들을 분류하여 개어넣을 옷, 자리를 다시 잡아 줄 옷들을 차곡차곡 개어서 정리하다가 농안의 구석쪽에 있는 작은 나무궤짝 하나를 발견하였다. 순간 나의 눈은 어머니가 숨겨 놓은 보물이라도 발견한 것처럼 반짝했다. 나는 조심조심 그 나무궤짝을 꺼냈다. 잠김 장치가 없었다. 호기심에 끌려 궤짝 뚜껑을 열어 보는 순간 나는 실망하고 말았다. 보배스러운 것이 들어있을 줄 알았는데 그 안에는 낡은 읽기책 몇 권만 담겨 있었다. 나는 그중 제일 두터운 한 권을 골라 들고 눈에 들어오는 대로 대충 읽어보기 시작했다. 그것은 내 큰오빠가 공부하던 시절의 이야기를 한 자 한 자 또박또박 적어 놓은 일기였다.

나는 큰오빠와의 연령차가 19살이나 된다. 큰오빠는 무슨 일에서나 내색을 하지 않으시는 어머님을 그대로 닮아 별말이 없다보니 오빠라 해도 어른처럼 어렵고 또 그래서 오빠에 대해 아는 것이 많지 않았다. 나는 오빠의 일기책을 펼쳐 들고 읽기 시작했다. 오빠의 일기책에 적혀 있는 내용은 내가 새로운 인생지평을 여는 열쇠가 되었다. 일기를 읽은 후부터는 공부 못한 것을 원망만 하고 모든 것을 남의 탓으로 돌렸던 내 마음에 바른 자리가 생겼다. 그런 이유가 있어서 그런지 지금도 나는 그때 내가 읽었던 오빠의 일기를 한 글자 빠짐이 없이 통째로 기억한다. 일기책에는 이렇게 적혀 있었다.

'그날도 우리 집 주방에 켜져 있는 호롱불은 문풍지 사이로

 빛은 길을 가는 사람을 저버리지 않는다

들어오는 찬바람에 꺼질듯 깜빡깜빡 흩날리고 있고 불빛 밑에 앉아 책 읽는 나는 끄덕끄덕 자불고(졸고) 있었다. 나는 다시 정신을 차리려고 머리를 흔들어 보았다. 며칠 남지 않은 대학시험 때문에 밤새 자지 않고 공부해야 한다는 생각과는 달리 눈이 말을 듣지 않아 하는 수 없이 책을 놓고 밖으로 나가려는데 부스럭 소리에 잠자든 귀뚜라미가 시끄럽다는 듯이 찌르럭 찌르럭 소리 내여 울었고, 내가 삐걱이 문 여는 소리에 옆집 개가 짖으니 동네 개들도 따라 짖어댄다. 밖으로 나온 나는 추위에 떨며 멍하니 하늘을 쳐다 보았다. 영롱한 별들이 쏟아질 것만같이 반짝이고 있었다. 별들은 잠도 없지! 나는 한참 문 앞을 서성이다가 추위에 쫓겨 집으로 들어와 다시 글을 읽기 시작했다. 추위에 오그라든 온몸이 따뜻한 구들을 더 생각하게 한다. 나는 오늘 저녁만 따뜻한 이불 속으로 들어가서 누울까 생각하고 일어설려는데 아버지 얼굴이 떠오른다. 몇 달 전 농망기라 일손이 딸리던 어느 날, 집에서 공부하는 나를 보고 아버지는 화를 내면서 "요새처럼 바쁠 때는 죽은 송장도 일어나 일 돕는다고 하는데 맏아들로서 소임을 할 생각은 않고 공부는 무슨 놈의 공부냐, 농민의 자식이 농사 지을 생각은 아니 하고……"하시며 야단을 치시더니 내 책가방을 훨훨 타고 있는 부엌에다 밀어 넣었다. 어머님이 울며 불며 타다 남은 책가방을 나의 손에 챙겨 주시며 '똥 묻은 바지 팔아서라도 뒷바라지 할테니 꼭 대학 붙어서 큰 인물 되거라' 하시면서 나의 손을 꼭 잡아 주었다. 이렇게 다시 하게 된 공부다. 그때 나는 어떻게 하면 감기는 눈을 정신 버쩍 나게 할까고 생각하다가 대야에 물을 한 통 담아 밖에 한참을 두었다. 조금 지나니 살얼음이 끼였다. 나는 그 대야에 발을 담궜다. 갑자기 온몸에 전율이 통하는 것같이 정신이 버쩍 났다. 이렇게 몇 날 며칠을 공부한 덕으로 대학에 걸렸다.'……

나는 오빠의 일기를 여기까지 읽어 가면서 두 줄을 만들어 양볼을 타고 턱밑까지 내려오는 눈물을 수없이 훔쳤다. 큰오빠가 부모님의 기대에 어긋나지 않으려고 죽을 힘까지 다해 대학 공부 준비를 하는 대목을 읽었을 때 정말 가슴이 쓰리고 아팠다. 우여곡절에 상처투성이가 된 역사 속에서 살았던 사람들이 더 존엄있게 살기 위한 노력의 한페지가 고스란히 적힌 것이다.

그때는 대학교 입시제도가 금방 회복이 되었고 문화대혁명의 흐름을 타고 광활한 농촌에서 할 일을 찾아 하느라 공부에 대해서는 거의 다 뒷전으로 하거나 또는 책을 통한 공부는 사람들에게 관심사로 못되였었다. 그 와중에도 '똥 묻은 바지를 팔아서도 공부 시키겠노라'며 자식들에게 배움을 호소하시는 어머니에 힘입어 큰오빠는 끝내 기적 아닌 기적을 만들어내었다.

오빠는 대학교에서는 조선족이라서 한족들보다 한어 성적

   빛은 길을 가는 사람을 저버리지 않는다

이 떨어져 훨씬 더 많은 노력을 해야 따라갈 수 있었다. 밤이면 가로등 밑에서 공부하며 항상 어머님 기대에 어긋나지 않으려고 동전 한 닢도 아끼느라 배를 곯고 물로 반배를 채웠다고 했다. 나는 오빠의 일기에서 그것이 무슨 말인지를 뼈아프게 느꼈다.

'그러던 어느 날 나는 도저히 고픈 배를 참지 못하고 어머니가 준 용돈에서 일 전을 꺼내어 눈깔사탕 열 알을 샀다. 한 알을 입에 넣어니 얼마나 달고 맛있는지 오래오래 입 안에 두려고 춤도 아끼며 넘기는데 나 자신도 모르게 목구멍으로 넘어갔다. 너무 아쉬워 또 한 알을 꺼내어 입에 넣으려는 순간 어머니의 얼굴이 떠올랐다. 줄인 배 채우려고 찬물 한 바가지 떠마시고 치마끈 불끈 졸라매던 어머님 모습이…… 아, 못난 놈! 양심도 없는 놈! 어머니가 편찮은 할머니에 여러 동생들까지 키우면서 아버지 몰래 한 푼 두 푼 모아 편지 속에 넣어 보내준 그 돈으로 어떻게 사탕을 사 먹을 수 있단 말인가?! 정말 한심하다. 나는 아깝지만 또다시 먹고 싶은 유혹을 버리기 위해 친구들한테 갈라서 주고 먹지 않았다.'

그때 나는 여기까지 오빠가 쓴 일기장을 읽으면서 꺼이꺼이 소리 내어 울었다. 눈물은 깨달음의 강으로 거듭나 콸콸 쏟아져 내려왔다.

오빠의 일기를 읽어 본 지도 수많은 세월이 흘렀고 큰오빠가 하늘나라로 간 지도 벌써 십 년 하고도 몇 해나 지났다. 40년 전의 세월은 지금에 비하면 모든 것이 턱없이 부족하고 열악했던 삶의 장이었다. 배불리 먹는 것이 다수 사람들의 꿈이었으니 이에 더 말할 것이 있겠는가! 그런 세월에도 오빠는 실오리 같은 희망을 가슴 속에 꽉 묶어놓고 피나는 노력을 경주하셨다. 오빠가 이 해변도시에 올 당시 도시에는 의지할 사람 한 명 없었고 건설이 필요한 허허벌판만이 기다리고 있었다. 오빠는 만난의 시련과 고됨을 공부를 위해 겨울의 얼음물로 잠을 쫓듯이 하면서 하나 또 하나를 이루어내셨다.

오빠한테 비하면 나는 정말 풀이나 작은 벌레나 다름이 없다. 내가 초등학교에 입학하자마자 문화혁명의 거센 파도에 휩쓸려 모든 학교의 문이 닫히는 경우를 겪어야 했다. 그때 내가 하는 일은 매일 저녁마다 생산대 판공실에 가서 모주석 사상을 관철하기 위해 회의하러 온 어른들 앞에 서서 모주석 어록책을 들고 노래 부르거나 또는 경극춤을 추는 것이 고작이었다. 이렇게 나는 어린 시절 공부할 때를 놓쳐버리고 후에 2년이 지나 다시 학교에 가긴 했으나 선생님들은 각종 투쟁과 함께라 잘 배우지는 못한 것 같다. 그래서 우리말 철자규범을 제대로 배우지 못한 증후군이 지금도 남아 나를 곤혹스럽게 만들 때가 적지 않다. 그리고 병음자모도 잘 못 배웠다. 그래서 나는 글을 쓸 때마

    빛은 길을 가는 사람을 저버리지 않는다

다 얼렁뚱땅식으로 배우던 그때에 남은 못난 흔적들이 나올 때마다, 또는 나에게 차려진 모든 지식의 공백들을 문화혁명의 탓으로만 돌렸다. 지난 번에 발표했던 수필을 쓸 때에도 공부 못한 아픔을 겪었고 나를 이 모양 이 꼴로 만든 시대 탓만 하였었다. 말하자면 내가 문화가 낮은 것은 그럴 수밖에 없었다는 영원한 변명거리였다. 허구 많은 시간에도 책과 등져 살면서 책 속의 세계를 소유하기 바라는 엉망이고 억지라는 것을 나는 이제야 알게 되었다.

세월은 누구의 서러움에 또는 누구의 원망에 왼 눈 한 번 안 돌리고 일심으로 흘러만 가지만 또한 누구의 깨달음에도 역시 동일시한다. 세월은 공정심 하나로 사는 영혼을 갖고 있나 보다. 오늘 내가 글을 쓰다가 철자가 틀리고 하고 싶은 이야기를 마음껏 써 내려 갈 수 없어 멍하니 천정만 바라보다 오빠 얼굴을 떠올리며 새 힘을 얻고 있다는 것을 오빠가 알면 안색이 환해지시겠지!

우리의 삶은 누구의 얼굴을 보고 살아가는 것이 아니다. 오빠의 낡은 일기책은 나에게 이 도리를 말해 주었다. 돈도 아니고 금붙이도 아닌 오빠의 그 옛날 일기책에서 내가 이렇게 성장할 수 있는 영양원을 발견한 것이 무척 기쁘다. 이 빛이 바랜 일기책은 나에게 ‘시작은 영원히 늦지 않다’는 힘의 원동력을 심

어 주었다. 나는 할 수 있을 것이다. 내 삶을 글로 그리는 일을
해내고야 말 것이다.

   빛은 길을 가는 사람을 저버리지 않는다

산행이 좋아

　나는 등산할 때가 참 좋다. 진한 나무 향을 맡으며 큰 나무들 사이로 오가면서 산으로 오를 때면 아직도 청춘이구나 하는 생각에 기분이 좋아진다.

　오늘은 옛날 산나물을 뜯던 산으로 가기로 했다. 우리가 사람들이 많이 다니는 오솔길을 따라 걷기 시작하여 산중턱까지 올라가니 길이 없어졌다. 큰 소나무와 관목들이 빼곡했고 거기에 풀들까지 한데 엉켜 숲이 무성하게 어우러져 몇 년 전 나물을 뜯으러 왔을 때와는 완전 다른 산처럼 보였다. 마치 자라는 아이들을 몇 년만 안 보면 못 알아 보듯이 그때는 숲이 무성하지 않아 마음껏 산중턱을 쫓아 다니며 나물도 뜯고 산정상에까지 오르기가 참 쉬웠는데 몇 년 오지 않은 사이에 나무와 숲이 우거져 우리는 하는 수 없이 나무가 적은 곳으로 발길을 돌렸다.

　산 정상에 오르니 온 천지가 한눈에 들어왔고 주위의 모든 것이 내 발 아래 있는 것처럼 느껴졌다. 공기도 한결 시원하고 바람에 흩어져 가는 구름도, 맑은 하늘도 한없이 아름다웠다. 눈 앞의 산 경치를 누리고 있는 와중에 키가 작은 소나무 한 그루가 눈에 안겨 왔다. 몇 년 전에 왔을 때 봤던 그 나무가 옛날 그 자리에 여전히 꿋꿋하게 서 있는 게 아닌가.

나는 그 나무 가까이로 다가갔다. 나무는 혼자 살고 있었고. 산중턱에는 나무들이 모여서 단체를 이루고 살고 있건만 이 나무는 왜 혼자 살기를 고집할까. 같이 모여 살면 땅이 올려 바치는 영양소나 하늘에서 내리는 햇살을 다른 나무들과 나눠 가져야 하고 또 가뭄이 오면 귀하디 귀한 물도 독차지 못해서 그럴까? 아니면 최고의 높이를 차지하고 발 아래 서 있는 나무들을 신하처럼 굽어 보면서 우쭐댈 수 있어서 그랬을까? 아니면… 아닌거 같다. 혼자가 되었을 때 오는 외롭고 쓸쓸함을 하루도 아니고 평생을 어떻게 참아 낸단 말인가? 또 겨울이 찾아오면 뿌리째 뽑아 보려 기승 부리는 바람을 어찌 혼자의 힘으로 견딜 수 있단 말인가?! 세상 천지가 자기에게만 특별한 사랑을 준다고 장담한 것이 잘못되었음을 깨닫기나 했을까? 산 아래로 보이는 빼곡빼곡 들어선 나무들이 자연의 각종 시험을 잘 이겨 내고 서로가 의지가 되고 나눔으로 삶을 살찌워 간다는 것을 알고나 있을까! 나는 잎이 배들배들 말라 들고 어깨가 축 처진 이 나무를 보면서 짠한 마음이 들었다.

순간 나는 이 나무에서 나 자신의 그림자를 봤다. 사실 나는 결혼 후 두 아들을 키우면서 많이 배우지 못한 '한'을 아들들에게서 대리 만족을 얻고 싶었다. 그래서 아이들이 걸음마를 배울 때부터 또래 아이들보다 항상 앞서 가기를 원했다. 아이들이 학교에 입학한 후 수없이 많은 요구를 했다. 특히 공부를 잘하여 학급에서 1등을 해야 한다고 가르쳤다. 반에서 1등을 하게 되면 전교에서도 1등 하기를 요구했다. 어느 시험 치던 날 아들은 반에서 2등을 했다. 나는 시험지를 받아들고 깜짝 놀랐다. 전날 함께 풀어 봤던 응용문제도 틀렸다. 나는 풀 수 있는 문제를 왜 또 틀리게 했냐고 따졌다. 그랬더니 아홉살짜리 아들이 "엄마, 나는 2등이 제일 좋아요. 1등은 반 학생들이 다 하고 싶어해요. 그래서 2등을 하면 나하고 비교하는 사람도 없고 정말 좋아요."라고 답했다. 나는 어이가 없었다. 하지만 아들은 항상 1등을 목표로 두지 않고 적당하게 하면서 2등 아니면 3등으로 따라가고 있었다.

나는 아들에게 교육환경을 바꿔서라도 1등을 하게 하기 위해 도시로 옮겨왔다. 그리고 이름이 높은 중점 학교에 입학시켰다. 그것도 모잘라 새 집을 빌려 보모까지 붙여 주었다. 엄마의 마음을 이해나 하듯 아들은 열심히 공부하였다. 세월이 흘러 대학 시험을 앞두게 되었다. 모의고사가 시도 때도 없었지만 아들의 성적이 쭉 괜찮았다. 마지막 모의고사를 치른 후 담임선생님께서 전화가 걸려왔다. 흥분한 목소리로 아들의 이번 모의고사 총점수가 635점으로 반에서 1등, 전교에서 5등을 했다고 전해왔다. 나는 전화를 받고 세상을 다 가진 기분으로 사람들이 북적거리는 시장 판에서 풀쩍풀쩍 뛰며 만세를 웨쳤다. 사람들은 이상한 눈으로 그러는 나를 구경했다. 나는 부끄러운 줄도 모르고 한참을 팔을 흔들며 소리를 쳤다.

그때부터 나는 아들에게 더 큰 기대를 하고 압력을 줬다. 드디어 대학시험이 다가왔다. 나는 아들이 최고의 성적으로 최고의 대학에 합격하기를 기대하며 성적 발표날이 오기만을 손꼽아 기다렸다. 드디어 그날이 왔다. 555점이였다. 하늘이 무너지는 것 같았다. 평소에도 그런 성적이 없었는데… 어떻게 이럴 수가? 나는 믿을 수가 없었다. 아들이 태평양도, 대서양도 슬기롭게 날아 다닐 수 있는 최고의 '매'가 되기를 원했건만… 나는 현실의 냉혹함 앞에서 낙망이 된 마음을 구겨 접을 수 밖에 없고 혼자 만들어 놓은 꿈의 함정에서 나와야 했다. 최고의 대학을 못 간 아들이 원망스러웠던 마음이 지금까지도 남아 있다. 그래서 직장에서도 항상 자식들이 최고가 되기를 원하며 살아왔다.

그런데 오늘 이 외톨이 소나무를 보는 순간 무엇이 최고인지

　　　　빚은 길을 가는 사람을 저버리지 않는다

를 깨달았다. 더 오를 곳이 없는 최고에 서 있을 때는 외로움을 벗으로 하고 혼자 버텨야 하며 동고동락의 즐거움을 모른다. 나는 잘 살려고 열심히 노력하는 사람들과 함께 있으면서 주위에 많은 사람들과 어울려 배우고 배워주며 어깨 나란히 함께 하는 것이야말로 최고라는 것을 깨달았다. "만석 부자도 하루 먹을 쌀은 한 되 뿐이고 천 칸 대궐에서도 하룻밤 자는 데는 방 한칸"이다.

오늘의 산행은 나에게 참 소중한 가르침을 주었다. 숲 속에 나름대로 우를 향해 솟은 소나무 군들이 내 시야에 안겨 든다. 그들은 함께 살고 있는 대가족을 지키기 위해 오늘도 뿌리를 더 깊이 뻗어 내리기 위해 함께 으쌰으쌰를 하고 있을 것이다. 눈으로는 안 보이는 최고봉은 바로 그들에 의해서 지켜져 가고 있다.

산바람이 나의 얼굴을 어루만지며 스쳐 지나갔다. 그 바람을 타고 마음에 남아있던 찌꺼기 같은 아쉬움이 날아 갔다. 나는 오늘 내가 산행을 좋아하는 이유를 통채로 알았다. 마음의 하늘이 건뜻 높아지는 것 같다.

삶의 플러스

지금까지 내가 요식업을 쭉 해오면서 만난 사람, 대접한 손님은 천차만별이다. 하지만 일단 기억 보따리를 펼쳤다 하면 초창기에 겪었던 그때의 수많은 일들이 숨을 쉬면서 살아나와 나를 행복하게 해 주곤 한다.

그때 내가 경영했던 식당집은 촌거리에 자리 잡았다. 식당 내부에 화려한 장식은 없으나 그래도 바닥에다가는 벽돌을 깔았고 하루에도 수없이 닦고 닦아서 지금의 타일처럼 반들거리지는 못해도 깔끔한 편이었다. 손님으로는 우리 집 앞을 지나는 버스를 타러 오는 사람과 버스에서 내리는 시골 사람들이 대부분이었다.

그날은 시작부터가 꼬였던 기억이다. 웬 아저씨가 꽤 일찍 식당으로 들어왔다. 겨울철에는 누구든 식당에 들어오면 더운 물부터 대접하게 되어 있다. 그런데 그날 그 첫 손님은 나를 골탕 먹었다. 그 손님은 테이블 앞에 앉아 계속 물만 마셨다. 음식을 주문할 기미가 안 보였다. 그런데다가 주방에서는 "손님이 오면 어쩌려고 비싼 석탄 때서 끓인 물을 보온병째로 다 갖다 주냐? 한 그릇만 주지 않고…"하는 시어머니의 꾸중이 소리 높다. 그 손님은 물만 마시는 것이 아니라 수시로 "퉤!"하고 가래 침를 콱콱 뱉어 냈다. 그것도 부족해 공칸 바닥에다 대고 "핑!"하고 코까지 풀어 붙였다. 그는 그런 식으로 거의 두 시간을 보내고야 "고맙다"고 인사를 하면서 털고 일어나 식당을 나갔다.

그 손님이 나간 뒤 엉망이 된 바닥을 보노라니 할 말이 궁금했다. 가래와 코가 여기저기에 볼꼴 사납게 붙어 있었다. 고무 장갑도 없던 세월이었고 집에 학생이 없는지라 헌 책종이 마저도 흔하지 않아서 나는 그것들을 닦아 내지도 못하고 어찌 할 바를 몰라 서성거렸다. 이때 시어머님이 볏집을 한 줌 가져와 대충 문질러 초벌을 닦아 내고 다시 내가 걸레로 벽돌 바닥 틈틈이에 끼어 있는 것을 깨끗이 청소해 냈다. 내가 더운 물을 잘 공급해서 그 손님이 오래 있다가 간 것 처럼 자꾸 시어머님께 미안해지는 마음이었다. 그러면서 속으로는 오늘은 손님이 오지 말았으면 하는 생각을 했다. 돈이 싫은 건 아니지만 좀전처럼 시어머님께 꾸중을 들을까 제일 두려웠다.

삶이란 언제나 사람들의 생각대로 따라 주지 않는 법인가 보다. 내가 그렇게 바랬고 또 눈도 좀 내리고 해서 날씨가 평일보다 훨씬 맵쌌지만 동네 손님들이 많이 오셨다. 그러다 보니 본의 아니게 그날의 점심 장사는 여느때보다 수입이 짭짤했다. 그러나 그 공짜 물을 마시고 간 사람 때문에 금방 들어오신 손님들께 대접할 더운 물이 없어서 급급히 물 끓이느라 진땀을 뺐고, 그 바람에 시어머님 꾸중도 꽤 들었다. 일로 한생을 굳혀온 어머님은 당신 며느리가 탐탁치 않은 데가 많으셨던 거 같다.

점심 손님을 다 치르고 식구들이 늦은 접심밥을 먹고 있을 때 젊은 새댁 한 분이 두 돌이 지난 듯한 애기를 업고 들어왔다. 그는 들어오자 바람으로 "밀가루떡이 있냐"고 물었다. 우리 집은 조선족풍미(风味) 식당이라 밀가루떡을 만들지 않았다. 그런데 새댁 등에 업힌 애기가 떡이 없다는 말을 알아들은 듯 소리쳐 울며 생떼를 쓰기 시작했다. 나는 별 방법이 없어 슈퍼가 멀지 않으니 거기 가서 아이에게 과자나 빵을 사 주는 것이 좋겠다고 말했다. 그런데 애기 엄마는 싫다고 했고 애기는 발버둥치면서 계속 울었다. 애기 엄마는 우는 아이 엉덩이를 덜썩덜썩 두드리며 어쩔줄을 몰라하고 있었다. 내가 집이 어디냐고 물었더니 우리 집과 십리 길도 넘는 민주툰(民主屯)이라고 했다.

나는 걱정이 생겼다. 그 마을까지 가려면 홀몸으로도 두 시간쯤은 걸어야 하는 데 눈까지 내린 해 짧은 겨울 오후라 우는 아이를 업고 그 먼길을… 생각만 해도 남일같지 않게 아찔하였

     빛은 길을 가는 사람을 저버리지 않는다

다. 나는 아기를 업고 온 엄마를 봐서 만들어주기로 했다. 애기는 울음을 덜컥 그치고 해실해실 웃었지만 시어머님과 남편은 없다면 그만이지 웬 오지랖이냐고, 맛이 없으면 어쩔거냐고 핀잔 섞인 어조로 말했다.

하지만 같은 애기 엄마로서 울고 있는 애기를 그대로 두고 볼 수는 없었던 것이 그때의 내 본심이었다. 밀가루떡을 해 보려고 주방으로 갔다. 점심 장사를 끝내면서 보드라운 석탄으로 불씨가 꺼지지 않도록 눌러놓(压火)았던 난롯불로는 아니 될 것 같다. 나는 하는 수 없이 밖에서 볏짚 한 단을 가져다 불을 지피고 밀가루 반죽을 해서 밀가루에 파를 곁들인 중국식 밀가루파기름떡(葱油饼) 두 장을 만들었다. 그리고 떡을 배춧잎에 싸서 아기에게 주었더니 아이는 언제 울었냐듯 생글거리며 오물오물 맛있게 먹었다. 아이 엄마는 가격이 얼마냐고 물었지만 나는 시작부터가 벌기 위한 것이 아니었기에 괜찮다며 돈을 받지 않았다. 그 모자를 보내고 그날 하루 영업은 마감을 했다. 아침부터 시어머님과 남편의 핀잔을 들으며 보낸 하루였지만 마음 한편은 무언가 자기도 모르게 뿌듯하게 고여 올랐다.

그날 후로 보름 정도 지난 어느 날이었다. 검정외투에다 개털 모자를 쓴 중년 아저씨 두 분이 들어와서 무턱대고 식당집 주인이 누구냐고 물었다. 그래서 무슨 일이길래 그러냐고 되물었더니 "얼마 전 애기 업은 젊은 색시에게 밀가루떡 만들어 준 적이 있냐"고 물었다. 나는 겁이 더럭 났다. 혹시 내가 구워 준 떡을 먹고 애기가 무슨 탈이라도 생긴 것인가? 나는 조마조마한 마음을 누르고 조심스럽게 그런 일이 있었다고 진실을 말했다. 그랬더니 그 남정들은 아무 답도 하지 않고 곧장 밖으로 휑휑 걸어 나가더니 두터운 외투 차림을 한 남정네들을 우루루 데리고 들어왔다. 피뜩 봐도 열 명이 넘는 듯했다. 나는 영문을 몰라 두근거리는 마음을 가까스로 달래며 그 자리에 꽁꽁 얼어 붙어 있었다. 이때 그 중 연세가 지긋한 아저씨가 대표인 듯 입을 열었다. 그날 애기 업고 이곳을 찾았던 젊은 색시는 자기 딸이었다고 했다. 그 여자는 농촌에서 농사일을 하다가 길림시로 공농병대학에 가서 공부하고 결혼을 했는데 졸업 후 선생으로 일한다고 했다. 그리고 겨울 방학에 친정으로 오는 길에 그런 일이 생겼다고 하면서 너무너무 고마웠다고 인사를 했다. 이어 또 다른 아저씨가 앞으로 나오더니 나에게 고맙다는 인사말을 했다. 그날 무료로 두 시간 정도 식당에 있으면서 더운 물을 얻어 마시고 바닥에 오물 그림을 그렸던 그 아저씨들이었다. 알고 보니 그날 새벽에 집을 나서 정거장까지 왔는데 첫 버스를 놓쳐 버린 것이었다. 두 시간 후에야 다음 버스가 오는지라 밖에서만 기다릴 수 없어 우리 식당집을 찾았던 것이다. 그 아저씨는 덕

　　　　　　　　　빚은 길을 가는 사람을 저버리지 않는다

분에 몸도 녹이고 또 더운 물까지 잘 얻어 마셨다고 감사의 말을 하였다. 그때서야 나는 긴장했던 마음을 확 풀었다. 그들 일행은 공사(公社)에서 하는 각 대대(大队) 간부회의를 마치고 일부러 우리 식당을 찾아 왔던 것이다. 그들 일행은 이 식당에서 재일 비싸고 맛있는 음식은 다 시켰지만 워낙 작은 규모의 식당인지라 보신탕에 몇 가지 반찬이 다였다. 나는 김치를 서비스로 대접하는 것을 잊지 않았다.

그 시절에는 한 끼 식사 비용이 많아야 20원 안팎이었다. 그 아저씨들 덕분에 그 최고의 매상을 올릴 수가 있었던 그 일을 생각하면 지금도 뿌듯하다. 그 일이 있은 후 우리 식당 운영은 날이 갈수록 꽃이 피었다.

그 시절에는 잘 몰랐는데 지금 생각해보면 가는 정이 있었기에 오는 정(舍得)을 듬뿍 받을 수 있었던 거 같고 우리 집 삶을 나날이 살찌우게 될 수 있은 것도 그 정이 닦아 준 길이 있었기 때문인 거 같다.

새 집

1984년 전 중국이 개방의 열풍이 불어 우리 동네에도 논밭을 분배하고 뜨락또르며 소며 모든 생산대에 물건들을 제비뽑기를 하여 분여해 주었다. 그때 우리 집 형편으로 보면 남편이 직장 생활을 하고 있어서 걱정이 정말 태산같았다. 어쨌든 친척과 동네 어르신들 덕분에 첫해 모내기까지는 잘 끝마쳤다. 그런데 앞으로 벼를 키우고 벼가을을 하고 탈곡을 해야 하는 등 모든 일들이 그저 막막하기만 하여 어떻게 하면 농사일을 안 하고서도 먹고 살아갈 수 있을지 하는 방법을 생각하고 생각한 끝에 음식점을 한 번 해 보기로 마음 먹었다. 그때 우리 집이 큰길 옆에 살지는 않았지만 그래도 다행으로 동네로 들어오는 길목에 자리하고 있어서 보신탕을 주메뉴로 영업을 한다면 참 잘 될 것이라는 생각이 들었다. 나는 나의 생각을 남편과 시어머님께 말씀드렸다. 그런데 남편도 시어머님도 절대로 안 될 일은 생각부터 하지 말라며 딱 구거서 못을 박아 버렸다. 그러나 먹은 내 마

　　　　빛은 길을 가는 사람을 저버리지 않는다

음은 변동이 없었다. 어떻게 하면 어르신과 남편의 동의를 얻어
낼까? 일단은 식당을 할 자리부터 생각해 봤다. 두 칸 짜리 집에
뒷창문을 뜯어 내고 그쪽으로 손님이 출입할 수 있는 출입문을
내야 했다. 그런데 그 방은 우리 부부의 신혼방이었다. 신혼방
을 식당으로 내어 쓰자니 정말 가슴이 쓰렸다.

그런데 농사일를 안하고 잘 살려고 하니 무슨 별다른 방법
이 나서지 않는다. 매달 말에 남편이 가져다 주는 한달 봉급 39
원으로 살림살이를 해야 하는데 그 돈으로 큰아들 우유값을 제
하고 나면 나머지 돈으로는 겨우 배급 양식을 타 먹을 수만 있
다. 쪼개서 쓰려고 해도 쪼갤 것이 없다. 남편은 월급을 내 손에
가져다 주면 만사대길이지만 살림은 내가 변통해 살아야 한다.
아무리 애를 써 봤자 생활이 쪼들리고 가난한 건 아무런 변화도
없었다. 어떻게 해서든지 남편의 마음을 돌려 세워야 한다고 생
각한 나는 남편과 단독으로 있을 기회만 있으면 거의 매일 졸
랐다. 했던 말도 또 하면서 식당만 오픈하면 혼자서도 얼마든지
잘 할 수 있다고 입에 침이 마르도록 설득하고 또 설득하였다.
공 들여 안되는 일 없다더니 내가 남편의 귀에 딱지가 생기도록
없는 방법까지 만들어 가며 공세를 보인 덕분에 마침내 남편의
동의를 얻어낼 수 있었다. 단김에 뽑는 것이 소뿔이라 하여 나
는 사이를 두지 않고 식당집 수리에 서둘렀고 수리를 마치기 바

쁘게 끝내 나에게 속하는 보신탕 식당 [天啊]를 오픈하게 되었다. 그때의 그 기쁨을 정말 말로는 표현할 수가 없을 듯하다. 굳이 말하자면 세상을 다 가진 것 같은 그런 기분이었다.

음식점이라고 하나 투피로 된 초가집이라 매일과 같이 보신탕을 끓여 대니 식당 안은 김에 꽉 차 있게 되고 시간이 좀 지나니 식당 벽이 보신탕 김에 못 견디고 서서히 무너져 내리고 있었다. 그런데다가 나는 둘째 아이를 임신 중이었다. 인지상정으로 사랑으로 빚어진 생명이 태어나게 되면 기쁨이 최우선이겠건만 그때는 희열보다 허물어져 내리려는 담벽을 해결하기 위해 새 집을 잡아야 하는 일에만 신경을 쏟아 부었다. 그러나 별 방법이 나서지 않아 갈수록 심산이기만 했다.

'궁한 자는 변화를 생각한다'는 말이 있다. 어쩜 그때의 내 사정을 두고 한 말 같기도 하다. 나는 그놈의 가난에서 벗어나기 위해 체면 따위는 무릅쓰기로 했다. 나는 도시에 살고 있는 오빠들께 당신의 여동생이 살기 위해 여차여차하니 부디 돈을 좀 빌려 달라는 편지를 써 부쳐 보냈고 그로부터 소식을 얻은 오빠들은 천원 또는 오백원의 식으로 힘 자라는대로 나에게 도움을 주었다.

이렇게 나의 식당 꿈은 한걸음 한걸음 모습을 보이기 시작했고 내 마음도 매일매일 환희에 차 있었다. 식당집 짓기가 시

                    빚은 길을 가는 사람을 저버리지 않는다

작되었고 나는 출산 기일이 되어 친정으로 가게 되었다. 그런데 호사다마로 새 집의 기와까지 올리고 천반을 하던 도중에 일손을 돕던 옆집 총각이 부주의로 눈이 찔려 병원으로 실려갔다. 내가 이 소식을 전해 들었을 때는 둘째 아들을 출산한지 칠일만이다. 그때 나는 출산 직후라 몸이 허해질대로 허해 있었다. 그런 몸상태에서 그 무서운 소식을 들었으니 눈앞은 캄캄해지고 마음은 청천벽력을 내리 맞은 것처럼 찢어지고 아팠다. 그러나 옴짝달싹을 할 수 없는 몸이라 산후 조리 한달이 되는 날까지 참고 있다가 큰애 손목을 잡고 둘째 애를 둘쳐 업고 임시 맡아 놓은 셋방집으로 달려갔다. 내가 집에 들어서니 시어머님은 죽은 엄마 살아오는 것보다 더 반가워 했다.

집에 가서 안 일이지만 목재를 사라고 3600원이나 주었던 돈은 사기당했다. 집에는 이제 돈땡이라고는 없다. 나는 벼랑 바닥에서 살아 남아야 한다. 그 방법은 역시 도움을 받는 길밖에 없었다. 나는 생각 끝에 3살 먹은 큰애를 이끌고 세상에 온지 40일 밖에 안 되는 둘째를 업고 사전 연락도 없이 둘째 오빠네 집으로 쳐들어갔다.

한 엄마의 젖을 먹고 자란 오빠라 생활이 넉넉하지 않았지만 300원을 나에게 쥐어 주면서 적지만 보태라고 하였다. 어쨌든 빈 손으로 돌아오진 않았으니 시작은 뗀 셈이다. 집으로 온 나는 아이들이 빽빽거려도 껴안고 둥둥거려 줄 겨를이 없었다. 나는 그 길로 우리 동네에서 잘 사는 집이 누군지 알아 보는 일을 시작했다. 식당을 살리기 위해 온갖 방법을 다 해볼 것이다. 나는 제일 처음으로 우리 뒷집에 사는 한족사람에게 알아보았다. 그의 말에 의하면 떼돈 모아 놓고 엄청 잘 사는 집이 이 동네에 한집이 있기는 한데 손톱도 안 들어가는 깍쟁이라 절대로 안 빌려 줄 것이니 찾아 가봤자 소용 없다고 하면서 불가능의 의미로 고개를 절레절레 저었다. 그러건 말건 나는 그 사람을 만나 보리라 마음 먹었다.

뒷집의 한족은 성은 조씨이고 향 정부에서 경비를 맡고 있다. 나는 퇴근 시간쯤을 기다려 무작정 향 정부를 찾아 갔다. 자그마한 경비실에 들어 서니 나이가 비슷한 사람 몇 명이 모여 앉아 담배를 피우고 있었다. 그 중 한분이 나에게 누구를 찾아 왔냐고 하기에 조씨아저씨를 찾아 왔다고 했더니 경비실에 앉아 있던 아저씨들이 이상한 눈으로 나를 힐끔힐끔 보면서 밖으로 걸어 나갔다. 그때야 나는 기회라 생각하고 그 조씨아저씨에게 '어르신님, 저는 아저씨에게 도움을 받으러 왔습니다'고 하고 절박한 사정을 두서 없이 풀어댔다. 한참 이야기를 듣던 조씨 아저씨는 당신이 누구인지도 모르는데 어떻게 돈을 빌려 주냐고, 그리고 뭐를 믿고 빌려 주냐고 했다.

        빛은 길을 가는 사람을 저버리지 않는다

나는 이십 년 전 전 돌아 가신 시아버지의 함자를 대면서 그 집 막내며느리인데 돈을 사기당해서 이렇게 찾아오게 되었다고 그 자초지종을 이야기 드렸다. 하지만 어떤 모르는 사람한테서 목돈을 꾼다는 것은 세상이 생기고는 없는 일이라는 것을 알게 되었다. 나는 정으로 조아저씨의 마음을 녹여야 겠다고 마음 먹었다. 그리하여 매일 찾아가서 빨래감도 가져와서 깨끗이 빨아 주고 맛있는 음식도 자주 가져다 드리면서 시간을 보냈다. 이렇게 보름 동안의 시간이 흘렀을 때 조씨 어르신은 끝내 나에게서 믿음과 성실을 읽으셨는지 얼마나 필요한가고 물어왔다. 그러나 내가 2000원이라 했을 때 백원이나 이백원 따위는 빌려줄 수 있으나 그렇게 큰돈은 자기에게 없다고 잘라 말하였다.

내가 한 노력을 생각해서라도 내가 시작한 꿈을 위해서라도 주저앉을 권리가 없다. 내가 아무리 요술을 부려도 자기집 돈은 모두 장기저축이어서 그것을 깰 수 없다고 하였다. 나는 마지막 방법으로 농업은행의 문을 열었다. 나의 사정이야기를 다 듣고 난 농업은행 지점장은 대출은 해 줄 수 있으나 보증이 없으면 불가능하다고 찍어 말했다. 내가 낙망에 절어서 은행을 나서려 하는데 그 지점장은 내꼴이 마음에 걸렸는지 '금이나 저축금이 은행규정의 한도를 채운 통장이 있으면 대출이 가능하다'고 내 등뒤에 대고 말해주었다.

[天啊] 식당은 이렇게 살아났다.

지금도 기억한다. 그때 조씨 어르신을 찾아 뵙고 대출관련의 자초지종을 잘 이야기 드렸더니 잠시 주저하다가 빨간 천에 꼭꼭 싸놓은 통장을 약간 떨리는 손으로 건네 주시던 그 고마운 모습. 고마운 분이 있어 우리 집은 벽돌집으로 이사를 가게 되었고 나의 식당꿈도 이루어 낼 수가 있었던 거 같다. 우리 집이 벽돌집으로 이사 가던 그날 저녁, 나는 앞마당 멀리에 서서 우뚝 높이 선 우리 집을 바라보며 하염없이 흘러내리는 눈물을 느꼈다.

힘이 되어 주신 분들에 대한 감사의 눈물이었다. 그리고 희열의 눈물이었다. 만가지의 난에도 꿈만을 향한 스스로에게 주는 선물이었다.

빛은 길을 가는 사람을 저버리지 않는다

순자 어부촌

그때 나는 태산이라도 이고 일어설 수 있을 것같은 힘으로 넘치던 청춘시절이었다. 그 시기는 농민들이 더 잘 살아보려고 고향땅 떠나 낯선 대도시들로 일자리 찾아 다녔던 시절이다. 농촌에 살던 적지 않은 조선족들도 시대에 뒤떨어질세라 시내로 진출을 하였다.

나도 그 붐을 타고 고향에서 하던 작은 밥집을 접고 형제들이 있는 해변도시 DL으로 왔다. 그때 나의 시작에 기회가 된 것은 DL시에서 경제를 촉진시키기 위한 야시장을 개설한 것이었다. 야시장은 보통 공원 외곽 변두리나 또는 행인 유동이 보다 많은 번화가 안쪽으로 자리하였는데 내가 자리잡은 곳은 노동공원과 천진가의 먹거리 야시장이다. 나는 형제들의 도움으로 노동공원 야시장에서 조선족의 대표음식 냉면을 팔 수 있는 허가를 받아 냈다.

우리는 승리교 부근에 있는 작은 창고 집를 하나 세 내고 그

곳에서 새 인생 꿈의 보따리를 풀었다. 야시장은 저녁 5시부터 열린다. 그래서 준비 여지가 넉넉해 보이지만 사실은 하루 시간이 늘 딸렸다. 내가 세를 낸 살림집에는 식수 시설이 없다. 그러다보니 물 긷는 시간만 해도 꽤 품을 들여야 했다. 일찍부터 빈 초롱을 들고 주인집 식구들이 출근하기 전에 물부터 길어와야 했다. 냉면을 해본 사람은 알겠지만 물이 엄청 많이 들어간다. 일단 완성된 냉면 한 그릇을 하려면 먼저 물에 잠기도록 해서 불궈야 한다. 불궈 내서 삶지 않으면 냉면발에 탄력이 부족해서 맛이 떨어진다. 다음은 물에 삶아야 하고 삶아 내서는 냉면이 탱탱하게 살아 있는 맛을 내기 위해 몇 벌이고 냉수물에 씻어 내야 한다. 게다가 제일 중요한 냉면 육수도 많은 양의 물이 있어야 한다. 그러다 보니 하루 물의 사용량은 어마어마했다. 거기에 양배추무침, 고추가루 양념장을 만들어야 하는데, 어느 것 하나 물을 떠나 되는 것이 없다.

이렇게 작은 창고집에서 하루에 몇 백 그릇을 팔기 위한 물 준비는 참으로 어마어마했다. 통으로 생긴 용기마다에 넘치도록 물을 가득씩 채워야 한다. 그런데다가 연탄난로에 불을 지펴 국수를 삶아야 했는데 연탄도 만만치 않게 들어갔다. 주방의 숨통같은 물과 불이 이렇게 여의치 않으니 새벽부터 온 종일 매달려 시장 준비를 해야만 오후 3시쯤이 되어 비로소 준비한 재

  빛은 길을 가는 사람을 저버리지 않는다

료와 물건들을 밀차에 실을 수 있다. 이어서 나와 남편은 그 밀
차를 당기고 밀면서 노동공원 북문으로 가서 장사를 할 수 있게
된다.

　냉면 장사를 시작한 첫날이 지금도 어제런듯하다. 그날 나
는 딴에는 도시여성티라도 내 볼 양으로 굽높은 구두를 챙겨 신
었다. 그리고 장사거리들을 가득 담아 실은 밀차를 끄는 남편을
도와 뒤에서 밀면서 시장까지 갔다. 도중에 발뒤꿈치가 띠끔띠
끔 쏘고 찐득찐득 거려서 목적지에 도착해 신발을 벗어 보니 발
뒤꿈치에서 피가 지질지질 흘러 나왔다. 하는 수 없이 그날 나
는 아예 신발을 벗어 던지고 맨발바람으로 맨땅바닥에 서서 냉
면을 팔았다.

　맨발, 맨땅이 운을 갖고 왔는지 냉면은 첫날부터 인기가 대
단했다. 그저 주는 것처럼 사람들이 척척 잘도 사먹었다. 맨발
바닥 물집이 툭툭 터져 아렸지만 한족들이 우리 조선족음식
인 냉면을 좋아한다는 사실을 알게 되니 앞으로 장사가 대박나
겠다 싶어 나는 아픈 것도 까맣게 잊고 웃음만 실실 흘러나왔다.

　그 후부터 우리는 매일 아침 일찍 일을 시작하여 늦밤까
지 일을 해도 엔진이 달린 것처럼 온몸에 힘이 퐁퐁 솟아 올
랐다. 그렇게 열심히 장사를 하던 어느 토요일, 그날도 일찍
이 만장같이 준비를 해서 장마당에 갔다. 이상하게 손님이 없었

다. 휘휘 둘러보니 우리처럼 외지에서 온 몇 집밖에 안 보였다. 손님이 없으니 금방 건달이 된 듯 이리저리 두리번 먼산만 보고 있는데 갑자기 번갯불이 여기저기 번쩍이고 우뢰 소리가 우-당-탕 때리더니 굵은 비방울이 투둑투둑 내리 떨어지기 시작했다. 비가 오기 전 5분까지만 해도 날씨가 맑고 바람 한점 없었기에 비가 오리라고는 꿈에도 생각 못했다.

우리는 준비한 음식을 한 그릇도 못 팔고 비가 멎기를 기다렸지만 연해 도시라 태풍까지 나와서 너풀대니 비는 점점 더 기가 성해졌다. 거센바람에 장사용 텐트가 허수아비처럼 이리저리 흔들어 댔지만 그래도 행여나 비가 멎어 장사를 할 수 있겠지 하고 기다리다 보니 어느새 어둑어둑한 저녁이 깃들었다. 요행을 바랐던 우리를 징벌이나 하듯 비는 점점 더 억수로 퍼부어 댔다.

그제서야 가망이 없는 것을 판단한 우리는 물건들을 정리하여 가지고 인기척 하나 없는 밤길에 얼굴을 내리치는 비바람을 펑펑 맞으며 집으로 향했다. 아스발트길은 이미 강바다가 되었다. 니야까차 위에 실린 물건들이 태풍의 기세에 날려 길거리에 떨어져서는 손살처럼 흘러내려가는 빗물에 합류해 어디로 갔는지 찾을 수도 없었다.

내 몸에서도 빗물이 젖가슴을 타고 폭포처럼 흘러 내렸

   빛은 길을 가는 사람을 저버리지 않는다

다. 정거장 앞에서 승리교로 가는 오르막길은 산사태처럼 흘러 내려오는 빗물에 침몰되었다. 억센 맞바람을 맞으며 바다가 된 오르막을 올라가느라 남편과 나는 밀차를 당기고 밀고 하면서 올랐다가는 미끌려 아래로 가고 하면서 씨름질을 얼마나 했는지 모른다. 바람과 빗물의 행패를 겨우 이기고 우리가 살고 있는 창고집까지 도착하니 마당도 강이 되어 있었다.

우리는 창대비 속에다 그 많은 물건들을 그대로 둔 채 집 안에 뛰어 들어갔다. 말이 집 안이지 집 안 바닥에는 이미 물이 발목을 넘겼다. 우리는 불을 켜고 서로를 쳐다보며 순간 터져 나오는 웃음에 배를 끓어안았다. 나와 남편은 세상에 모든 말을 다 합쳐도 표현 못할 '슈퍼맨'의 모습이 되어 있었다. 사실 울어야 할 형편임에도 우리는 웃고 또 웃으며 서로 하나씩 쥐어 박기도 했다. 젊어 고생은 돈 주고 사서도 한다는데 이 정도쯤이야! 우리는 젊은 기백을 이렇게 딛고 서서 고생을 낙으로 삼으며 몇년 동안 열심히 일하고 모으고 저축해서 신도시로 개발하고 있는 화락가 한산한 곳에 집 한 채를 마련하고 '순자 어부촌' 이란 작은 식당 간판을 걸게 되었다.

이렇게 나의 식당업은 노천 식당에서 실내 식당으로 올라섰다. 이젠 자연이 심술을 부린대도 무서울 것 없다. 최선을 다해서 경영해 가는 일밖에 남지 않았다. 하지만 갖가지 요리 제작법을 따로 배워 본적도 없고 요리사 자격증도 없이 그저 내가 배운 건 엄마의 음식 만드는 솜씨 하나 뿐이다. 그래서 내 마음 한 구석에는 불안과 걱정만 찼다.

개업 첫날이다. 새벽부터 소나기가 퍼붓기 시작했다. 유리로 된 식당 출입문이 비바람을 못이기고 산산조각 나버렸다. 식당 안으로는 비와 바람이 신대륙을 발견한 것처럼 흥분해서 뛰쳐들어왔다. 시작의 날에 이런 일이 생기니 무슨 불길한 조짐인 거 같아 가슴은 내려 앉았다. 내가 걱정에 팔자 타령 운수 타령까지 해가며 푹 죽어 있는데 손님들이 줄줄이 찾아 들었다.

무너질때는 무너져도 일어날 때는 일어나게 되는 것이 삶의 자본인가보다. 손님을 맞이하니 금방 지옥에 가버릴 것만 같았던 마음에 희망이 흘러 들었다. 내가 좌절할까봐 응원온 지인들이었다. 그 고마움에 나는 한없이 울었다. 곤란이 와도 딛고 설 수 있는 힘은 이렇게 얻었다. 나는 그날 올린 매상을 지금도 똑똑히 기억한다.

'시작은 만사의 반이다'라는 말을 나는 그때에야 알았다. 그날 손님들이 간 후로 고객들이 비내린 후의 강물처럼 불어났다. 우리 식당은 3개월만에 예약하지 않으면 좌석이 없을 정도로 흥성해졌다.

그런데 순풍에 돛을 단 것처럼 호황이 이어지던 어느 날, 한

     빛은 길을 가는 사람을 저버리지 않는다

손님이 오서서 식당의 운행을 툭 잘라버리고 말았다. 그 손님은 숭어회 한 접시를 시켰다. 그리고 식사를 하다가 갑자기 식당에서 식사하는 다른 손님들에게 대고 말박줄박 쌍욕을 퍼붓기 시작했다. 나는 앞치마에 물손을 닦으며 달려가 공손히 섰지만 '간나새끼, 어디서 발바닥 걸레로 음식 만들어 팔아 처먹어?' 하며 고래 소리를 질러제꼈다. 이어 회접시가 공중을 날고 병이 나뒹굴었다. 이 광경을 보고 있던 몇몇 손님들이 어디 공공장소에서 함부로 행패질이냐며 두팔 걷고 의자를 추커 들었다. 우리 식당의 손님분들에게까지 불똥이 튀게 할 수는 없었다. 나는 무조건 우리 식당의 불찰이라며 난동을 피우는 그 손님에게 몸을 굽히고 진심으로 양해를 구했다. 그러나 회 트집을 하던 그 손님은 또다시 맥주병 몇 개를 던지면서 쌍욕을 퍼부어댔다. 황소가 뿔로 사람을 떠받으려는 행세로 눈을 부라리면서 씩씩거리는 것을 보고야 나는 이 손님이 정신질환 환자일 것이라는 짐작이 갔다. 그때 나는 어디서 생긴 담력인지 팔척이나 되는 손님 덩치를 꽉 껴안고 무조건 잘못했다고 싹싹 빌면서 밖으로 모시고 나갔다. 그리고 손님들에게서 받은 식대를 있는대로 전부 드리고 택시까지 잡아 드렸다.

그 손님을 보내고 식당을 들어와 보니 아수라장이다. 몇 백원의 매상도 날아갔다. 그러나 나는 오늘도 그 일을 감사하다고 생각한다. 만약 그때 그 손님이 칼을 휘둘렀다면 식사 중이던 기타 손님이 어떤 변을 당했을 것이고 '순자 어부촌'은 훗날 어떤 운명이었을 것인가! 순간은 자빠졌다 쳐도 코를 안 깼으니 그만하면 다행인 셈이었다. 이 일이 있은 후 나는 모든 손님들을 더 공손히 모셔야 한다고 종업원 교육을 하였다. 그리고 나 자신에게도 항상 몸을 낮추어야 한다고 시시각각 경종을 울렸다.

나는 한 계절을 보내고 또 한 계절을 맞이하면서 고객들의 따뜻한 성원과 긍정된 마음에 항상 만족하며 살았다. 날가리 부자는 아니어도 매일같이 식구처럼 찾아주는 손님들이 있어 만석부자 부럽지 않게 행복했다. 그러나 행복은 순간이란 말을 시험이나 하듯 집채같은 걱정의 그림자가 나를 따랐다. 여동생이 뇌암에 걸렸다.

사실 동생은 잘 살아 보겠다고 첫돌 지난 아들과 다섯 살 짜리 딸을 두고 한국으로 돈벌이를 떠났다. 동생은 체류 기한이 지났지만 불법 체류자로까지 있으면서 악착스레 벌었다. 동생은 자기가 한국행 석달만에 집에서 아이들 잘 키우겠다던 남편이 만사를 할머니께 떠맡겨 놓고 도박에 빠진것도 모자라 나중에는 딴 살림까지 차린 것도 모르고 봉급은 어느 한달도 빼먹지 않고 꼬박꼬박 집으로 보내 왔다. 그때는 국제전화가 쉽지 않았으니 동생은 집 형편을 알리 없었다. 5년간 목숨 내걸고 번 돈은

   빛은 길을 가는 사람을 저버리지 않는다

동생 남편이 호의호식하는 밑천으로만 되었다. 후에 이 사실을 알게 된 동생은 한국에서 충격으로 쓰러졌고 이어 악성 유방암 이란 진단을 받았다. 형제들과 친척들이 모여서 형편대로 돈을 모아 동생이 먼저 암수술부터 할 수 있게 되었지만 그 후 약값과 생활비는 더는 형제들한테 기대지 않기 위해 동생은 수술 한 지 15일만에 식당 설거지 일를 시작하였다.

이때 나는 식당업 시작 때 짊어진 부채들을 거의 다 갚았고 영업이 제 궤도에 들어서고 있는 중이었다. 나는 동생이 유방암 수술을 받고도 식당일을 한다는 일을 알고는 고향으로 돌아오 라고 재삼 설득했다. 두 달이 지나 동생은 일에 부쳐, 병에 시달려 기진맥진해진 몸으로 귀국했다.

나는 동생을 우리 식당 경리로 일임시켰다. 일반 직원 8백원 월급인 시절에 5000원 봉급을 주면서 동생의 삶에 빛도 들어 오고 꽃도 피기를 간절히 바랐다. 이렇게 동생에게 마음도 몸도 편하게 지낼 수 있고 설 자리가 있게 되었다. 나의 자그마한 노력으로 동생에게도 삶의 의욕이 생기고 희망이 생겼다. 나는 무등 기뻤다. 그런데 그런 나날이 얼마간 흘러갔을 때부터 동생은 가끔씩 머리가 아프다고 하더니 끝내 뇌종양으로 쓰러진 것이다.

나는 식당을 내놓고라도 동생을 살리려 맘먹었다. 한쪽으로 는 여러 의사선생님께 상담을 받으면서 다른 한쪽으로는 동생

을 이끌고 병원이란 병원은 다 찾아 다녔다. 그러나 결과는 절
망 자체였다. 수술해도 고칠 수 없다는 것이다. 나는 대성통곡
을 했다. 어떻게 해야 할지 몰라 속만 잡아뜯었다. 그때 식당집
을 팔아서 북경의 큰병원으로 동생을 보내자고 제안하는 남편
의 말을 듣고 나는 새 힘을 얻었다. 나는 늘 남편은 다른 사람들
보다 능력이 부족하다고 생각해 왔었는데 그런 남편이 그때부
터 얼마나 고맙고 감사했는지 모른다.

그때는 집을 팔아도 지금처럼 가격이 치이지 않았다. 대신
약값은 나날이 기하급수로 늘어났다. 나는 식당을 팔면 동생 치
료에 필요한 비용을 못 이어가게 되는 상황이 될 수도 있으니
파는 것이 아니라 계속 하면서 동생의 병구완을 하기로 했다.

이때부터 나는 식당에 관심을 돌릴 정신적 여유도 없었고 식
당일에 손 댈 시간도 없었다. 동생의 인생이 얼마나 남아 있는
지도 모르지만 살아 생전 따뜻한 집밥이라도 제대로 먹게 하여
사랑을 느끼게 해야 겠다는 생각에 일단 삼시세끼를 병원으로
날라다 주는 일에 달라 붙었다. 그러면서 뇌종양을 잘 치료한다
는 의사 수소문에 나섰다. 북경에서 뇌종양 수술을 최고로 잘한
다는 병원을 알아냈고 그리로 동생을 보내기로 결심했다. 수술
비용은 인민폐 12만원이고 내가 전담하기로 했다. 그러나 식당
을 비울 수가 없어 북경까지 따라 가지는 못했다. 그것이 지금

     빛은 길을 가는 사람을 저버리지 않는다

도 가슴에 아프게 걸려있다.

북경 병원에서 동생이 수술하던 날, 하늘도 내 마음을 헤아렸는지 함박눈을 펑펑 쏟아부었다. 내가 불안한 마음을 조이며 전화 오기만 기다리고 있는데 수술이 끝나고 동생이 의식이 돌아왔다며 셋째 형님이 소식을 보내왔다. 동생은 전화를 들고 <언니야>를 부르며 엉엉 울음을 터뜨렸다. 나도 동생과 소리를 합쳐 대성통곡을 했다.

그렇게 수술을 시킨 동생은 집에 온지 한달도 못되어 반신불수가 되어 걸을 수가 없게 되었다. 나는 동생을 살리기 위해 또다시 입원시키기로 했다. 거의 15일을 한 주기로 출원하고 입원하고를 반복했는데 매번 출원과 입원 시에는 전신 검사를 받아야 했다. 나는 그 비용과 매일 복용하는 약까지 해서 매달에 삼만원 이상을 전담해야 했다. 병원에 들어가는 돈은 귀신도 모른다더니 동생의 병에 차도는 보이지 않고 병원비는 부단히 상승하기만 했다. 나는 그렇게 27개월 동안 동생의 삶의 끈을 쥐고 앞에서 힘겹게 걸었다.

동생을 저세상으로 보내고 난 나는 몇 날 며칠을 자리에서 일어날 수가 없었다. 내가 정신을 차리고 다시 식당으로 돌아오니 예약하지 않으면 일석이 귀했던 식당안이 파리만 제 세상 만난듯 앵앵거리고 있었다. 그 광경에 내 가슴에는 피눈물이 흘렀다. 그러나 그것을 삼키며 열심히 일하고 노력해야 살아남을 수 있음을 나는 안다. 올때처럼 보따리짐을 싸 지고 다시 고향으로 돌아갈 수는 없다.

나는 다시 시작했다. 그런데 시작을 위해 식당 일에 몸을 담 그니 억장부터 무너졌다. 해방 전 수준으로 돌아가버린 집 형편 이 나를 숨막히게 했다. 내가 시골에서 와서 갓 시작했을 때보 다 만배가 더 힘들었다. 그때는 단순히 예산 부족이었지만 지금 은 동생을 저 나라로 보낸 마음의 아픔도 달래야 했다. 아프고 고된 심신 노동이었다.

그러나 나는 끝내 해내고 말았다. 삶의 의욕만 강하게 갖고 있다면 어떤 역경에서도 살아남을 수 있는 길은 열려 있다. 나 는 '순자 어부천' 식당이 하루라도 빠른 회복을 맞아 오기 위해 반찬 한 가지라도 최고의 정성을 쏟아 부어 가면서 최선을 다 기울였다. 그러한 나날을 두 달 정도 이어갔을까 했을 때 우리 식당은 기사회생의 새로운 기적을 만났다.

나는 지금도 그 시절 손님들에 대한 고마움을 늘 가슴 깊이 간직하고 산다. 그때 내가 다 찌그러진 식당업을 춰 세우느라 열 심을 기울이면서도 저세상 간 동생을 못 잊어 상림아주머니*마

---

* 　노신의 단편소설 '축복'에 나오는 주인공. 어린 아들을 잃고 내내 아들

 　　　　　　빛은 길을 가는 사람을 저버리지 않는다

냥 했던 말을 곱씹곤 했지만 손님들은 나의 위안이 되어 주었다. 그리고 고맙게도 많은 손님들이 입소문을 내 주고 또 많은 손님들은 그 입소문을 타고 식당을 찾아 주었다. 식당의 손님은 나날이 늘어갔고 나는 천만금을 주고도 못 바꿀 소중한 자신감까지 얻었다. 내 삶의 버팀목은 식당을 찾아 주는 손님들이었다.

우리 식당은 차츰 단순 음식점이 아닌 만남의 장으로, 상담의 곳으로도 한몫을 했다. 식당 앞을 지나가다가도 들러서 커피 한잔으로 세상이야기 들려주는 사람들로, 고부 갈등이나 속상한 일도 털어놓군 하는 마음 열기의 자리로 거듭나기도 했다. 나는 그들에게서 나눔을 배웠고 사랑의 물로 미움을 씻어 내고 작은 것에 만족하는 지혜를 얻었다. 내 식당은 나에게는 삶의 일터이었고 배움의 정원이었으며 사랑의 교실이였다.

잘 살아 보자는 꿈 하나에 빈 주먹으로 시작한 '순자 어부촌'은 이제 38세가 되어서 정년을 시켰다. 식당업에 종점을 찍고 나니 생각의 길도 넓어지는 것 같다. 한으로 남은 못 배운 글공부부터 시작하고 살아온 이야기를 차근차근 글로 엮어 보자는

에 대한 그리움을 같은 말로 뇌이며 다니는 여성으로 마을 사람들은 그를 상림아주머니라 불렀다. 후에 중국 문화에서는 징징거리며 같은말을 자꾸 뇌이며 다니는 부녀나 여자를 상림아주머니라 부르는 문화습관이 생겼다. 필자 주

생각이 들어 놀라고 기뻤다. 내 나이 60이 넘어서도 무엇을 시작하려는 꿈을 갖고 있다는 것이 정말 꿈같다. 50년대 농민 자식이 낯 설고 물 선 도시에 짐을 풀고 열심히 일하고 평생을 고생하면서도 포기하지 않고 살아 온 덕분일 것이다.

쑥 버무리

솔솔 불어 오는 남풍에 실려온 꽃향기가 코끝을 간지럽히며 집 안을 은은한 향기로 가득 채웠다. 나는 상쾌해진 기분으로 손에 책을 잡았다. 준마상을 탄 한 시인의 시집이 요즘 나의 구미를 부쩍 당겼다. 몇 페이지 읽지도 못했는데 대흑산 진달래꽃 구경가자는 핸드폰 메시지가 들어왔다. 진달래를 볼 수 있다는 말에 마음부터 달려 갔다. 나는 읽던 책을 뒤로 하고 대흑산으로 갈 준비에 서둘렀다.

진달래가 있는 대흑산 정상까지는 넉넉히 잡아서 두 시간 정도 걸려야 한다. 칠순을 바라보는 나이에 거기까지 오른다는 것은 큰 도전이 아닐 수 없다. 그러나 자신이 포기하지 않으면 포기는 없다. 우리는 젊은 사람들과 함께 가파로운 오르막을 오르느라 땀동이를 쏟았다. 숨이 차고 무릎이 아프면 잠깐 잠깐 쉬면서라도 산 정상에서 연분홍 화장을 하고 기다리고 있을 진달래를 생각하니 힘이 그냥 고여 올랐다.

늦봄 나뭇잎들이 가끔식 바람에 흔들리며 우리에게 잘한다고 격려의 박수를 보내 주었다. 나무가지 사이를 들락날락 거리며 재잘재잘 대는 새소리와 가끔씩 멀리서 들려오는 목탁 소리도 힘 내라고 응원의 소리를 보내 주었다. 새싹들이 여기저기서 방긋방긋 웃고 큰 나무 아래 피어 있는 이름 모를 작은 꽃들이 바람에 한들한들 춤을 춘다.

드디어 산중턱에 자리잡은 비사성[**] 앞 휴게소에서 기다리고 있던 다른 한 팀의 친구들과 합류했다. 나는 온 마음을 얼싸안아 주는 승리의 쾌감 속에서 전에 없었던 젊음을 만끽하였다. 우리는 최정상에 자리한 진달래산에 오르기 위해 일단 간단히 점심 요기부터 했다. 모두들 지고 온 배낭 속에서 찬들을 내놓았다. 나는 집에 있는 쑥으로 만든 쑥버무리를 내 놓았다. 순간 친구 일행이 탄성을 올리며 맛있게 먹어 주었다. 친구들은 도시에서만 살아온 터라 어떤 쑥을 먹을 수 있는지 전혀 모르고 있었다.

시골에서 나서 자란 나는 쑥에 대한 간단 소개를 해 달라는 요청을 받고 쑥의 효능을 아는 대로 설명했다. 내가 알기로 쑥

[**]   중국 요녕지역에 남겨진 고구려 산성의 하나. 대련에 위치하고 있고 현
       재 이름은 대흑산임.

   빛은 길을 가는 사람을 저버리지 않는다

은 봄에 많이 먹는 것이 좋다. 곰이 봄나물인 쑥을 먹고 여성으로 되었다는 전설이 있듯이 쑥은 여성들을 위하여 존재하는 봄나물이기도 하다. 쑥은 성질이 따뜻하여 몸이 차갑거나 손발이 차가운 사람들이 쑥차를 많이 마시면 몸이 따뜻해지고 그래서 여자들의 손발이 냉함을 치는데 특별히 좋다. 그리고 쑥은 폐 건강에도 도움을 주며 비타민 B군과 철분, 칼슘, 비타민 미네랄이 포함되어 있어 기운을 돋우어 주고 다이어트에도 효험이 있다고 한다. 쑥은 사람과 친해서 보통 인가가 살고 있는 곳에서 자란다. 쑥은 종류 또한 다양하다. 오월단오 전에는 약쑥, 참쑥, 머리쑥, 생당쑥, 물쑥 등이 있는데 이 계절에 나는 모든 쑥은 다 먹을 수 있다. 그러나 오월 단오가 지나면 약쑥은 더는 식용으로 쓰지 못하며 잘 말리워 삼복철 뜸질용 쑥으로 변신한다. 그리고 생당쑥은 단오날 대궁이채로 꺾어다가 큰가마에 넣고 끓여서 생당쑥 환을 만들어 먹으면 간장 보호에 아주 좋다. 나는 쑥에 대한 소개를 하면서 옛날 양식이 귀했던 시절에 시골에서는 쑥떡으로 허기진 배를 채웠다고 덧붙였다. 친구들은 쑥버무리를 먹으면서 모두들 조상들의 지혜에 감탄을 연발했다.

우리는 식사 자리를 정리하고 다시 산톺기를 시작했다. 산세가 가파롭고 계단 단계가 높아 한 걸음 옮기기마저도 여간 힘들지 않았지만 쑥버무리를 먹은 덕분인지 지금 생각해도 그날 진달래산에 올라 간 일이 아득한 옛이야기 같기만 하다. 진달래 꽃밭으로 올라 가는 길목에는 무덕무덕 돋아 있는 참쑥이 보였다. 그 옛날 어린 시절, 해마다 쑥이 돋는 계절이 되면 꼬마친구들과 꽃샘 바람을 견디며 어김없이 쑥 캐러 갔다. 내가 논뚝이나 밭 변두리에 있는 쑥을 한 바구니씩 캐서 머리에 이고 집으로 오면 어머님은 빠른 일솜씨로 된장 쑥국에 풀사래기로 쑥떡도 해서 옆 집, 앞 집 나누어 먹기도 했다. 그때 먹었던 쑥버무리는 정말 별미었고 끈기도 있어 하루종일 친구들과 뛰어 놀아도 배고픈 줄 몰랐다. 엄마도 쑥으로 쑥버무리를 해 먹고 일에 나서면 그 힘든 모내기에도 배가 든든했다고 하셨다. 그런데 생활이 좋아지고 떡도 기계로 여러가지를 만들 수 있게 되면서 옛날 엄마 손맛은 점점 우리와 멀어지는 것이 한없이 아쉽다.

오늘 나는 아직도 우리 어머님들의 손맛을 배우고 익히려는 사람들이 있어 참 다행으로 생각했다. 게다가 쑥으로 만든 음식에 대해 잘 알아 보는 시간을 가지자고 제안해 오는 젊은 친구들이 있어 기분이 환해졌다. 그래서 봄이 다 가기 전에 우리는 쑥버무리를 위한 모임을 한 번 가지자고 약속을 잡았다.

우리는 드디어 산 정상에 올랐다. 거기에는 연두빛 풀잎 사이로 활짝 웃는 진달래꽃이 기다리고 있었다. 어릴 때 부르던 노래 한 곡이 생각난다.

'진달래야 진달래, 눈보라와 싸워 빛 뿌리고 ……'

우리는 분홍 진달래꽃들이 전해주는 이야기들에 폭 빠져 버렸다.

아들 등에 업혀
만리장성에 오른 어머님

　우리 부모님 슬하에는 아들 넷에 딸이 셋 해서 칠남매가 있다. 그 세월에 다 그러했듯이 칠남매 중 딸들은 저리가라 하고 아들들에게만 공부할 기회가 차려졌다. 아들들은 모두 부모님의 기대에 어긋나지 않고 열심히 공부하여 대학생이라는 이름도 흔치 않던 그 시절에 대학을 나왔다. 오빠들은 대학졸업을 한 후 해변도시에 직장 배치를 받았고 직장 생활에서 끈기와 열심을 다한 끝에 승진 또한 빨리 했다. 그래서 아직 외국으로 가는 길이 크게 열려 있지 않았던 그 시절에도 오빠들은 외국 출장을 곧잘 다니는 사람이었고 가족의 살림형편들은 남들보다는 훨씬 괜찮은 편이었다.

　어느 날 큰오빠가 형제들을 한자리에 모아 놓고 작은 가족회의를 소집하였다. 회의 의제는 부모님께 세상 구경을 시켜 드

　　　　빛은 길을 가는 사람을 저버리지 않는다

리자는 것이었다. 부모님께서 더 늙으시기 전에 오로지 자식들만을 위해 한생을 바쳐 오신 부모님께 조금이라도 보답을 해 드려야 할 때가 되었으니 아버님 어머님께 북경 관광을 시켜 드림이 어떠냐고 큰오빠가 제안을 했고 형제들은 만장일치로 그렇게 하자고 박수를 보냈다. 우리 형제들은 부모님께 비행기도 태워 드리고 생전에 드셔 본 적도 없는 맛있는 음식도 대접하고 귀로만 들어왔던 만리장성도 구경시켜 드리자고 하면서 부모님을 최고로 모시기로 하였다.

요즘 세월에는 생활이 유족해지고 교통 또한 발달하여 마음만 먹으면 여행을 갈수 있다보니 여행가는 것은 거의 일상화 되었다. 그래서 누가 어디를 여행 갔다 와도 부러워하는 사람들이 별로 없다. 하지만 1980년 중반, 그때 농촌에는 집집마다 배불리 먹고 사는것 조차도 어려운 형편인지라 누가 여행을 간다면 모두들 부러워하였으며 여행 하고 돌아오면 별나라 달나라라도 갔다 온 것 처럼 동네 사람들이 그 집에 비집고 모여 앉아 귀를 세우고 여행 중의 이야기들을 듣는 재미에 빠지곤 했다.

드디어 아버님 어머님을 모시고 하는 북경 여행날이 왔다. 부모님 당신의 모든 아들 며느리, 딸 사위, 손자 손녀까지 다 함께 할아버지 할머니께서 북경 여행 편안히 다녀오시길 기원하면서 공항까지 배웅해 드렸다.

그때는 비행기를 교통 도구로 삼기 보다는 비행기가 사치와 거리가 더 가까웠던 시절이다. 말하자면 보통 사람들은 며칠 동안 기차를 타면서 고생을 하면서도 그것이 천하 당연 지사라고 생각했을 뿐, 방식을 바꿔 비행기를 탈 궁리를 못했던 거 같다. 그때는 비행기를 탄다는 자체가 일반인들과는 별 관계가 없다고 인식되었다. 아마 그래서 그런지 공항에는 비행기 타는 사람들이 지금처럼 와글바글하지 않았다. 오히려 한적하고 조용하고 해서 공항에 발을 들여 놓는 순간부터 큰 세계로 향하는 것 같아 어깨가 올라가던 그런 시절이었다.

아버지와 엄마는 탑승 수속을 다 마치고 이제 통관을 하기 위해 출구쪽으로 줄을 섰다. 그런데 나는 그 줄 선 사람들 속에 서 있는 어머니를 바라보는 순간 눈물이 핑 도는 것을 느꼈다. 어머니는 원래 몸집도 있고 키도 크셨는데 사람들 속에 서 있는 모습은 왜소하다 못해 굽어져 있었고 머리카락 마저도 허옇게 물들어 있었다. 그리고 그 허연 머리에 꽂힌 비녀가 받침이 되어 어머니의 하얀 머리를 하얗게 보이게 했다. 우리 어머니는 조선족마을에서 쉽게 만나볼 수 있는 수수한 조선족할머니셨다.

어머니는 줄을 서서 기다릴 때 목 마르면 마시겠다며 스윗또(옛날 물병의 일종)에 물을 담아 작은 가방에 넣으셨다. 그런데 신분증과 비행기표를 들고 자기 차례가 오기를 기다리고 서 계시

    빛은 길을 가는 사람을 저버리지 않는다

던 어머니는 이 물병 때문에 안전검사를 받을 때 잠깐 말신경을 써야 했다. 검사 요원은 물이 담긴 물병은 통과되지 않는다고 하고 엄마는 목이 마를 때 마시려고 하니 반드시 출구를 나갈 때 갖고 나가게 해 달라고 했다. 이 땅에 사신지도 몇십성상이 흘렀건만 중국말을 잘 알아 듣지도 못하시는 어머니라 잘 구사할 리가 만무했다. 그 바람에 안전요원은 안전요원대로, 어머니는 어머니대로 제 좋은 말만 하다가 큰오빠가 중재 설명을 해서야 어머니는 우리 더러 물병의 물을 쏟아내라고 하여 빈병을 들고 안천출구를 통과하게 되었다. 통과하면서도 어머니는 아까운 물을 버린다면서 내내 표정을 펴시지 않았다.

비행기는 빠른 속도로 활주로를 달리다 서서히 하늘로 올라가 구름 층을 뚫고 높이 날아 올랐다. 아버님과 어머님께서는 창가에 앉아서 비행기 아래로 펼쳐진 구름의 세계에 감탄을 금치 못했다. 손을 내밀면 잡힐 듯한 솜뭉치같은 뭉게구름들이 바람따라 이동하는 모습을 보면서 구름바다를 헤엄치고 있는 것 같았고, 시간이 좀 지났을 때 비행기가 서쪽방향으로 비행하게 되면서 보게 되는 해질무렵의 물든 석양 또한 가관이었다. 해빛을 등에 업고 밭일을 하던 때에는 상상도 못해본 광경이었다. 붉은 태양을 가까이에서 불수 있고 그것이 옆에 있으니 큰 난로불이 놓인 것처름 온몸이 따뜻해짐을 느끼며 어머니는 아이가 된듯한 기분을 금할 수가 없었다.

우리가 어릴때 '기차는 빠르다, 연기를 내면서 산을 넘고 들을 지나 기차는 빠르다'라는 동요를 부르며 고무줄 뛰기를 놀면 어머니는 '그러니이라, 기차보다 빠른 거는 없다, 이 세상에 고마'라고 하시던 어머니에게 비행기가 기차보다 빠르다는 느낌을 톡톡히 안겨드리고 싶은듯 어머니가 황홀경에 잡혀있는 채로 비행기는 북경공항에 착륙했다.

공항에 내려 수하물을 찾아가지고 출구로 나오니 간부차림을 한 중년 남자가 공항까지 마중 나와 있었다. 오빠는 그분은 중국 기술진출회사 판공실 주임이이라고 부모님께 소개를 해드렸다. 그분이 운전하는 자가용에는 아버님, 어머님, 부모님을 동행한 셋째 오빠와 록화를 책임진 사람까지 모두 네 명이었다. 부모님이 도착한 곳은 북경에서도 최고를 자랑하는 북경반점이었다. 부모님께서는 땅을 떠나본 적이 없고 농촌을 떠나 다른 방식 생활을 생각해 본 적도 없다. 비행기를 타 보는 것은 꿈에도 감히 생각 못해봤고 흙냄새 풍기는 방구들이 아닌 널직하고 밝은 호텔방의 침대 등도 상상이 안 되었다. 감히 생각도 못해보던 행차를 하게 되니 부모님은 딴 세상에 온듯했고 모든 것이 어색하고 신기했다. 부모님은 아들 뒤만 따라다녔다. 서라면 서고 앉으라면 앉고 하는 식으로 호텔 체크인 수속을 마치고 호텔방으로

                    빛은 길을 가는 사람을 저버리지 않는다

모시는 아들만 따라다녔다. 아들이 잠시 후에 저녁 식사도 여기서 하니 일단 좀 푹 쉬라고 분부 드리고 방을 나갔을 때 두 노인은 꿈을 꾸듯 멍해졌다. 눈앞에 벌어진 광경이 믿기지가 않았다.

부모님께서 아들의 안내로 호텔 식당 로비로 내려가시니 예쁜 종업원아가씨들이 깍듯이 허리 굽혀 인사하며 단독 식사룸으로 모셨다. 룸에 있는 둥근 테이블 위에는 색색가지 음식과 조각을 곁들인 진수성찬이 차려져 있었다. 부모님께서는 상석에 모셔 졌고 오빠와 함께 온 친구분 해서 모두 다섯 명이였다.

그런데 의외가 벌어졌다. 의자에 앉아 밥상을 눈여겨 보시던 어머니는 크게 화를 내면서 우리말로 야단을 치셨고 그 식사상에서 식사를 하시지 않고 밀가루빵 하나만 달랑 들고 호텔 방으로 가겠노라고 나서시였다. 손님을 마중했던 판공실주임은 무슨 영문인지 몰라 어리둥절하여 눈치만 보았고 셋째 오빠는 식사칸을 뛰어나가 어머님을 다시 모시고 식당으로 들어왔다. 오빠가 왜 그렇게 성질 내느냐고 여쭈니 어머님께서는 훈계조로 오빠에게 말씀하였다. '밥먹을 사람은 다섯명 뿐인데 이 많은 음식을 시켜 가지고 누가 다 먹노! 이렇게 낭비만 할라믄 여행이고 뭐고 다 때리치고 당장 집에 갈란다'라고 하셨다. 그제야 어머니가 왜 화를 내셨는지를 알게 된 오빠는 어이 없어 웃어 버리고 말았다. 셋째 오빠는 인내심으로 부모님께 차근차근 그 사연을 말씀드렸다. 오늘 저녁 식사는 부모님 당신의 큰아들 친구분이 초대하는 것이니 아무 걱정 말고 맛있게 드시라고 말씀 드렸고 오빠 친구분도 어머님이 성낸 이유를 알고 나서 웃으면서 어머님께 잘못했다고 사과하고 다시는 낭비하지 않겠다고 말씀드려서야 어머님이 화를 풀고 앞으로는 절대 낭비하면 안된다고 신신당부를 하고 나서야 웃으면서 밥상에 함께 앉아 즐겁게 저녁 식사를 하셨다. 그리고 우리 민요 아리랑 노래도 한곡 부르면서 즐거운 북경 여행이 시작되었다.

부모님께서는 북경에서 일번으로 천안문 광장을 가고 싶다고 하였다. 그래서 다음날 제일 먼저 천안문 광장으로 향했다. 부모님은 그곳에 도착하자마자 천안문 성루의 중앙에 걸려 있는 모주석 초상을 한눈에 알아보고 그 자리에서 넙죽 엎드려 큰절을 올렸다. 그리고는 어머니가 <연변인민 모주석을 노래하네>를 목청껏 부르며 덩실덩실 춤을 추시니 많은 사람들이 모여 들었다. 그 바람에 어머님과 아버님은 더더욱 신명이 나서 춤을 추시고 관광하는 분들도 이에 합류하여 함께 노래하며 춤을 추었다. 부모님의 북경 관광은 이렇게 화려한 시작을 열었다.

다음 코스는 만리장성이었다. 만리장성행에서 이번에는 아버지가 오빠가 낭비한다며 '연극'을 벌이셨다. 만리장성으로 올라가는 입구에는 등산 스틱을 파는 사람이 많았다. 셋째 오빠가

   빛은 길을 가는 사람을 저버리지 않는다

아버님이 만리장성에 오르는데 도움이 될 수 있게 지팡이를 하나 사드리려고 지팡이 파는 곳으로 가는데 아버님도 함께 가서서는 가격을 물어 보셨다. 30원이라는 것을 알고 기어코 말리는 바람에 오빠는 끝내 사지 못했다. 아버지의 논리대로라면 올라가다가 눈에 보이는 나무 막대나 하나 주어서 짚고 올라 가면 된다는 것이었다. 그런데 만리장성으로 오르는 길은 다 콩크리드라 나무 막대가 없다고 하는 오빠의 말을 들으시고는 산 아래로 나무 막대 주으러 가시겠다고 고집하시는 것을 오빠가 억다짐으로 겨우 만류하여 끝내 지팡이를 사드렸다.

부모님 일행은 만리장성에 오르기 시작하셨다. 처음에는 옛이야기도 나누시고 물도 마시면서 여유있게 오르기 시작하였다. 그러나 땀동이를 쏟으며 오르고 또 올라도 끝은 아득하기만 했다. 당뇨 때문에 맥이 진해진 어머니는 다리가 떨리기 시작했고 그 김에 더는 올라 갈 수 없다고 만리장성 중턱 계단에 털썩 주저 앉아 버리셨다.

인생에서 한 번 있을까 말까 한 기회라 할 수 있을만큼 만리장성에 오르는 것은 부모님의 꿈이기도 했다. 이대로 포기를 하고 어머님을 모시고 밑으로 내려간다면 오빠는 한생을 두고 후회할 것 같았다. 셋째 오빠는 어머님을 업고 만리장성을 오르리라 결심을 먹고 무조건 어머님더러 등에 업히라고 하였다. 아들의 말을 공손히 따를 어머니가 아니었다. 아들 넷 중에서 키가 제일 작고 몸이 왜소한 셋째 아들 등에 순순히 업힐 엄마가 아니었다. 어머님은 당신 아들 고생시킬 것 생각하고는 그 자리에 꼼짝 않고 앉아서 기다릴테니 아버님이나 모시고 올라갔다 오라고 하면서 오빠를 밀었다. 아들 이기는 부모가 없다고 셋째 오빠의 조금도 동요 없는 설득에 어머니는 셋째 아들의 등에 업혀서 만리장성에 오르기 시작했다.

이 광경을 목격한 많은 외국인들이 엄지척을 해 주며 꼬불꼬불한 말을 한타스씩 내뱉었다. 그리고 부지런히 카메라 셔터를 눌렀다. 외국인이 하는 말은 아마 바보도 짐작이 가는 칭찬이었을 것이다. 또는 동방의 효 문화에 대한 감탄이었을 것이다. 북경행에서 집에 돌아 온 후 부모님의 만리장성 구경이야기를 들으며 오빠가 어머니를 업고 만리장성을 오르는 장면을 얘기했을 때 우리 식구는 다 울었다. 아니다, 웃었다.

이렇게 셋째 오빠는 어머님을 등에 엎고 한 걸음 한 걸음씩을 재면서, 가다가는 쉬고 쉬다가는 걸으면서 드디어 만리장성 정상까지 올랐다. '오르고 또 오르면 못 오를리 없건만 사람이 제 아니 오르고 뫼만 높다 하더라'라는 말의 철학성은 이렇게도 입증이 되었다.

만리장성의 정상을 정복한 셋째 오빠와 부모님은 더없이 뿌

    빛은 길을 가는 사람을 저버리지 않는다

듯했다. 만리장성이 있게 된 것이 진시황이 외침을 막기 위해 피와 땀으로 쌓아 올린 것이라면 어머님을 업고 만리장성의 정상까지 오른 것은 부모님께 보답드리기 위한 준비된 자식의 치사랑이었다.

'만리장성에 못 오르면 남아가 아니다'라는 말을 풀이하면 우리 부모님께서는 만리장성을 정복한 남아로 북경의 최고를 만끽하신 셈이다. 부모님은 만리장성에 대한 감탄을 한아름 안고 스케줄에 따라 고궁, 이화원, 향산 등을 이어서 관광하셨다. 특히 향산은 부모님께 또 하나의 뜻깊은 기억으로 되었다. 부모님이 북경에 가셨을 때는 가을철이다. 향산은 울긋불긋 단풍으로 아름답게 물들어 있었다. 부모님의 안내양을 따라 중국이 금방 해방되었을 당시 모주석이 계셨던 곳까지 관광을 했다. 부모님께서는 모주석이 계셨던 곳까지를 직접 가서 눈으로 보고 마음에 담았으니 세상에서 더는 부러울 것이 없다 하셨다. 그렇게 부모님께서는 자식들이 바쳐드린 효도를 받으시며 생의 즐거움을 새겨보는 뜻깊은 여행을 마치셨다.

이제 나도 노년에 입문을 하였다. 나이의 키가 한 장 한 장씩 올라가고 있으니 부모 님의 은혜가 가슴 깊숙이에 느껴진다. 부모님께서는 그곳에서도 만리장성에 올라 서신 행복한 이야기를 나누시며 좋아하시겠지!

어머님 환갑 잔치

세월에게는 생각도 없는지 그냥 달리고 또 달리는 일에만 익숙한가 보다. 그 세월에 실려 어머님은 60년 인생길을 한달음에 달려 오셨다. 두말 할 것도 없이 엄마께 환갑 큰상을 차려 드리는 일은 우리 집의 대사 중 대사인 바, 그날은 1980년 11월9일, 자식된 도리로 잊을 수 없고 잊어서도 안되는 어머님의 환갑날이다.

시간의 순서로 봤을 때 40여 년 전 과거지사겠지만 나에게는 현재로 가슴에 기억되어 있다. 그때 어머님은 아무 말씀도 안 계셨지만 환갑상을 차려 주시길 은근히 기다리는 마음임을 나는 눈치 챌 수 있었다. 나는 자원하여 연락병 역을 맡았다. 어머님 곁에 살고 있으니 당연 내몫이기도 했다. 나는 일단 먼저 큰오빠와 올캐언니에게 서신을 띄웠다. 맏아들의 한마디가 형제들의 방향을 잡아 준다는 것을 가족 내 행사 때마다에서 봐 왔기에 나는 잘 아는 바이다.

 빛은 길을 가는 사람을 저버리지 않는다

며칠 후 큰오빠의 회답편지가 왔다. 회사일이 너무 바빠서 일정을 미루어 잡으면 어떻겠냐고, 설 연휴쯤에 환갑 잔치를 지내 드리면 어떻겠냐고 상의해 왔다. 나는 내 마음이 내키는 대로 할 수 없는 큰 대사라 오빠의 편지를 부모님께 읽어 드렸다.

편지의 내용을 듣고 계시던 어머니께서는 '설연휴에는 마을에 잔칫집도 많고, 또 멀리에 있는 자식들이 돌아오면 맛있는 음식 같은 거 해먹이느라 다들 바빠서 환갑 잔치에 올 시간이 없을테니 차라리 지내지 않는 게 좋겠다'라고 말씀하셨다. 아버지는 아무 말씀 없이 묵묵히 천정만 올려다 보시더니 '직장 생활하는 아이들이니 바쁠거네'라고 혼자말처럼 중얼거리셨다.

나는 채 읽지 못한 편지를 더 이상 읽어 내려갈 수가 없었다. 어머니는 주방으로 나가시고 아버지는 듣는 둥 마는 둥 아무 말씀이 없으셨다. 아버님과 어머님의 서운함을 옆에서 보는 내 마음은 정말 쓰렸다. 나는 다시 큰오빠에게 편지를 보내기로 했다.

모든 부모님들이 다 그러하듯 우리 엄마도 자식들 공부시키기 위하여 새 옷 한 벌 사 입지 않으셨고 고기 한 토막도 드시지 않고 당신 인생의 전부를 다 받쳐 우리들을 키우셨다. 째지게 가난했던 그 시절에도 자식들의 돌상, 결혼식땐 큰상을 빼놓지 않고 차려 주셨다. 그런데 자식으로서 부모님이 살아 계실 때, 차려 드릴 수 있는 것은 환갑상 뿐인 듯하다. 그런데 한 번 뿐인 어머님 60생신에 바쁘다고 환갑날을 미룬다는 것이 어디 될 말인가. 툭 까놓고 시원한 말씀은 안하셔도 어머님 마음은 오죽이나 섭섭하시겠는가. 대학을 못 가고 부모 곁에 살면서 항상 부모님 집을 드나 들면서 힘든 일 궂은 일 다 도와주는 다른 집 자식들을 보며 어머님은 부러움이 왜 없으셨겠냐만, 그때마다 어머님은 우리 자식들은 좋은 대학 나와서 큰도시에 살면서 나라 위해 큰일들을 하는 효자자식들이라고 혼자말처럼 중얼거리군 하셨다. 이로써 당신 마음을 허전하게 하는 자식에 대한 그리움을 달래셨다. 그리고는 마을사람들과 나눔을 만들어 가는 일에서 낙을 느끼군 하셨다.

기억이 생생하다. 그때는 사람들이 고기 구경하기가 참 힘든 가난의 시절이었다. 그런데도 어머님은 해마다 동짓달이 되면 마을사람들에게 고기가 듬뿍 들어간 맛있는 음식을 많이 만들어 동네 어르신과 친구들을 초대하군 하셨다. 지금 생각해보니 그때가 바로 어머님의 생신날이었다. 아마도 어머님은 이번에도 당신의 환갑잔치를 빌려서 한동네 분들을 푸짐히 대접하고 싶으셨을 것이다. 그런데 오빠네 내외가 바빠서 환갑날을 미루겠다고 하니 얼마나 서운했으랴! 그리고 마을에서 효자라고 소문난 큰오빠가 일정에 맞춰 못오실 것 같다고 하는 걸 봐서는 보통 바쁜 게 아닐 것 같기도 하다. 어쨌거나 자식된 도리가 아

   빛은 길을 가는 사람을 저버리지 않는다

닌 거 같아 안타깝기만 하다.

내가 큰오빠에게 두 번째 편지를 보낸지 7일만에 답신이 왔다. 보통 때는 회답이 오려면 15일은 걸려야 했지만 전보로 소식을 보내왔던 것이다. 무슨 일이 있어도 환갑날 무조건 올 것이라는 것, 다른 동생들과 친척분들께도 편지나 전보로 연락하겠다는 내용이었다. 전보 내용을 듣고 있던 어머님의 얼굴에 은근한 희색이 비치셨다.

그날부터 우리 집 형제들은 잔칫상과 손님 대접 준비에 바빠졌다. 어머니는 잔치집들에 가보면 반찬 중에서 콩나물무침보다 더 좋은 것이 없더라고 하시면서 먼저 콩나물콩부터 고르셨다. 솜씨 좋은 어머니는 유과도 만들고, 메밀묵거리도 준비하고, 쌀과자와 콩자반, 소머리도 큼지막한 걸로 장만해다가 삶아 놓으셨다. 그리고 찰떡과 절편, 순대, 감주 등 가지가지 음식들을 준비하시느라 분주히 도셨다. 나도 어머님을 도왔다. 낮에는 오시는 친지손님들의 깨끗한 잠자리를 위해 이불을 뜯어 깨끗이 씻어 다듬질을 하고 밤에는 이불꾸미기를 하였다. 이렇게 며칠을 새벽까지 바삐 돌았다.

환갑잔치의 전날이 되었다. 아버지는 아침 일찍부터 서문밖으로 추운 줄도 모르고 먼 곳에서 오는 친척과 자식들 마중을 나가셨다. 오후 한시가 다 되서야 오빠네 차가 도착했다. 어머니는 추운 겨울에 물 묻은 손 그대로 앞치마를 두른 채 밖으로 뛰쳐나가셨다. 오빠는 어머니의 두 손을 꼭 잡고 눈물을 글썽이며 '어머님, 아들이 제구실을 못해서 미안해요. 제가 환갑잔치 준비를 다 해야 하는데……' 하면서 어머니를 꼭 안아주었다. 그 광경을 옆에서 지켜보던 나도 눈물을 찍었다. 이산가족의 만남이 따로 없었다.

오빠는 4톤이나 되는 트럭에 고기, 생선, 기름, 밀가루 국수, 양주 그리고 어머님 큰상에 올릴 사탕, 과자 등 여러가지 국내에서는 볼수 없는 음식들을 한차 가득 싣고 왔다. 인심 좋은 동네 사람들과 오빠 친구분들은 줄을 서서 일손을 도와주셨다.

점심식사를 간단히 하고난 큰오빠는 아버님 작업복에 장화를 바꿔 신고 꽁꽁 얼어 붙은 변소간(현재의 화장실) 청소부터 시작했다. 그러는 오빠를 두고 어머니는 '20시간이나 차를 타고 이 많은 물건까지 가지고 오느라 힘들텐데……' 라고 하면서 일하는 아들을 가슴아파하며 미리 해놓지 않은 아버지를 원망했다. 아버지는 그냥 빙그레 웃으면서 아무 말씀 하시지 않았다. 땀김을 물물 피어 올리면서 '어머니, 아버지께서는 우리 더러 근본을 잊지 말라고 일거리를 남겨 두셨지요' 라고 하는 큰오빠의 말에 아버지는 고개를 끄덕이셨고 어머님도 대견한 미소를 지으셨다.

빚은 길을 가는 사람을 저버리지 않는다

동네 젊은 새댁들이 와서 많은 도움을 주었다. 주방장은 당연히 내가 담당했다. 오후에는 동네 유식한 어르신들이 오셔서 환갑상 차리는 일을 토론한 끝에 어머님 아버님의 환갑상은 가운데 차려 놓고 오른쪽 상은 고모와 고모부들, 왼쪽은 외삼촌과 외숙모들, 그리고 바깥사돈과 안사돈에게 각각 한 개의 상을 차리고 동네 어르신들을 한상으로 모두 여섯 개의 큰상을 차리기로 결정났다.

어머님 환갑 큰상에는 그 시절에 시골사람들이 보도 듣도 못했던 양주며 다종류의 사탕과 과자…… 등 없는 것이 없이 넘치게 차려졌다.

환갑날 아침 어머니 아버지께서는 백년 후 돌아가실 때 입으실 하얀 명주로 된 한복을 입으 셨다. 지금은 귀천할 때 입는 옷들이 고급스러워졌지만, 가난했던 그 시절에는 돌아가실 때 입으실 옷은 제일 좋은 옷감이 명주천이었고, 그 옷은 환갑 때 입곤 했다. 어머니와 아버지는 각각 큰아들과 둘째아들의 등에 엎혀 아들딸들의 춤과 동네 사람들의 박수갈채와 축복의 환호성 속에 입장을 했다. 장내는 그야말로 넘치는 사랑과 진심어린 존경과 행복의 분위기로 가득했다. '고생 끝에 낙이 온다'는 우리말을 그대로 연출하는 장면이었다.

제일 먼저 큰아들 내외가 환갑 큰상에 앉으신 부모님께 큰절을 올렸다. 이렇게 자식들부터 시작하여 동네 젊은 청년들까지 다 함께 큰절을 올렸다. 몇십 년을 하루와 같이 잡곡밥, 시레기 밥에, 깁고 또 깁은 옷을 입고 살아오시면서도 항상 웃음을 잃지 않으셨던 우리 어머니의 환갑 잔치는 이렇게 화려한 막을 올렸다. 이어서 형제들을 비롯한 젊은 친구들이 "우리 엄마 기쁘게 한 번 웃으면 구름 속에 햇님도 방긋 웃고요…"를 다함께 부르며 신나게 춤을 췄다.

이날은 우리 집만의 경사가 아니라 동네 경사로 되었다. 그날 하루는 집집마다 풍악 소리가 울려 나왔고 우리 형제들은 어머님 친구들과 밤 가는 줄 모르고 이야기 나누고 춤추고 노래하며 행복에 빠졌다.

이젠 내가 어머님 그때의 나이가 되었다. 지금도 그때를 회상하면 어머님께 효도를 다하신 큰오빠의 얼굴이 크게 떠오른다. 부모님 뿐만 아니라 맏이로 우리 칠남매 동생들까지 챙기느라 얼마나 고단했을까 싶다. 환갑잔치가 지난 후 뒤늦게 큰오빠가 일본에 가야 할 기회를 다른 사람께 양도하고 어머님 환갑에 오신거라는 것을 알게 되었을 때 나를 포함한 동생들은 오빠의 효도심에 크게 감동했었다. 해마다 설명절 때가 오면 큰오빠의 인솔하에 형제들이 함께 엄마네 집에 모여서 돼지우리 치고, 변소의 묵은 변을 치고, 창고와 마당을 청소하는 것을 그냥

　　　　　　　빛은 길을 가는 사람을 저버리지 않는다

평범한 일상으로 알았다. 그리고 설날 아침에 일찍 새옷들을 갈아입고 동네 어르신들을 찾아 세배 드리고 하는 일도 그냥 새해의 일상으로만 생각했다. 우리는 거기에 깃든 큰오빠의 모범과 부모님을 향한 효도의 깊이를 알지도 못했고 또 알려고도 하지 않았 었다. 그냥 큰오빠니까 당연한 것으로만 알았었다. 그런데 내 나이가 인생의 60고개에 올라서고 보니 큰오빠가 얼마나 대단한 효의 실천자인지를 알 것 같다. 그때 동네에서 효자로 소문이 자자한 것도 부모님을 향한 큰오빠의 효도에 대한 최고의 칭찬이었음을 내심깊이 깨닫게 된다. 내가 가장 좋아하는 시조 한수가 떠오른다.

부모님 살아계실 때 섬기기를 다하여라
지나간 후면 애닯다 어이하리
평생에 고쳐 못할 일이 이뿐인가 하노라

인생의 근본이 담긴 글이다. 세월이 언제까지 늙어도 한 인간을 재량하는 것은 사랑에 대한 실천이다. 그 중에서 몸을 나아서 길러주고 삶의 령혼을 심어 주신 부모님께 드리는 효도는 이익과는 무관한 한 인간의 필수가 아닌가 싶다.

오늘도 나는 하늘나라로 간 오빠가 남기고 가신 선물을 꺼내

어 본다. 오빠가 그처 럼 중요시하던 효도가 지어 놓은 것은 분
명 사랑의 학교였다.

빛은 길을 가는 사람을 저버리지 않는다

연화산에 심은 꿈나무

우리 집 앞에는 산세가 연꽃 모양으로 생겼다고 하여 연화산이라 부르는 산이 있다. 오늘도 우리 부부는 연화산 등산길에 나섰다. 가을 단풍잎이 온 산을 태울 듯 훨훨 타오르고 있다. 가끔씩 바람에 한잎 두잎 떨어지는 단풍잎이 보인다. 떨어진 나뭇잎이 바람에 실려와 산행길들의 오목진 곳에 소복소복 모여 있다. 그것을 보니 집의 굼불거리로 나뭇잎이나 땔 거리가 될 것은 무엇이든 집으로 이고 지고 갔던 옛 기억이 문을 연다.

그때는 땔감이 턱없이 부족했다. 내가 14살때의 어느 추운 겨울날이다. 나는 동네 언니들을 따라 산으로 나무가지 주으러 갔다. 눈 속에서 고생만 할 것이라며 가지 말라고 말리던 어머님도 끝까지 가려고 밧줄과 낫을 찾아 들고 지게를 지고 나서는 나를 어쩔수 없으신지 조심히 다녀오라고 하였다. 그리고는 배고플때 먹으라고 누룽지 한 덩이를 천보자기에 싸 주었다. 양식이 모자라던 그시절 누룽지는 밥보다 더 귀했다. 엄마의 은근한

사랑에 나는 땔감을 많이 많이 해서 우리 엄마를 기쁘게 해야
겠다고 생각하며 언니들을 따라 나섰다. 나는 산속에서 눈밭 위
를 뛰어 다니며 떨어져있는 나무가지를 열심히 주어 모았다. 해
가 서산으로 넘어가고 있을 때 나는 동네 언니들과 함께 나무단
을 지고 산을 내려오기 시작했다.

우리가 막 집으로 걷고 있는 산길 옆에 큰 낙엽송 한 그루가
넘어져 있는 것이 보였다. 언니들은 별 관심을 보이지 않고 지
나갔다. 그런데 나는 그 낙엽송을 도무지 버리고 갈 수가 없어
언니들하고 말도 없이 나무가 넘어져 있는 그리로 되돌아 가서
지게를 내려 놓고 횡재나 한듯 기분 좋아서 나무를 묶었다. 그
리고는 나무단의 남은 끈으로 내 허리를 묶고 길을 재촉했다.
내리막길이라 나무를 끌고 내려오기가 그렇게 힘들지가 않았
다. 하지만 산길을 내려온 다음에는 얼음강을 건너야 했는데 그
빙판 위에서는 아무리 힘을 써도 미끄러지기만 하고 앞으로는
갈 수가 없었다. 그래서 나는 나무를 끌고 당기고 수없이 넘어
지고 일어나고 하면서 고생고생 강가 언덕 가에 도착했다. 그런
데 내가 지게를 내려 놓고 끙끙거리며 아무리 노력해도 언덕 위
로 나무를 올릴 수가 없었다. 낙엽송을 버리고는 가기 싫었다.
시간이 얼마나 흘렀는지 모른다.

나무와 얼마나 오래동안 씨름을 했는지 온몸이 기진맥진해

     빛은 길을 가는 사람을 저버리지 않는다

졌다. 땀도 식힐 겸, 힘을 모아 다시 시도해 볼 생각으로 나는 눈 밭에 누웠다. 배도 고프고 춥기도 했다. 밝은 달이 흰눈과 어우려져 주위가 유난히 환하게 밝았다. 새울음 소리가 들리지 않으니 한밤중이겠다는 생각이 들면서 온몸이 오싹해났다. 내 귀에는 바람에 흔들리는 나무가지소린지 아니면 먹잇감 찾아 눈밭을 뛰어다니는 짐승들의 소리같은 이상한 소리만 파고 들었며. 무서운 생각에 쫓겨 눈물이 두 볼을 타고 흘러 내렸다. 내가 절망으로 빠지고 있을 때 먼곳에서부터 나를 부르는 소리가 희미하게 들려왔다. 엄마 소리였다. 쿨쩍거리던 나는 <엄마, 여기 있어요!>하고 온 힘을 다 해 소리쳤다. 저쪽에서도 어머니 아버지가 내 목소리를 알아 듣고 급하게 웨쳤다. 반가움은 말할 수 없었다. 몇십 년 헤어졌던 부모님을 만난 것처럼 기뻤다. 어머니 아버지가 내게로 오셨으니 큰 낙엽송 한 그루를 꼭 집으로 가져갈 수 있겠다는 생각에 기쁨도 더했다. 한참 후 어머니와 아버지, 그리고 동네사람들이 허둥지둥 내곁으로 달리다싶이 하시면서 오셨다. 어머니는 나를 와락 끌어안아 주셨고 나는 그 품에 묻혀 엉엉 울었다. 어머니는 당신품에 안겨 우는 나를 내려다보며 '살았으니 됐다, 살아있으니 됐다'를 몇 번이나 곱씹으셨다. 동네사람들은 나를 보고 어쩌면 간땡이가 이리도 크냐며 어른도 혼자 들수 없는 큰나무를 보고 혀를 찼다.

사실 나는 강빙판의 미끄러움을 피해 눈이 있는 곳으로 자꾸 가다보니 집과는 딴 방향으로 갔던 것이다. 날이 어두워져도 내가 집에 오지 않으니 어머니는 같이 갔던 동네 언니들을 찾아갔다. 다들 집에 와서 저녁을 먹고 있었고 산에서는 함께 내려왔다고 했다. 깜짝 놀란 어머니와 아버지가 산에까지 올라가서 나를 찾아 봤지만 아무리 불러도 대답이 없어 다시 동네로 내려와 이웃사람들과 함께 나를 찾아 헤맸던 것이다. 그때 우리 동네에는 늑대들이 산에서 내려와 사단을 일으켰던 일이 자주 있었으니 부모님들이 얼마나 놀랐을까!

지금 생각해도 아찔하다. 그 후, 어머님이 산에 가지 말라고 말려도 겨울 방학만 되면 나는 매일같이 나무가지를 주으러 다녔다. 내가 매일 주어온 나무가지는 창고에 차곡차곡 모여 있다가 제일 바쁜 모내기철 한달 동안 엄청난 효자 노릇을 했다. 그렇게 나는 어릴 때 자연 속에 살면서 이른 봄이면 냉이도 캐고 달래도 캤으며 여름에는 강가나 들판에서 돼지먹이풀도 뜯고 하면서 열심히 어머님께 도움이 되는 자식이 되려고 노력했다. 그럴 때마다 어머니의 아낌없는 칭찬은 나에게 큰 에너지를 주었다. 어렸을 때의 이러루한 고난 많은 삶의 체험들이 오늘날을 살아가는 나에게 범사를 긍정적인 생각으로 채우게 하고 나를 행복하게 만들어 주는데 큰 몫을 한 것 같다.

  빛은 길을 가는 사람을 저버리지 않는다

산길을 걷는 기분은 내내 청정하고 즐겁기만 하다. 시간이 얼마나 흘렀는지 석양이 지기 시작했다. 우리는 다시 산길을 돌아 집으로 내려오는 길에 들어섰다. 숲속의 주인인 뭇새들이 지저귀는 소리로 우리를 배웅했다. 산천은 어디를 가나 금수강산이다. 도심 한복판에서도 이렇게 아름다운 자연의 산 속을 거닐 수 있다는 게 한없이 행복하다. 노래가 흘러나온다.

'산 좋고 물 맑은 아름다운 내 나라……'

참 아름다운 곳이다. 우리는 내일도 아침해가 솟아 오르면 산새가 지저귀는 이 숲속을 찾아 나설 것이다. 젊음만 믿고 지고 달리던 삶의 짐을 내려 놓는 연습에 나설 것이다. 철새들이 자유롭게 쌍쌍이 짝을 지어 수면 위로 날아 올랐다 내렸다 하면서 즐겁게 놀고 있는 모습을 보면서 즐길 것이다. 이렇게 즐기면서 걷다 나면 우리는 어느새 산봉우리에 오르게 될 것이다. 그 곳에 만년 생활의 새 희망과 큰 꿈을 심어갈 것이다.

풍경

핸드폰 벨이 울린다. 큰아들 식구들이 설날 아침에 온다고 한다. 사실 손주들이 어렸을 때 나는 식당을 하고 있었기에 돌봐 줄 시간이 없어 아들 며느리가 거의 사돈댁에서 살다시피 했다. 그러니 아들네는 당연히 사돈댁에서 명절을 보낼 것임을 알면서도 마음은 배가 고픈 것처럼 항상 쓸쓸하기만 했었다. 그런데 이번 설에는 함께 할수 있으니 엄마만이 알수 있는 설레임이 가득해진다.

나는 아이들이 좋아하는 치통(폭죽: 그때 시골에서는 치통이라고 불렀음. 중국에 이주한 후 중국어이름을 몰라 많은 명칭들은 의성어식으로 만들어졌음)이라도 준비해서 손주들을 즐겁게 해줘야겠다는 생각에 펑펑 내리는 눈도 아랑곳 하지 않고 기분좋게 살픈 살픈 눈길을 밟으며 동네 아파트 단지를 한 바퀴 돌았다. 구멍가게들에서 팔았던 치통이 올해따라 파는 데가 없었다. 금년에는 정부에서 환경 오염을 막기 위해 치통 파는 것을 금지했다는 것을 깜빡했

 빚은 길을 가는 사람을 저버리지 않는다

다. 나는 서운한 마음을 달래며 집으로 오는 길을 재촉했다.

천지가 눈에 덮혀 하아얀 명주를 깔아 놓은 것처럼 온 세상이 깨끗하고 좋았다. 하지만 내일 아침 일찍 와야할 아이들이 미끄러운 길에 사고라도 나면 어쩔까 하는 걱정이 즐거운 마음 앞에 섰다가 우리 가족의 만남을 축복하느라 함박눈을 내려 보낸 것이라 생각을 바꾸니 기쁨은 눈덩이마냥 굴러굴러 덩치채로 내 가슴을 차지했다!

나는 아들 며느리 손주들이 오면 먹을 음식을 준비하며 그옛날 어머님이 그믐날 저녁이면 머리 감아 빗고 기승을 부리는 추운 밤에 정한수 한 그릇 떠 놓고 별을 보고 기도하던 일을 떠올렸다. 어머니는 항상 자식들 잘되라고 자식들 배고프지 말라고 당신 마음을 다해 축복을 보내 주시곤 하셨다. 아무리 양식이 모자라도 자식 생일날만 되면 하얀 쌀밥 한 그릇 소복소복 담아 부뚜막 따뜻한 곳에 얹어 놓군 했다. 그때 나는 어려서 어머님이 왜서 귀한 밥을 식은 밥 만드는지 몰랐다.

어머니는 설명절이 다가오면 한달 전부터 명절 준비를 한다. 큰아들 좋아하는 것, 둘째아들 잘 먹는 것, 며느리들이 와서 편안하고 깨끗하게 쉴 수 있게 집안을 깨끗이 정리해 놓고 손주들 간식 과자도 만들었다. 어머니는 차근차근 힘든 줄을 모르고 매일같이 설 준비를 했다. 두부도 만들고 강엿도 꼬고 수정과도 만들고… 그렇게 매일 일을 하면서도 얼마나 행복해 하는지 오늘에야 그때 어머니의 마음을 뼈속 깊이 통째로 알아냈다. 나도 엄마같은 엄마가 되었다는 것을 행복하게 발견했다.

드디어 설날 아침이 밝아왔다. 나는 먼저 창가에 가서 밖을 내다 보았다. 다행히 제설 처리를 잘하여 길이 그리 미끄러워 보이지는 않았다. 나는 안도의 숨을 내쉬며 출입문을 열고 조상님들을 먼저 집 안으로 모시는 예를 갖추고 차례음식으로 전이랑 탕이랑을 준비하기 시작했다. '띵동 띵똥' 벨소리가 들려왔다. 나는 물 묻은 손으로 뛰어 나가 현관문을 열었다. 몇 년을 못본 큰손주는 키가 훌쩍 커서 내 눈 밑에까지 왔고 둘째 놈도 둥기둥기 안아줄 수 없을 정도로 컸다. 몇년 만에 손주들을 보니 그립던 정이 확 풀리며 가슴이 울컥해졌다. 아들며느리 손주가 새해 큰절을 받으라고 옷맵시들을 바로 잡았다. 우리 부부는 앉아서 절을 받았다. '할아버지 할머니 건강하시고 행복하세요' 하는 자식들의 축복에 뜨끈뜨끈한 것이 내려오는 것을 느꼈다. 순간 나는 행복을 위해 평생을 걸고 살아도 천륜의 행복만이 만복의 근원임을 놀랍게 알았다.

금년 설명절은 너무나 기분이 좋다. '바다 한복판에서 항해하고 있는 우리 집이라는 큰 배가 바람에 흔들려 뒤집히면 안된다. 참을 '인'자의 돛대를 꽉 잡고 파도에 철석철석 부딪혀도 견

빛은 길을 가는 사람을 저버리지 않는다

려내자'로 허허벌판이 된 내 마음을 든든하게 정박시켜 왔기에 오늘이 있구나 싶어진다. 몇해 동안 아들네 가족이 오지 못하여 내마음 깊은 곳에서 떠날줄 몰랐던 거센 바람과 천둥 번개는 이제 잠잠해졌다. 드디어 우리 가족은 순풍에 돛을 올리고 만선으로 항구에 돌아온 것 같은 기쁨으로 설명절을 보냈다.

아들네가 이렇게 된 데는 사실 깊은 사연이 있다. 몇년 전 나는 이런저런 집안의 우환으로 돈 쓸 일이 많아 큰 빚을 지게 되었다. 그리하여 하는 수 없이 결혼 전 아들 명의로 된 큰 집을 팔아야만 했다. 이렇게 되어 아들 며느리는 완전 짐을 꾸려 친정으로 가서 살게 되었고 몇 년을 설명절에도 며느리가 오지 않았다. 집 때문에 가슴에 뭉쳐진 것을 풀어 내지 못했던 것이다. 며느리가 설명절에 오지 않던 첫해라 기억이 된다. 그때 설을 쇠러온 아들에게 나는 있는 잔소리 없는 잔소리 다 퍼부었다. 아들은 기가 죽어 고개를 푹 숙이고 아무 말 없이 주방 일을 도왔고 조상님께 차례를 올리고 난 후 아들이 그 많은 설거지를 했다. 우리 집에서는 일 년에 네 번의 제사를 지낸다. 그때마다 아들은 고개 숙이고 혼자 와서 내 눈치만 본다. 나는 그런 아들이 보기 싫고 가슴 아팠다.

그때부터 나는 마음을 비우기로 마음먹고 아들이 혼자 오면 속은 부글부글 끓어 올라도 반갑게 반겨 주며 아무런 내색도 하지 않았다. 아들이 집에 와서 엄마 눈치 볼 일을 아예 만들지 않았다. 그렇게 몇 년이 지나갔다. 바라지 않으니 섭섭하지도 않고 기다려지지도 않았다. 마음이 평온해지니 자식에 대한 원망도 사라졌다. 세월은 이렇게 사람들을 철들게 하는 거 같다.

나는 며느리에게 사돈 안부를 물으며 내가 이렇게 행복한데 사돈은 명절을 혼자 보내며 얼마나 섭섭해할까 하는 생각을 했지만 그것도 잠깐이었다. 세상을 다 가진 듯한 기분에 모든 건 금방 커버가 되었다. 오늘 우리 주방에는 나 혼자가 아니라 아들 며느리와 손주들이 와서 할머니 도와 밥상을 차리며 주방이 떠내려 갈 듯 웃고 떠들었다. 그 소리가 웃집 천반을 뚫고 올라갈까봐 두려웠다.

우리는 아침 떡국을 끓여 먹고 연세 드신 어르신네를 찾아다니며 세배를 올렸다. 그리고 코로나로 자식들이 외국에서 오지 못한 친척네들을 다같이 우리 집에 모시고 식사를 하며 건강과 화목을 빌었다.

설날은 이렇게 흘러갔다. 무수한 별들이 반짝이는 가운데 실눈섭을 그린 쪼각달이 하늘 중천에 떠올랐다. 오늘 자식들과 같이 보낸 하루를 생각하니 입귀가 귀위로 올라간다. 핸드폰에서 '띵둥' 소리가 난다. '어머님, 우리들 집에 잘 들어왔어요' 큰며느리의 메시지다. 그것을 확인하는 순간 내 얼굴에는 환한 웃음

 빛은 길을 가는 사람을 저버리지 않는다

이 꽃폈다.

우리는 시간이 날 때마다 자연을 찾아 가고 풍경을 구경한다. 그것으로 지친 삶의 페지에 아롱다롱 점을 찍어 주고 충전을 한다. 그리고 즐거워진 심신으로 삶의 장에서 뛰기를 다시 이어 간다.

이번 설을 자식들과 같이 하면서 나는 무한히 충실해진 자신을 발견하였다. 자식들은 우리가 살아 가는 인생길에서 가장 아름다운 풍경이다.

장떡 벤또밥

해마다 할미꽃이 만발할 때면 나는 친구들과 함께 산과 들을 쫓아 다니며 나물도 캐고 더덕도 캐오곤 했다. 내가 캐어 온 산 나물들이 식구들의 반찬으로 밥상에서 한몫을 톡톡히 하는 것 밖에도 하늘이라도 날아 오를 듯한 무궁하고 무진한 힘이 항상 온몸에 쫙 깔려 있었던 거 같다. 나의 하늘이 무엇인지, 또 내가 하늘을 날아 오를 날개를 달아 줄 사람은 누구인지는 모르고 있었으나 지금에 와서 보면 그러한 내 일상들이 오늘날 나의 삶의 하늘을 날아 오르는 연습이었던 것을 깊숙하니 깨닫게 된다.

세월의 보따리를 풀어 헤쳐보니 그제의 그러했던 나의 모습이 하나 또 하나 살아서 대화를 하잔다. 내가 국민학교 4학년 때였다. 그 해도 우리 학교에서는 산보를 어김 없이 가게 되었고 각 반마다 장기 자랑을 하게 되었다. 우리 반에서도 뒤질세라 전반 학생들이 함께 <홍군은 원정의 험난을 헤쳐 간다네(红军不怕 远征难)>라는 노래를 합창으로 부르며 춤을 추기로 했는데

 빛은 길을 가는 사람을 저버리지 않는다

그 중에 시작 때의 시 낭송과 합창 노래의 선창은 모두 내가 하게 되었다. 그때 우리 반 학생들은 나를 엄청 부러워했으며 선생님도 큰 기대를 하셨던 거 같다. 그런데 나에게는 풀 수 없는 큰 난제가 있었다. 평시에 입던 누덕누덕 기운 옷과 낡고 떨어진 신발로 반의 대표로 나갈 수가 없는 일이다. 나는 생각하다가 산보 가기 전 며칠 전부터 울상을 하고 엄마께 말씀드렸다. 그런데 엄마는 같이 안타까워 해 주기는 커녕 쓰다 달다 말 한마디 없이 하시던 일만 하셨다. 나는 속상하고 울고 싶지만 아무 말도 못하고 엄마가 예쁜 옷과 하얀 운동화를 사오기만 고대고대 기다렸다.

그러나 산보 가는 날까지 엄마는 아무 것도 준비해 주지 않았다. 해는 서산으로 거물거물 넘어 가고 있는데도 논일 하러 가신 우리 엄마는 집으로 돌아 오지 않았다. 나는 이 모양 이 꼴로 전교 학생들 앞에 나설 생각을 하니 한없이 서러웠다. 그래서 행여나 하는 생각으로 혼자 눈물콧물을 짜며 엄마가 돌아오는 길목까지 가서 기다렸었다.

저 멀리에서 몇 사람이 걸어 오는 발자욱 소리와 엄마 목소리가 들렸다. 나는 기대를 잔뜩 품고 '엄마~'하면서 캄캄한 밤길을 뛰어서 사람들이 오고 있는 쪽으로 달려갔다. 나는 제일 먼저 엄마 손에 들려 있는 광주리부터 받았다. 근데 돼지풀만 넘치게 한 광주리 담겨 있고 내가 원하는 물건은 아무 것도 없었다. 나는 너무너무 실망하여 집으로 오는 길 내내 엄마 등뒤에서 혼자 훌쩍훌쩍 거리면서 따라왔고 엄마는 집에 오자마자 아무 말 없이 저녁 밥상을 차리셨다. 내 옷과 신발에 대해서는 토 한마디로 내비치지 않으셨다. 엄마는 해가 안 뜨는 날을 빼고는 별을 이고 논에 가서 저녁 달을 등에 지고 집에 오셨고 밥하고 빨래하며 밤이 깊은 줄 모르고 일이란 일은 안한 것이 없지만 칠남매나 되는 자식들의 요구를 만족시킬 수가 없었던 것이다.

지금 생각해 보면 그날 엄마는 내가 있는 앞에서 눈물은 흘리지 않았지만 분명 속으로는 울고 있었을 것이라는 것을 엄마가 되어 살면서 너무도 자명해졌다. 안 되는 것은 안 되는 것이다. 나는 더는 엄마에게 아무 말 하지 않고 누덕누덕 기운 옷을 차곡차곡 개여서 베개 밑에 꼭 눌러서 베고 잠을 잤다. 그때의 옷은 목으로 된 천으로 만들어진 것이라 이불 밑이나 베개 밑에 깔아 두고 하루밤을 지내어 주면 주름이 꽤나 펴졌다.

다음날 아침이다. 그래도 나는 실오리만한 기대를 죄꼬만 가슴에 꼭 품고 엄마가 책가방에 담아 놓은 것들을 확인했다. 장떡에 평상에는 못먹던 하얀 쌀밥 한 벤또가 준비되어 있었고 옆집 친구가 평시에 입던 색바랜 옷 한 벌을 빌려다가 함께 놓아 두었다. 그래도 뚝심은 강했는지 빌려온 옷은 귀퉁이로 밀어 놓

     빚은 길을 가는 사람을 저버리지 않는다

고 온 밤 베개 밑에 깔아 두었던 나의 그 낡고 기운 옷을 입었
다. 입은 한 발이 나와서도 나는 산보를 떠났다.

그렇게 나는 기분이 엉망이었지만 엄마가 담아 준 밴또밥과
물만 한 병 달랑 들고 반급 학생들과 함께 산으로 갔다. 다른 학
부모들은 한복 입은 사람도 있고 중산복을 입은 아버지들도 있
었고 그런 집 자식들은 한가방 담은 먹을 것들을 부모에게 맡기
고 자랑스럽게 뛰고 놀면서 산으로 올라 갔다. 나도 그들과 함께
가고 있는데 하필이면 우리 생산대 논밭 옆을 지나게 되였다.

멀리서 봐도 한눈에 알아볼 수 있는 초라한 모습의 우리 엄
마가 눈에 안겨 왔다. 나는 다른 학생들이 알아볼까봐 제바르게
딴전을 부리며 그곳을 빠른 걸음으로 지나갔다. 어린 자존심에
잡혀서 그런지 나는 그런 엄마가 너무 창피했다.

그날 점심에 나는 냄새 나는 장떡만 들고 다른 학생들과 함
께 밥먹을 체면이 없어서 한적한 곳을 찾아 혼자 벤또를 열었
다. 내가 밥을 한술을 떴을까 할 때 나는 놀랐다. 밴또 밑에 삶은
계란 두 개가 곱게 숨어 있었다.

눈물이 왈칵 쏟아져 나왔다. 다른 자식들이 보면 먹고 싶어
할까봐 벤또밥 밑에 살그머니 삶은 계란을 넣어 두신 엄마이셨
다. 나는 산보가기 전날 며칠 동안 남존여비 사상이 많았던 엄
마가 딸이라고 아무 것도 준비해 주지 않아서 원망스러웠고 여

자로 태여난 것도 한스럽기만 했다. 하지만 삶은 계란 두 개를 보는 순간 마음 깊은 곳에서 뜨거운 것이 올라 오며 바다같이 속이 깊은 엄마의 마음을 모르고 원망만 했던 것이 미안해지면서 마음 속에 자리 잡고 있던 원망과 서러움이 눈물로 변해 하염없이 흘러내렸다.

엄마에 대한 이해는 자신감으로 바뀌어 내 작은 심장을 꽉 채워 주었다. 나는 찌질하던 생각은 다 날려 보내고 누구보다 당당하게 밥벤또를 주섬주섬 챙겨 사들고 친구들쪽으로 자리옮김을 했다. 마침 친구들이 나를 찾느라 야단이였다. 우리 집이 가난한 것은 동네가 알아 줬으니 동네자식들이 모를 리가 없다. 그들은 내가 무조건 반찬이 어설퍼서 외따로 가버린 것을 알았을 것이다. 착한 친구들은 자리를 같이하고 내가 내 놓은 장떡이 다들 맛있다면서 너도 나도 하나씩 가져 가는 바람에 장떡 벤또가 제일 먼저 비였다. 울적했던 나의 기분은 삽시에 날아가 버렸다.

점심을 먹고 자리를 정리하니 오후 한시였다. 각 반급에서는 준비해 온 공연 프로를 선보이기 시작했다. 선생님과 학생들은 내가 입은 남루한 옷차림 따위에는 관심을 하지 않았다.

나는 챙챙한 목소리로 시낭송을 했고 선창을 할 때도 목청껏 불렀다. 그리고 전반 학생들도 단체춤을 너무나 잘 춰서 우리반

                    빛은 길을 가는 사람을 저버리지 않는다

이 전교에서 일등을 했다. 그 후 해마다 우리 학교에서는 봄이면 어김없이 산보를 갔고 나는 더는 웃타발을 하지 않았고 엄마보고 장떡만 많이 해달라고 부탁했다. 그때마다 엄마는 전 반학생들이 다같이 먹을 수 있는 만큼의 양을 반나절 품을 놓고 만들어 주셨고 엄마의 얼굴에도 행복한 웃음이 활짝 피어 있었다.

나는 지금도 새싹이 움트고 꽃이 필 때면 친구들과 도시락을 사들고 야외로 간다. 그때마다 나는 엄마에게서 배운 장떡을 꼭 만들어 가군 한다. 여러 친구들이 만들어온 요리들이 산해진미를 이루어도 술안주에도 일품이요, 밥반찬에도 손색없는 일품 요리라 친구들이 언제 먹어도 당신이 해온 장떡은 정말 맛있다고들 칭찬했다. 나는 지금도 어머님께 배운 솜시로 작은 식당을 운영하며 자신 있게 우리 민족 토종 음식을 주메뉴로 하고 있다. 항상 앞치마에 고추가루가 묻은 옷을 입고 직위 높은 손님이나 화려하게 차려 입은 손님들과 마주해도 나는 자신 넘치는 웃음을 잃지 않는다. 엄마가 마음을 지키며 삶을 가꾸어 가던 그 당당한 열심의 뭉치들이 내 마음에 뿌리를 내리고 살아서 함께 하고 있는 거 같다.

타향의 봄

1992년 나는 여동생과 함께 천진항에서 한국 행 배에 몸을 실었다. 우리는 가져 간 물건들을 신속히 자리에 두고 갑판 위로 올라갔다. 멀리 부둣가에 외롭고 초라하게 서서 손 흔드는 남편을 보고 나도 모르게 눈물이 흘러 내렸다. 열 살짜리 큰 애와 아직 학교도 못 보낸 둘째, 그리고 연로하신 양가 부모님을 두고 기약 없이 떠나는 마음이 너무나도 쓰리고 아픈 것을 금할 수 없었다. 그때 나는 속으로 외쳤다! 내가 걷고 있는 이 가시밭 길을 꼭 내 자식들에게는 꽃길로 만들어 줄 거라고…

드디어 뱃고동 소리가 울리며 여객선은 부두를 떠나 서서히 먼 바다를 향했다. 해가 서쪽 바다속으로 숨어들고 어둠이 지면서 마치 쓸쓸한 우리 마음을 아는 것처럼 날씨는 한결 더 추워지고 바람이 불면서 거센 파도가 일기 시작했고 배는 유아통마냥 흔들리기 시작했다. 승무원들이 멀미약을 가져다 주며 빨리 먹으라고 했으나 도저히 몸을 움직일 수가 없었다. 하는 수 없

 빛은 길을 가는 사람을 저버리지 않는다

이 침으로 약을 삼켜야 했고 먹은 것도 없었는데 계속해서 오바이트를 하기 시작했다. 이러다가 한국 땅도 못 밟아 보고 저승 가는 것 아닌가 싶었다. 이렇게 몇 시간을 고생 했는지 모르겠다. 날이 밝아서야 바람이 자고 갑판 위까지 덮치던 파도 역시 언제 그랬냐는 듯이 동쪽해 뜨는 바다를 향해서 잔잔히 일렁이고 있었다.

내가 탄 배는 이튿날 오후가 되어서 인천 부두에 도착했다. 배에서 내린 우리는 먼저 식당을 찾아 주린 배부터 채워야 했고 제일 가까이에 있는 식당으로 들어갔다. 설렁탕집이었다. 메뉴판을 보니 설렁탕 한 그릇에 3500원 대충 인민폐 35원이나 했다. 놀라게 비쌌다. 남편 한달 월급이 89원인데 두 그릇 주문하면 공장에서 힘들게 일하는 남편 한달 봉급을 한끼 식사에 쓰려니 손이 오그라들었다. 염치 불문하고 "아주머니, 설렁탕 한 그릇에 밥 두 공기 줄 수 없습니까?" 했더니 종업원 아주머니가 안된다고 했다. 그 광경을 지켜보고 있던 사장님이 행색이 초라한 우리를 보고 자리를 가리키며 앉아 기다리라 하면서 주방 쪽으로 갔다. 잠시 후 수북이 담은 밥 두 공기와 넘치게 담은 설렁탕 한 그릇이 올라왔다. 다른 손님 밥그릇, 국그릇보다 많아 보였다. 특별히 주방에 부탁한 모양이었다. 참으로 인자하고 고마운 분이었다.

　식사를 마친 우리는 먼저 한국 와서 집 잡고 살고 있는 언니를 찾아 가야 했다. 부모님 고향땅이라 언어가 통해 다행이었다. 지나가는 한 아저씨께 지하철이 어디냐고 물었더니 택시로 가면 기본 요금이라면서 가깝다고 알려줬다. 그때 그 시절 택시는 우리들이 타고 다니는 교통 공구가 아니라는 개념이 있었기에 당연히 우리는 걸어서 지하철역까지 찾아가 서울로 가는 지하철에 올랐다. 해는 점점 서산으로 기울고 있었다. 언니가 가르쳐 준 지하철역에 내려서 또 710번 버스를 타야 했다. 저녁 무렵 퇴근 시간이라 버스 타는 사람이 너무 많아 기사 선생님께 제대로 물어볼 새도 없이 떠밀려 차에 올랐다. 콩나물 시루처럼 빼곡히 서있는 승객들 팔꿈치 사이로 가끔씩 반짝이는 네온 간판들을 구경할 수 있어 힘든 줄 모르게 종착역에 도착했다. 버스에서 내리면서 기사 아저씨께 "개포동 종점역이냐"고 물었더니 거꾸로 왔다고 말해주었다. 그 아저씨는 곧 떠나려는 버스를 불러 세우고 이 차를 타고 종점까지 가면 개포동이라고 하면서 그 버스기사에게 자초지종을 설명하여 우리가 요금을 면하도록 부탁까지 해 주셨다. 고마운 분이었다.

　밤 10시가 넘어서야 물어 물어 언니네 집으로 찾아갔다. 그곳은 한국 사람들이 말하는 달동네였다. 방이래야 세 사람 누우면 될듯말듯한 좁은 방에 보일러는 꺼져 있어 방바닥은 사람 덕

　　　　　　　　빚은 길을 가는 사람을 저버리지 않는다

을 보려 했다. 열한 시가 넘어서야 언니도 오고 평상시 주말이 아니면 집에 오시지 않던 형부도 치킨 한 마리 사들고 오셨다. 반갑게 인사를 나누고 나니 긴장이 풀리면서 배는 꼬르륵 시장 끼를 느꼈다. 밥부터 빨리 달라고 언니께 졸랐다. 언니는 빠른 솜씨로 따끈따끈한 밥상을 차려 주면서 그때야 부모님 잘 계시는지 하면서 안부를 물었다.

나는 젊어 고생은 돈주고 사서도 한다는데 조건 따지지 말고 건강 챙기며 열심히 일하라고 당부하던 엄마의 말씀을 전했다. 갑자기 여동생이 흑흑 흐느껴 울기 시작했다. 사람들은 한국 오면 엎드려 돈을 줍는 줄 알고 다들 한국 오지 못해 야단들인데 여기에 와서 보니 언니 형부가 고생하고 있음을 한눈에 환하게 보고 가슴이 아팠던 것이다.

나도 앞으로 똑같은 형편이 될거라 생각하니 눈앞이 캄캄해졌다. 우리 삼자매는 서로 부둥켜 안고 울면서 힘들었던 이야기를 나누었다. 형부도 소리 없이 눈물을 닦으며 너무 걱정하지 말라고 하면서 식사부터 하라며 다독여 주었다.

이렇게 우리의 한국 생활이 시작되었다. 나는 언니네 사장님 소개로 강남쪽 남해안 횟집에 취직을 했다. 당시 한국은 불법체류 한 사람만 신고하면 1000만원을 상금으로 탈수 있었기에 나는 절대적으로 신분을 속여야 했고 직원들이 모여서 수다 떨 때면 혼자 주방에서 일거리를 찾아 한참도 쉬지 않고 열심히 일을 했다. 하루 일을 마치면 식당 룸에서 잠을 자야 하는데 동료들은 퇴근하면 그때부터 술상을 벌리며 야생활이 시작되었다. 밤 가는 줄 모르고 술 마시며 하루 스트레스를 그렇게 푸는 것 같았다. 술을 못 마시는 나는 일본식 다다미로 된 찬방에 이불을 뒤집어쓰고 잠을 청했지만 잠은 오지 않고 눈물만 하염없이 흘러 내렸다. 온기라곤 없는 방에서 따뜻한 남편의 품과 자기 전에 자기쪽으로 얼굴을 돌리라며 치근대던 아이들 생각에 눈물이 흘러 내려 베개를 흠뻑 적셨다. 혼자 이렇게 한달이 지난 어느 날 언니가 형부 남동생이 한국에 왔으니 집에 한 번 오라고 했다.

언니네 집으로 가려면 버스를 타야 한다. 좌석버스는 500원이고 입석버스는 190원이다. 나는 돈 절약을 위해 500원짜리보다 300원이나 싼 입석을 기다렸다. 한 시간이나 기다려 발은 꽁꽁 얼어 붙는 것 같았지만 나는 끝까지 190원짜리 버스를 기다려 타고 갔다. 사돈 부부가 와 있었다. 언니네 부부, 사돈 부부, 나와 여동생까지 해서 6명이 좁은 방에서 다 잘 수가 없었다. 그래서 모로 누워 자기로 했다. 도란 도란 회포를 푸는 이야기 속에서 다들 곤히 잠들었다. 나는 아침 일찍 화장실 가려고 미닫이를 열었는데 부엌에 쪼그리고 앉아 잠자는 사람이 보였다. 사

     빛은 길을 가는 사람을 저버리지 않는다

돈이었다. 밤새 화장실 갔다가 와 보니 잠자리가 없어져서 하는 수 없이 부엌에서 잠이 들었다고 말해 우리는 다 같이 웃었다.

그렇게 시간이 흘러 타향에서 처음으로 맞이하는 설명절이 왔다. 동료들은 다들 고향 간다고 야단법석이었고 나는 내 마음을 담을 둘도 없는 언니네 집으로 갔다. 그런데 그믐날부터 내 몸에서는 콩알만한 것들이 돋아나며 온몸이 간지러워 환장할 지경이었다. 설 연휴라 동네 병원들은 다 문이 꽁꽁 닫혀 있었고 그렇다고 큰병원을 가려고 하니 불법체류 정체가 알려질까 봐 가기도 무서웠다. 나는 하루 종일 소금 물로 몸을 닦으며 참을 수 없는 간지러움과 가족 생각에 서러움이 북받쳐 얼마나 울었는지 눈이 퉁퉁 부었다. 나는 온몸과 마음이 지옥에서 허덕이며 사흘 설연휴를 보냈다. 이 사실을 안 언니는 나에게 야단을 쳤다. 생명이 먼저지 돈이 먼저냐는 언니의 권고에 못이겨 나는 병원을 갔다. 병원에서는 면역력 저하로 체질 변화가 생겨서 두드러기가 돋아 났다며 약을 처방해 주었다. 우리 형제들은 또다시 각자의 일터로 헤어졌다.

나의 한국 생활은 조금씩 익숙해져 갔다. 한 푼이라도 봉급을 더 많이 받는 것이 하루 빨리 집으로 갈 수 있는 길이라 생각하고 열심히 일한 덕분에 사장님께도 인정 받고 동료들과도 조금식 친해졌다. 벌거벗은 나무 가지들에 앞다투어 기지개를 하며 파릇파릇 새잎이 돋기 시작했고 길거리에는 개나리가 만발했다. 봄이 온 것이다. 우리 삼형제는 3.8여인절을 맞아 자연농원으로 꽃 구경을 갔다. 그림을 그려 놓은 듯한 꽃의 바다 속에서 마음껏 꽃구경을 하며 사진도 찍고 가져온 음식들도 먹으면서 자연을 한껏 즐겼다. 흥에 겨워 시간 가는 줄도 모르고 있는데 해는 이미 서산으로 기울어 어둠이 깃들기 시작했다.

언니네 집에 오니 형부가 앞장 서서 남정네들이 특별 중화요리를 준비해 두었다. 감동이었다. 우리는 한 잔씩 마시고 다 함께 가까이에 있는 산으로 가서 그동안 힘들었던 모든 스트레스를 해소하며 노래를 불렀다. 누군가 <홍군은 원정이 두렵지 않다네 (红军不怕远征难)>를 불러 우리는 아무리 힘들어도 고난을 이겨 나갈 것을 결심이라도 하듯이 다 같이 목청껏 불렀다. 하늘이 우리들에게 선물이라도 내려 주듯이 둥근 달이 휘영청 떠올랐다. 멀리서 깊은 밤을 알리듯 뻐꾹새 소리가 들려온다. 훈훈한 봄바람 소리와 계곡물 흐르는 소리가 합창을 한다. 타향에서 새봄을 맞이하는 우리의 마음에 우쩍우쩍 돋아 나는 새싹처럼 새 힘이 고였다.

 빛은 길을 가는 사람을 저버리지 않는다

포용의 멋

　처녀 때 할머니께 들은 옛 이야기다. 아주 오래전 한 고을에 아주 덕망 높고 슬기로운 한 선비가 살았는데 그의 슬하에 잘 생기고 총명한 지룡이라는 아들이 있었다. 아버지가 큰 벼슬을 하였기에 지룡이는 어렸을 때부터 집식구들과 동네 사람들의 사랑을 독차지하면서 가난한 사람들을 거들떠 보지도 않고 게으르고 교만하고 이기적인 고약한 버릇이 자라났다. 아버지가 벼슬 자리에 있기에 마을 사람들은 아이가 나쁜짓을 하여도 뒤에서만 쑥덕거릴 뿐 아이를 책망하지 못하였다. 어느 날 아버지의 친구가 슬그머니 찾아와서 "자네 아들이 커가면서 도를 넘기는 일을 하고 있네" 라고 귀띔을 하였다.

　친구에게서 자상한 얘기를 듣고 아들의 진실을 알게 된 아버지는 미간을 찌프리 더니 당장 아들을 불러오라고 하인에게 명령했다. 무슨 영문인지 모르는 아들은 헐레벌떡 집으로 돌아와 대청 마루에 꿇어앉았다. 범상치 않은 아버지의 얼굴을 쳐다 본

아들은 더럭 겁이 났다. 아들은 아버지의 불호령이 떨어지기만을 기다렸다. 이때 아버지는 아무말 없이 아들에게 하얀 대야를 주면서 "여기에다 깨끗한 물을 떠 오너라" 고 말했다. 아버지의 말소리는 부드러웠지만 칼날같은 눈길에 아들은 두말 없이 대야에 깨끗한 물을 담아 가지고 대청에 들어섰다. 아버지는 아들 앞에서 대야의 물을 가리키며 "잘 듣거라. 이 대야가 처음에는 깨끗하여 밥도 담을수 있고 국도 담 을 수 있지만 아무리 깨끗해도 여기에 발을 씻으면 더러운 그릇으로 되는 법이다." 라고 말하더니 갑자기 물 담긴 대야를 힘껏 차 던졌다. 그 하얗고 어여쁜 대야는 금방 상처가 났다. 그런 후 아버지는 떨고 있는 아들을 보며 계속하여 말을 이었다. "사람이나 물건이나 모든 것은 처음에는 모두가 새 것이었고 쓸모가 있다. 하지만 시간이 흐르면서 까딱 잘못하다간 저 대야처럼 쓸모 없이 된다는 것을 명심하거라. '너처럼 귀한 자식이라도 부모님 등대고 나쁜 짓을 함부로 하고 남을 괴롭히면 어차피 너는 큰일을 해내지 못하고 백성들의 손가락질을 받게 될 것이다 저 길섶의 풀을 보아라. 아무리 차에 깔리고 발길에 짓밟혀도 한마디 역정 없이 뿌리를 내리고 가을에 꽃을 피우지 않더냐! 너도 인젠 도를 닦고 나라의 정사를 다루어야 하니 군사가 국경을 튼튼이 지키듯이 탐욕과 벼슬에 곁눈을 팔지 않고 저 진흙 속에서 곱게 피는 연꽃처럼

     빛은 길을 가는 사람을 저버리지 않는다

살아야 할것이다.”

　사실 아들을 훈계할 때 아버지의 손에는 무서운 채찍도 없었고 마음을 흔드는 돈주머니도 없었다. 하지만 책망 한마디 없이 혈관에 흘러드는 아버지의 사랑과 가르침은 마침내 아들에게 단비를 뿌려주었다. 자기 잘못을 깨달은 아들은 아버지 앞에서 눈물을 흘리면서 “배은망득한 이 호로자식을 용서하옵소서! 저의 죄는 저 인도양의 물을 다 퍼와도 씻을수 없소이다.” 고 자기 잘못을 뉘우쳤다고 한다. 꾸짖음 보다 관대한 사람의 힘이 크다는 것을 보여주는 고사이다.

　세상을 두루 살펴보면 귀한 자식이나 하급의 부하를 다스릴 때 무릎을 꿇게 하고 매서운 눈초리로 채찍질하면서 벌금을 안기거나 돈이면 만사 대길이라 으스대면서 금전으로 사람을 끌어당기는 사례들을 심심찮게 보게 된다. 한장의 카드로 백화 상점을 살 수 있는 글로벌 세월이라 하지만 한 번 실수를 했거나 비뚠 길에 들어섰다 하여 서리발치는 책망이나 벌금을 안기는 수단으로 자식이나 하급의 부하를 다스리는 것은 멋진 차림의 허수아비가 새를 쫓는 것이나 다름이 없다. 억수로 퍼붓는 소낙비는 나무 주위를 휩쓸다 흘러가버리지만 살포시 내리는 보슬비는 나무 뿌리까지 적셔 준다. 화롯불은 임시로 몸을 덮힐 수 있지만 따뜻한 구들은 새벽까지 한기를 몰아낸다.

초나라 장왕이 승리를 자축하는 연회를 배풀 때 갑자기 광풍이 불어 촛불이 모두 꺼져버렸다. 어둠을 틈타 누군가 왕의 애첩을 희롱했고 애첩은 희롱한 자의 갓끈을 뜯은 후 왕에게 바치면서 그 자를 호되게 처벌해 달라고 고하였다. 하지만 장왕은 촛불을 켜지 못하도록 한 후 신하들에게 모두 갓끈을 끊어 버리도록 명령하고 연회를 끝냈다. 3년 후 장왕이 다시 전투에 나갔다가 위기에 빠져 죽음에 직면했다. 바로 이때 미친듯이 말을 몰고 기적같은 용맹을 발휘하여 장왕을 구한 장수가 있었는데 그가 바로 왕의 애첩을 희롱한 장수였다. 왕이 그 장수를 불러 왜서 그토록 목숨을 아끼지 않고 전투장에 나섰는가고 물었더니 그 장수가 하는 말이 "3년전 연회 때 제가 술에 취하여 죄를 지었으나 어르신님은 범인을 색출하지 않았습니다. 그 은공 백골난방 하웨다!"라고 진언을 고했다.

철학가 간디는 일찍 "폭력은 동물의 법칙이요, 비폭력은 인간의 법칙이다."고 말하였다. 부모가 되어서 자식들에 대한 책임을 느끼는 것이 인생의 시작이라면 긴 터널같은 인생길에서 자식들에 대한 책임을 다 하는 것이 인생의 끝이다. 뼛속까지파고드는 엄동설한 속에서도 나무에 달려 까치에게 주려고 혼심을 다 바치는 홍시처럼 자식들의 불찰로 일을 저질렀을 때 우리 부모들은 좀 더 자식들에 대한 너그럽고 꾸준한 사랑의 힘을 키

    빚은 길을 가는 사람을 저버리지 않는다

워 간다면 이 세상은 훨씬 더 따뜻하고 아름다워 질 것이다.

잘못을 누르는 채찍보다 넓이로 품어 주는 포용의 힘은 큰 법이다.

할머니들과 영화 구경하다

늦봄도 다 가고 녹음이 우거진 여름이 왔다. 나는 친구와 함께 좋은 공기도 마실 겸 또 산책도 즐길 겸 겸사겸사 식물원으로 소풍을 갔다. 귀전에 들려오는 구성진 노래가락이 나의 발길을 멈추게 했다. 어떤 분이 무슨 사연이 있는지 떨리는 목소리로 <한오백년을> 불렀는데 얼마나 기막히게 가냘프고 애처로운지 숲속의 새들조차도 조잘대던 소리를 멈추고 귀를 쫑긋 세웠다. 삼삼오오 모여 앉아 떠들며 장기 두고 포카하던 사람들도 다 고개를 돌려 할머니의 노래소리에 주목하였다.

노래 부르는 낯모를 그 언니에게는 감당할 수 없는 큰일이 생긴 것이 분명하다. 사람은 살면서 누구나 다 겪어야 하는 생로병사의 큰 산이 있다지만 왜 저럴까 하는 생각이 내 가슴에 기여올랐다. 촉경생경(觸景生情)이라 나도 어느새 마음이 울컥해지며 그 옛날 잠깐 함께 했던 마을 할머니들과의 일이 떠올랐다.

때는 1974년. 그때 나는 가정형편의 어려움으로 학업을 접고 농촌으로 왔다. 전국이 한창 '농업은 대채를 따라 배우자'[***]를 밤낮 없이 웨치던 그때 우리는 낮에는 산에 가서 산을 허물어 밭을 만들고 밤에는 생산대에 모여 모주석어록을 학습했다. 그리고 젊은 사람들은 연세 드신 분들을 위해 신문도 읽어 드리고 노래도 불러 드리고 또 배워 드리기도 했다. 당시 나는 열일곱 살이었는데 원래 학교에서 선전대원으로 있었던 것이 계기가 되어 대대에서는 나에게 무료 봉사로 노인독보조 할머님들을 가르치는 선생을 맡아 달라고 했다.

우리 동네는 조선족만 500호가 넘게 살고 있었다. 그래서 '민족향(民族乡)'으로 지정되였으며 60이 넘는 노인들만 저그만치 200명 가까이 된다. 그 중 편찮아서 못 나오시는 분, 일이 바빠서 못 나오시는 분, 관심이 없어서 안 나오시는 분들을 모두 빼고도 평상 활동에 80명 이상씩 참석하였다.

내가 떨리는 마음으로 할머니들을 모셔 뵙고 인사를 하며 열

___

[***] '농업은 대채를 따라 배우자 (农业学大寨)'라는 슬로건이 본격적으로 전국에 알려진 것은 문화 대혁명 첫 해인 1966년이다. 산서성 석양현 대채 새산대가 태항산 지역에 위치하고 있어 농사 자연조건이 최악이었으나 1953년부터 마을 간부들의 인솔하에 골짜기를 매워 밭을 만들고 산을 제전으로 만들어 대풍수를 안아오는 기적을 이루어냈다. 1964년부터 주은래 총리가 나라의 농업발전의 슬로건으로 이미 나왔고 중앙 선전부에서 농업의 전형으로 세우기 시작. 바이두 검색. 필자 주.

심히 하겠다고 결심을 보여 드린 후 제일 첫 시작으로 먼저 내가 잘하는 노래 <붉은해 솟았네>[****]를 배워 드렸다. 할머님들은 내가 노래를 잘한다고 칭찬을 아끼지 않으셨고 대대 대장님도 나에게 잘 부탁한다고 하셨다. 시작이 반이라 시작을 해 놓고 보니 마음이 얼마간 편해졌다. 이렇게 시작이 되어 그 후 매주 토요일이면 할머니들께 준비한 노래를 불러 드리거나 또는 신문을 읽어 드렸다. 그리고 여러 소설책 이야기도 짤막하게 단락단락으로 잘라서 해 드렸다.

그러던 어느 하루, 대장님이 상의할 일이 있다면서 우리 집에 찾아 오셔서 하시는 말씀이 '우리 현에서 요즈음 조선영화 <삼동서>를 한창 방영 중이라고 하니 우리 독보조에서도 할머니들 영화 한 번 구경시켜 드리고 간만에 냉면도 한 그릇씩 드시게 했으면 좋겠다'고 했다. 참 난감했다. 아무리 생각해도 혼자서 80여 명 노인들을 어떻게 시내까지 모시고 가서 영화구경에 냉면까지 드시고 올 수 있게 할 수가 없을 것 같아서 못하겠다고 했다. 그러자 옆에서 사연을 듣고 있던 엄마가 나를 설득했다.

'애야, 할머니들이 언제 영화 한번 구경하겠나? 그리고 평시

[****] 연변 지역 조선족들의 삶의 모습을 담은 노래로, 한윤호 작사 김봉호 작곡. 그 시절 조선족 사회에서는 아리랑에 맞먹는 노래였다.

　　　　　　　빚은 길을 가는 사람을 저버리지 않는다

에는 볼 수도 없는 영화라고 하잖니? 그리고 10일 지나면 필름을 딴곳으로 가져간다고 하더라. 이번에 보지 않으면 나이 드신 분들이 언제 영화 구경 한 번 하겠냐'며 구구절절 나를 설득했다. 대장님의 부탁에 엄마의 설득에 나는 하는 수 없이 울며 겨자먹기로 그 일을 맡기로 했다.

나는 그 이튿날로 자전거를 빌려 타고 시내에 있는 영화관으로 달려가 영화표 60장을 일단 예약하였다. 그리고 왕복 교통문제를 풀어내고자 다시 버스 회사로 갔다. 매표소 창구에 물어보니 버스 대여는 주임과 상논해야 한다고 알려주었다. 주임실로 찾아간 나는 우리 대대 소개신을 보여주며 할머니들 영화구경 시켜주기 위해 버스 두 대를 세 내어 빌리겠다고 했다. 그때 주임은 자상히 요해함도 없이 무조건 안된다고 했다. 그러나 나는 물러설 수가 없었다. 버스를 못 빌리면 모든 것이 물 건너가고 마는 쪽이 나게 된다. 나는 표정이 뻣뻣해진 주임 앞에서 눈짓 손짓 발짓 다 섞어가며 짧은 중국말을 엮어댔다. 소수민족 우대 정책이 있지 안냐고, 그리고 노인들을 위한 것이니 한 번만 도와 달라고 발음도 정확하지 않는 중국말로 억지 반, 부탁 반을 반복반복하니 그 주임이라는 분은 노인네를 모신다 하는 말에 마음이 움직였는지, 아니면 물러서지 않는 나를 두고 어쩔 수가 없었는지 그리하겠노라 동의를 하였다. 나는 마을에서 아침 7

시 30분까지는 출발해야 하니 출발 반시간 전에 버스가 도착해야 한다는 출발 시간까지를 잘 약속 받아 놓았다. 내 인생에 처음으로 낯도 코도 모르는 사람을 찾아가서 될 수 없는 일을 해결해 낸 것이다. 그때 뿌듯해진 내 마음을 지금도 기억한다.

영화표와 버스를 예약을 해 두었으니 이제는 노인님들께 대접해야 할 냉면 차례다. 내가 냉면집으로 들어서니 영화 보러 온 농촌사람들이 시끌벅쩍 떠들며 영화 이야기를 나누느라 국수가 다 퍼지는 줄도 모르는 듯했다. 그 냉면집에는 사돈에 팔촌벌 되는 먼 친척이 작은 책임을 맡고 있어 나는 수월하게 부탁을 할 수가 있었다. 걱정했던 일들이 하나하나 풀리고 할머니들의 영화구경 출동 전의 준비도 완료됐다. 마음이 뿌듯해졌다. 아울러 잠시나마 어리석은 생각을 했던 것에 부끄러운 생각이 들었다.

사실 나는 버스를 못 빌리거나 영화표가 매진이기를 은근히 바랐었다. 그렇게 되면 내가 지금처럼 올리 뛰고 내리 뛰고 하지 않아도 된다. 하지만 정작 버스를 못 빌려주겠다고 했을 때 내 마음은 참으로 불안하기만 했다. 그러면서 매일같이 집에서 자식들 뒷바라지 하며 고기 한 점이 생겨도 손주 밥술에 얹어 주시는 할머니들, 뒷뜰 장독위에 정한수 한 그릇 떠놓고 자식 잘되기만 손발이 닳도록 기도하며 살아오신 할머니들의 실망

   빚은 길을 가는 사람을 저버리지 않는다

스런 얼굴이 떠올랐다. 할머니들 중에는 잘살아 보겠다고 부모 형제 다 고향에 두고 타향살이 온 사람, 남편 따라 항일 하러 온 가족, 타향에서 친정 나들이 한 번 못하고 법도에 어긋날까 좋은 일에도 크게 웃지 못하는 분, 슬픈 일은 혼자 달밤에 누가 볼세라 굴뚝 뒤에 숨어서 눈물 훔치며 살아온 할머니… 그런데 이제는 만사대길이 되었느니 할머니들을 위해 하루 일당 돈은 못 벌었어도 마음은 한없이 행복했다.

그런데 집에 오고 보니 남은 일이 또 한 가지가 있었다. 한 사람당 1원 20전씩을 거두어야 했다. 생활이 넉넉하고 효심이 깊은 집들은 자기네가 모시고 구경 시켜 드려야 하는데 이렇게 독보조에서 단체로 갈 수 있어 너무 잘됐다고 하면서 잘 부탁한다고 대문까지 따라나와 배웅하기도 했고, 어떤 집은 1원 20전에 한숨만 쉬는 집도 있었다. 그 중에 지금도 가끔씩 가슴 아프게 생각나는 집이 한 집 있다.

그 집은 최씨 성을 가진 집이다. 가장인 남편은 막노동 할 수 없어 하등 일꾼들이 하는 소먹이일을 했다. 큰아들은 군대 보내고 나머지 어린 아이들이 다섯이나 조롱조롱한데다가 시어머님에 시아버지까지 아홉식구나 되다 보니 어설픈 일꾼 2명으로 잘 살 수가 없었다. 나는 그집 문앞에서 할머니를 만났다. 할머니는 돈이 없으니 말해도 쓸모 없다며 집으로 들어가지 못하게 나의 옷자락을 잡아 당겼다. 하는 수 없이 그대로 집에 왔다. 그런데 저녁에 그집 며느리가 50전을 들고 와서 나머지는 내일까지 가져올 것이라며 꼭 모시고 가 달라고 부탁했다. 그런데 이튿날 그집 며느리는 나타나지 않았다.

나는 아침 일찍 떠나야 하니 돈 못낸 집을 한 집 한 집 다시 찾아 다니기로 마음먹고 집을 나섰다. 제일 마지막 집으로 그집을 갔다. 그집 할머니가 꾸부정한 허리에 문앞에서 왔다갔다 하는 모습이 멀리서부터 보였다. 나는 대문밖에서서 할머니가 집에 들어가기를 기다렸는데 마침 그집 며느리가 오고 있었다. 나는 반갑게 뛰어가서 어머님이 바쁠까봐 내가 왔다고 했다. 며느리 얼굴에는 눈물 흔적이 있었으며 약간 떨리는 목소리로 모자라는 돈은 꼭 갚을테니 할머니를 꼭 영화구경 시켜달라고 부탁했다. 나는 혼자 결정할 수 없어 대장님을 찾아가서 자초지종 이야기를 했다. 하지만 대장님은 동의하지 않았다. 때는 여름이라 농민들 손에 돈이 있는 집이 별로 없었다. 다른 집들도 이런 요구를 하는 경우가 많아 누구는 빌려 주고 누구는 안 빌려 주면 안된다고 했다. 내가 다시 이 결과를 가지고 발길을 돌려가니 그집 며느리가 대문 앞에 쭈그리고 앉아 기다리고 있다가 발걸음 소리에 벌떡 일어나 내쪽으로 왔다. 나는 할말을 못 찾았다. 그집 며느리는 내 눈치를 보고는 더는 묻지 않고 돌아섰다.

 빛은 길을 가는 사람을 저버리지 않는다

그 자리에서 50전을 되돌려 주고 집으로 오는 길 내내 눈물이 하염없이 흘러내려 앞가슴을 적셨다. 도와줄 수 없는 것이 너무 안타까웠다.

이튿날 아침 우리 동네 십자로에는 사람들이 인산인해를 이루었다. 할머니들마다 머리를 감아 땋아 올려서 조선 비녀를 지르고 오셨다. 그리고 집집마다 식구들이 나와서 배웅했다. 그 중 할머니 한 분은 결혼식 때 입었던 한복을 입고 오셨다. 참으로 굉장한 광경이었다. 할머니 모두께서 버스 탑승을 마감한 후 대대에서 파견한 우수 청년들이 버스 한대 당 두 명씩이 할머니들과 같이 하게 하였다.

버스는 서서히 우리 동네를 떠나기 시작했다. 나는 마감버스인 3번을 책임지고 혹시나 최시댁 할머니가 나타날까 5분을 더 기다렸으나 여전히 나타나지 않았다. 나는 섭섭한 마음으로 차를 출발시켰다. 우리 일행은 영화관에 도착한 후, 모든 할머니들이 호각 소리에 맞추어 움직였으며 처음으로 노인 단체 관중을 맞게 된 영화관 관계자들도 많은 도움을 주었다.

영화가 방영되었다. 영화에 큰며느리가 전쟁에서 남편의 사망소식을 듣고 슬픔을 힘으로 삼아 동서들을 이끌고 지원군들께 먹을 것을 만들어 주는 장면이 나오고 있을 때 조용한 분위기를 깨며 할머니 한 분이 대성 통곡을 하셨다. 결혼 일년 후인

19살에 남편이 항미원조에서 사망하고 열군속 가족이 된 할머니었다.

우리 동네에는 열군속 가족 할머니들이 많은지라 눈물을 참고 있던 다른 할머니들이 다같이 울기를 시작했고 영화가 끝난 것도 모르고 눈물범벅을 했다. 함께 간 우리들도 그 광경을 보며 눈물을 참을 수가 없었다. 우리는 한쪽으로는 할머니들의 슬픔을 달래고 한편으로는 할머니들을 줄 세워 냉면집으로 향했다. 다행히도 할머니들은 시원한 냉면 한 그릇씩을 드시고 흥분을 가라앉혔다.

그 여름이 가고 가을인가 했더니 어느새 겨울이 왔다. 최시댁 할머니가 감기로 아프다고 했다. 그리고 며칠 지나지 않아 최시댁 할머니가 돌아가셨다고 부고를 전해왔다. 나는 헐레벌떡 독보조 대장님 댁으로 달려갔다. 거기에는 이미 몇몇 할머니들이 모여서 흰 종이로 화환을 만들고 있었다. 나도 동참하여 화환을 만들었고 이튿날 아침 일찍 발인하기 전에 독보조 명의로 전달했다.

발인이 시작되었다. 큰아들 큰며느리부터 술을 부어 드리는데 큰며느리가 넋두리를 하였다. '일생을 자식 위해 살아 오신 우리 어머님, 생전에 못 드신 고기 천천히 드시고 철 없는 이 며느리 잘못한 것 용서하세요. 구만 삼천리 가는 길에 조심하여 가시고 살아 생전 어머님께 못다 한 효도 아버님께 할테니 걱정 말고 가시라요' 큰며느리는 이렇게 넉두리를 하면서 대성통곡을 하였다. 그 자리에 있는 사람들은 눈물 흘리지 않는 사람이 한 명도 없었다.

세월이 가면서 나도 제법 할머니들 친구로 되어가고 있던 어느 날, 대장님이 매일하는 회의 전에 우리가 따라배워야 하는 모범 가족을 소개하겠다면서 그 최시댁 이야기를 꺼냈다. 그집 며느리가 홀로 되신 시아버지를 친정아버지처럼 잘 모시고 자식 교육도 잘 시켜 우리 동네 현처량모에 효부라는 칭호까지 받았다고 하였다. 그리고 그 며느리가 지금은 할머니가 되어서 자식들에게서 효도를 받으며 잘 살고 있다고 하였다. 이야기하는 내내 흐뭇해하시는 대장님의 표정을 읽으며 나는 나에게 둘도 없는 삶의 학교가 바로 여기구나 하는 생각이 들었다.

개나리가 필 때

꽃샘 추위가 찾아와 봄 기운에 들뜬 사람들을 괴롭히고 있다. 나 역시 겨울을 품은 봄을 화창한 봄인 줄로 알고 즐기려 나섰다가 독감에 걸려 한주일 동안 집에만 붙박혀 있었다. 마침 동창 은지로부터 전화가 왔다. 내 목소리에서 묻어 나오는 기침 소리는 친구를 걱정시켰다. 은지는 한쪽 손목에는 붕대를 감고 한 손으로 장바구니 끌고 한 시간을 넘게 전철을 갈아 타면서 문안 차로 나를 찾아주었다. 눈물 겹도록 고마웠다. 그러나 혹시나 은지에게 독감바이러스가 전염될까 염려되어 먼발치에 물건을 두고 빨리 가라고 손짓했다. 돌아서 가는 은지의 뒷모습에 나는 마음이 짠했다.

원래 은지는 우리 학교 단거리 선수였다. 긴 다리에 날렵한 몸매 현성에서 체육대회를 할 때마다 우리 학교에 영광을 안아왔다. 근데 걸어 가는 뒷모습을 보니 약간 비뚤어진 허리에 키도 작아졌다. 며칠이 지났다. 감기가 좀 나아져 은지네 집으로 초대를 받았다. 은지 집에 가니 벌써 요릿집에서도 맛볼 수 없는 옛날 어머님의 솜씨가 그대로 살아 있는 진수성찬을 차려 놓았다. 우리는 몇십 년 만에 만난 동창들과 막걸리 한잔에 밤가는 줄 모르고 이야기를 나누었다.

봄 떠난 자리에 무성하게 우거진 녹음 찾아 매미 가족이 합창을 부르던 때가 어제 같건만 아침 저녁 찬서리가 내리니 나뭇잎들이 빨간색 노란색 옷으로 갈아 입고 길거리를 걷는다. 계절은 그렇게 다시는 오지 않는 오늘을 남기며 지나가는 바람 따라 세월에 떠밀려 어느새 우리 머리에도 흰서리가 내렸다.

우리는 이렇게 몇 달만에 짜게바지 시절 친구 모임을 가졌다. 그날도 은지는 한쪽 팔에 붕대를 감고 있었다. 나이가 들면 골다공증으로 넘어져 팔다리 다치는 사람이 많다고 하지만 운동 실력이 뛰어 난 은지가 어째서 팔에 붕대를 하고 다닐까? 우리는 은지가 불안해 하고 있는 것도 눈치 채지 못하고 재미있게 이야기하고 먹고 하며 시간 가는 줄을 몰랐다. 우리가 이러고 있을 때 친구 모임에 갔던 은지 남편이 술에 만취해 다른 사람의 부축을 받으며 들어왔다. 은지 남편은 들어오자마자 꼬부라진 혀로 자기 와이프에게 욕을 퍼붓기 시작했다.

몇 년전 은지는 큰아들이 과로로 쓰러졌다는 소식을 듣고 엄마의 손이 필요한 아들을 위해 만가지를 제쳐 놓고 아들을 찾아 갔다. 아들이 심장 수술을 했다. 은지가 모든 정성을 쏟아 부어 간병한 덕분에 아들을 살렸다. 은지는 아들네집에서 아들을 살려낸 노력에서 보람을 느끼며 나날을 보내고 있었다. 그러나 인생은 산을 오르는 것처럼 혼신을 다해 정상에 올랐나 싶으면 또 깊은 골짜기가 기다리고 있는 식으로 우리와 같이 하는 것같다. 은지가 아들을 돌봐주느라 아들네집에 눌러 있던 그때에 혼자 집에 있던 남편이 전립선 암에 걸렸다는 놀라운 소식을 전해 들었다. 은지가 젖먹이가 달린 며늘아이에게 아들을 맡기고 부랴부랴 한국으로 들어왔으나 돌려 세울 수 있는 건 아무것도 없었다. 설상가상으로 남편의 수술을 위해 검진하던 중 남편이 치매 환자라는 청천벽력같은 사실까지 알게 되었다. 그때부터 그의 남편은 인생만 한탄하며 삶에 의욕을 잃어 버렸다. 술 마시면 안 되는 줄 알면서도 그날처럼 매일 술독에 빠져 살았다. 자식들과 영상 통화를 해도 아무 반응도 안 보이고 손톱만 만지작거리고 있는 아버지의 모습을 보고 자식들은 눈물만 폭폭 쏟았다.

그때부터 은지는 칠년이란 긴 세월을 남편의 간병인으로 살았다. 시도 때도 없이 손에 잡히는대로 물건을 던지고 소리 치며 욕설을 퍼부으며 사는 남편의 손과 눈이 되어 모든 걸 담당해야 했던 은지의 삶은 참으로 힘들게 흘러갔다. 우리가 갔던 그날도 은지 남편은 밤새 욕설에 물건 부수기를 하다가 새벽녘

  빛은 길을 가는 사람을 저버리지 않는다

에야 조용해졌다. 은지에 의하면 이보다 심각할 때가 훨씬 많다고 한다. 기가 막히는 것은 그러다가도 제정신이 돌아와 인사불성 되었던 자신의 잘못을 알고 아내한테 미안해 하는 것이다. 전립선암 수술로 기저귀를 차고 살아야 했고 어떤 때는 술에 취해 기저귀를 미처 바꾸지 못해 신발에까지 오줌이 흥건할 때도 있다고 한다.

우리는 은지가 차려온 밥상을 받은 것이 미안스러워졌다. 은지는 밥상에 앉은 남편의 국그릇에 밥을 말아 주며 엄마가 철없는 아이 타이르듯 명심할 것들을 말하고 또 말했다. 은지는 자기 말을 듣고 고개를 끄덕이며 밥술 놓고 방에 들어가는 남편의 뒷모습을 보며 지난일들을 털어놓기 시작했다. 얼마 전까지만 해도 생전이던 90넘는 시어머님 시중도 들어야 했단다. 몸이 부서지도록 집안일을 해야 했고 조금이라도 짬나면 몇 시간짜리 알바를 뛰어 생활비를 번다. 한 친구가 은지의 사는 모습이 안 되어서 시설 좋은 요양원이 많으니 사서 고생하지 말라고 했을 때, 은지는 웃으며 자식들을 불효자로 만들수 없다고 잘라서 말했다. 그 사실을 알았을 때 나는 은지를 천사의 환생으로 보았다.

우리는 백세 시대에 살지만 또 저출산을 선호하는 시대에 살기도 한다. 그러니 자식의 효도를 받으며 병들고 늙은 몸을 호강할 생각을 한다는 것은 현실을 벗어난 어림 없는 짓이다. 병들면 요양원으로 가야 한다고 생각하는 것이 바람직한 것 같다. 그러나 요양원 시설이 아무리 좋단들 가족의 품에다 비길 수 없다는 것도 알아야 한다. 인생을 살아오면서 알게 된 것은 본인 마음에 따라 할 수 있는 일이 몇 가지 안된다는 사실이다. 그러니 마음은 싫어해도 자식들의 삶을 위해 스스로 요양원에 가겠다고 나서는 게 노년기에 들어선 사람들의 필수 용기이고 필수 인간성이라 할 수 있을 것이다. 좋은 것만으로 살아가고 싶어하는 것은 인간의 욕심이다. 은지네 집 방문은 칠순을 바라 보고 있는 나의 원래의 생각에 한 차례 혁명이 왔다.

차창 밖에는 눈꽃이 날리고 있다. 마른 가지에 가끔씩 노란 개나리가 움츠리고 있는 것이 보인다. 취위가 지나면 개나리는 활짝 피어 온 길거리를 노란색으로 만들겠지!

   빛은 길을 가는 사람을 저버리지 않는다

고속도로 위를 달리면서…

　동녘 하늘이 희붐이 밝아 올 무렵에 우리는 연길에서 장백산으로 가는 고속도로에 올랐다. 길가의 풀섶에 떨어진 밤이슬이 은빛 구슬을 뿌려 놓은 듯 반짝였고 계곡물이 흐르는 소리가 정겹게 들려 온다. 우리가 탄 자가용차는 신이라도 난 듯이 산고개를 넘고 넘어 첩첩 산중을 에돌아 올라갔다. 은회색빛으로 단장한 빼곡한 밀림이며 바람에 흔들리는 수많은 자작나무 잎들이 나의 눈을 한없이 호강시킨다. 높이로 솟아올라간 미인송들이 금방 잠에서 깨어 났는지 허리를 쭉 펴고 나에게 눈인사를 보내 온다. 거기에 한 눈이 팔려 눈길을 못가져오는데 오십년도 넘게 살아 온 듯한 아름드리나무가 뿌리째 도로 가에 쓰러져 있는 것이 보였다. 고목으로 생을 마감했건만 묻히지 못하고 방치되여 있는 모습이 어쩐지 처량해 보인다. 고속도로를 달리는 내내 이러루한 경치들을 한눈에 담으니 피곤기는 얼씬도 하지 않았다.

우리는 이도백하(二道百河)에서 전용 버스를 갈아 타고 백두산천지를 향해 올라갔다. 살을 에이는 듯한 찬바람이 기승을 부리고 있음에도 관광객들은 인산인해를 이루고 있었다. 안개속으로 내려다 보이는 빨간색, 노란색, 그리고 사시장철 푸르른 소나무가 한데 어우러져 한폭의 그림을 그려놓았다. 녹수 청산은 금산 은산이라는 말이 저절로 생각히웠다. 우리는 드디어 산 정상에 올랐다.

눈길을 멀리로 보내니 집채같은 흰구름이 산과 산 사이를 넘고넘어 더 넓게 펼쳐진 들녘으로 바람따라 흩어졌다 다시 모이며 어디론가 새 출발을 위한 도전을 하고 있다. 폭포줄기를 타고 내려가던 물줄기가 길쭉한 고드름이 되여 대롱대롱 매달려 있는 모습 또한 장관을 이루고 있다. 우리는 온천 물에 삶은 계란과 삶은 옥수수로 점심 요기를 하고 다시 산아래로 내려와 다음 여정을 이어갔다. 자가용은 국도 위를 달렸다. 화룡시를 지나니 백산시가 기다리고 있었다. 저절로 곧고 굵게 자란 나무들은 우리들이 백두산천지를 향하고 달릴때 보내오던 그 표정 변함없이 우리에게 무한한 포옹을 보내왔다. 우리는 차창을 내리고 차 속력을 줄이며 천천히 수림 속 길을 지났다. 맑고 파란 하늘에 무지개가 얼굴을 내밀고 우리의 발길을 멈춰세웠다. 바람에 가끔씩 떨어지는 단풍잎 사이로 새들이 포로롱 자리를 옮긴

　　　　　　　　빛은 길을 가는 사람을 저버리지 않는다

다. 우리는 구수한 솔향기를 마음껏 들이 마시며 숯등이처럼 까
맣게 그을린 목안을 깨끗이 싯기라도 하듯 한참을 수림속에서
산소호흡을 했다. 온몸이 순간에 건강해지는 것 같았다. 병원에
서 사형 선고를 받은 사람이 밀림숲속에서 기적처럼 살아났다
는 말이 실감이 났다. 우리는 통화로 가려던 목적지를 바꿔 요
녕성 본계로 가기로 했다. 어둠살이 들기 시작했다. 노수진을
지날 때였다. 우리는 주유소에서 차에 기름도 넣고 그곳에 토산
물도 살 겸, 겸사겸사 시내로 들어갔다. 그런데 가는 날이 장날
이라고 도로 공사를 하고있어 온 길거리가 먼지투성이었다. 우
리는 그대로 노수진을 지나 강원 휴게소에서 주유 할 생각에 부
지런히 달렸다. 그런데 강원 휴게소에 도착하니 주유소가 휴업
중이다. 기름이 시급해졌다. 차에 남은 기름은 이십키로도 달릴
수 없는 형편이다. 우리는 순식간에 지옥에 떨어진 기분이 되어
모두 침묵쟁이가 되어버렸다. 낯설고 물선 이곳에서 무엇을 어
떻게 해야 할지 걱정이 산더미가 되어 가슴을 내리눌렀다. 우리
부부가 쩔쩔매고 있을 때 우리 이번 관광의 운전을 책임진 둘
째아들이 도로공사에 긴급 도움을 요청했다. 도로공사에서 사
람을 보낼 테니 기다리라고 했다. 이십분이 지나도록 소식이 없
다. 나는 아들에게 다시 학인해 보라고 했다. 둘째아들은 핸드
폰 버튼만 눌리면 금방 사람이 오고 있는지를 알 수 있으련만

믿고 기다리자며 꿈적도 하지 않았다.

늦은 저녁이라 시장기도 오고 밤바람에 춥기도 하다. 아들이 확인 전화 한통 없이 꼼짝 않는 것이 짜증 날 정도였다. 시간은 또 이십분이 지나갔다. 이때 전화벨이 울렸다. 도로공사 사람이었다. 아들은 그 사람과 차근찬근 대화를 하더니 우리에게 기다리라고만 하고는 생면부지인 그 사람과 어둠 속으로 사라졌다. 시월의 밤은 제법 쌀쌀했다. 한 시간이 지나도록 아들은 꿩구워 먹은 자리다. 불안한 생각이 들었다. 핸드폰 배터리도 간들간들하게 남았다. 그래도 나는 긴장하고 조급한 마음에 아들에게 전화를 했다. 신호는 가는데 전화를 받지 않는다. 순간 마음이 초조해지며 아들이 사기꾼들에게 당하고 있는 것은 아닌지 하는 불안한 생각이 들었다. 시간이 흐를수록 나의 느낌은 벼랑끝으로 떨어져 가고 있었다. 바로 이때다. 멀리서 아들이 반팔바람으로 기름 통을 들고 오고 있었다. 나는 눈물이 왈칵 쏟아졌다. 그제야 안심을 담은 안도의 숨이 나갔다.

사실 도로공사 그분은 산 아래 마을에 사는데 육십이 넘어 보이는 늙은이였다. 그는 산 아래로 내려 가는 오솔길로 아들을 데리고 삼십 분을 내려가 그곳에서 다시 자신이 타고 온 차로 동네 주유소까지 갔다. 그런데 동네 주유소에서는 산림 지대라 화재 예방으로 기름을 낱근으로는 팔지 않았다. 도로공사 파견

   빛은 길을 가는 사람을 저버리지 않는다

인이 신분을 밝히고 겨우 기름을 살 수 있었다. 나는 도로공사 파견인의 착한 마음씨가 그 옛날 인민을 위하며 봉사하다 돌아가신 뢰봉을 만난 기분이 들었다.

　연휴 기간이라 휴게소에는 주유할 차량들이 줄을 지어 들어섰다. 바로 우리 옆자리 주차장에 가족으로 보이는 젊은 부부와 할아버지, 할머니 그리고 두 살쯤 되어 보이는 아이가 차에서 내렸다. 그 집도 차에 기름이 떨어져 우리에게 도움을 요청했다. 삼십 분이나 산 속 오솔길로 들고 올라 온 귀하디 귀한 기름이지만 아들은 그 집 사정을 알고는 나눠 쓰기에는 넉넉하지 않은 기름을 어느 정도 나누어 주었다. 그분들은 돈을 200원을 주며 고맙다고 연신 허리를 굽혔다. 아들은 굳이 사양하였다. 우리는 기름 문제가 해결되었다. 떠나기 전 우리를 도와 준 그분을 찾아갔다. 그런데 아무런 보상도 받지 않고 또 도움이 필요한 다른 사람을 모시고 산아래로 내려 가고 없었다. 나는 아까 아들을 기다리며 믿음이 없었던 자신이 많이 부끄러웠다.

　우리는 감사한 마음으로 휴게소를 빠져 나왔다. 밤이 깊어가고 있었다. 우리는 돌다리도 두드리는 마음으로 다음 휴게소에 전화를 했다. 혹시 주유소에서 정상 주유할수 있는지? 그런데 또 기막히는 소식이 왔다. 다음 휴게소의 주유소도 휴업 중이란다. 그런데 다다음 주유소까지 기름은 턱없이 부족하다. 우리가 불안한 마음으로 달리는데 길은 계속 내리길이 이어었다. 하늘이 무너져도 솟아날 수 있다는 말은 이럴 때 하는 것인 가 보다. 우리는 내리막길의 도움으로 차의 속도를 중립으로(N空档) 내려 놓고 기름을 먹이지 않고도 달릴 수가 있었다. 비록 속도가 느려졌지만 대신 산속의 물 소리, 뻐꾹새 노래 소리가 정겹게 들려 왔다. 그런가 하면 송화강 상류의 강줄기가 갈래갈래 뻗어 있는 터널을 지나니 호수나 큰강이 보였다. 조마조마한 마음으로 주유 영업이 있는 두령 주유소까지 달리는 동안 밤하늘에 반짝이는 뭇별들과 밝은 달이 불안한 마음을 달래 주었다. 우리는 드디어 두령 주유소 도착했다. 기름을 만땅으로 넣고 마음껏 달릴 수 있어서 만시름을 놓고 달리고 있는데 얼마 못가서 단동 구간에서 본계로 가는 길이 국도로 바뀌였다. 고속도로에서 국도로 내려와 시속 40킬로씩 달려야 하니 아직 백킬로는 더 가야 하는 상황이라 절망 아닌 절망과 만나고 말았다. 어쨌거나 나선 길을 되돌릴 생각은 없다. 우리는 그 속도로 계속 달렸다. 고생과 시간과 인내심을 몇갑절 대가로 하면 되는 길이다. 차는 천천히 달렸다. 작은 마을들을 지날 때마다 개 짖는 소리가 들려온다. 시간은 어느새 자정을 넘고 있었다.

운전하는 아들이 졸음을 이기지 못해 잠깐 쉬기로 하고 차 문을 열었다. 산속의 찬공기가 삽시에 머리를 꽉 채운 흐리멍텅

　　　　　　　빛은 길을 가는 사람을 저버리지 않는다

한 것들을 싹 씻어냈다. 밤하늘을 올려다 보니 칠색 무지개 빛이 하얀 달을 에돌더니 달무리가 나타났다. 육십 평생 처음 보는 광경이다. 주먹만한 별들이 반짝이는 모습에 폭 빠져들어 추위를 잃었다. 가끔씩 솔솔 불어오는 바람 따라 은하수가 출렁이는 것 같다.

우리는 피곤을 물리치고 끝까지 목적지를 향해 달렸다. 희붐히 밝아 오는 새벽 첫닭 울음소리가 들려 온다. 단풍 옷을 갈아입은 자연은 우리에게 채색의 윙크를 보내왔다. 마음이 설레인다. 눈도 마음도 다 즐거우니 피곤기가 물러갔다.

인생 여정도 고속도로 위를 달리는 차와 같다는 생각을 해 본다. 달리는 내내 좋은 일만 만나기를 바랄 수가 없는 것이 인생길이다. 힘든 일이 있을 때는 용기를 잃지 말고 믿음으로 타인에게 가까이 가 서야만 하고 어려워하는 사람의 손을 따듯이 잡아주는 품을 갖춰야 하는 것이다. 감사한 마음으로 서로를 대하는 곳에 삶의 냄새가 풍기고 또 그리 하노라면 나만의, 또는 당신만의 지상 낙원과 가까워지는 것이다.

고향집의 감나무

나는 어렸을 때 부지런하기로 이름이 나 있었다. 사계절 어느 하루도 그냥 보낸 적이 없었다. 특히 긴긴 겨울 밤이면 아버지가 잘 추려 놓은 볏짚단을 들고 친구집에 새끼 꼬러 자주 가곤 했다. 친구에게는 할머니가 계셨는데 항상 우리들과 함께 새끼도 꼬며 구수한 이야기도 들려주시군 하셨다.

그날도 할머니는 마루에 앉아 빠른 솜씨로 새끼를 꼬면서 젊은 시절에 동네에서 보고 들은 이야기를 시작하셨다.

할머니집과 멀리 떨어진 산비탈에 이씨 성을 가진 부부가 살았다. 그 집에는 아들딸 칠남매를 키우며 살림살이는 쪼들렸지만 매일 무럭무럭 커가는 아이들의 재롱을 보며 집안에 웃음 소리 끊기지 않았다. 그런데 행복하던 이씨네 집에는 먹장 구름이 소나기를 몰고 오듯 꿈에도 생각 못했던 불행이 찾아 왔다. 며칠째 감기로 실실 앓고 있던 이씨 부인이 갑자기 세상을 떠났다. 이씨는 하늘이 무너지고 땅이 꺼지는 것 같아 선 자리에 쓰

 빛은 길을 가는 사람을 저버리지 않는다

러졌다. 그때 맏이 큰아들은 열 일곱이고 막내는 겨우 네 살이었다. 이씨는 병원에 한 번 가 보지 못하고 세상을 하직한 부인을 생각하며 몇 날 며칠 울다가는 쓰러지고 또 울다가 쓰러지더니 나중에는 까무러치기까지 하면서 더는 일어나지를 못했다. 부인의 상을 치고 난 뒤 이씨는 정신 잃은 사람처럼 어린 자식들 두고 가면 어떡하냐며 막내 아들 꺼안고 눈물로 세월을 보냈다. 그렇게 눈도 제대로 못뜨는 이씨에게 원래 머슴으로 일하던 집에서는 빨리 일하러 오라고 기별이 왔고 하는 수 없이 맏이 큰아들과 큰딸이 어머니 아버지가 일하던 집으로 머슴살이 들어가게 되었다. 그렇게 집에는 열두 살짜리 둘째 아들이 아픈 아버지와 동생들을 돌봐야 했다.

둘째 아들은 매일 아침 일찍 일어나 편찮으신 아버지를 돌보며 동생들을 보살펴야 했고 낮에는 산에 가서 나무를 주어다 장마당에 가서 팔아 얼마 되지 않는 돈으로 보리쌀을 사오면 9살 나는 여동생이 그것으로 죽을 끓여 동생들과 함께 끼니를 때웠다. 그렇게 겨우겨우 목숨을 연명하고 있던 어느 날, 그날도 둘째 아들은 땔감을 한짐 지고 장마당으로 갔다. 동짓달에는 하루해가 유난히도 짧아서 금방 날이 어두워지기 시작했다. 장마당에는 물건 팔던 사람들이 주섬주섬 물건들을 챙겨 집으로 갈 준비를 했다. 이씨네 둘째 아들은 나무를 못 팔면 집에 몸져 누우신 아버지와 동생들이 굶게 된다는 것을 생각하고 마음이 조급해졌다. 나무를 못 팔면 다시 십리나 되는 길을 지고 집에 가야 하니 어쨌든 나무를 팔아야 했다. 그래서 큰소리로 "나무사세요"를 애타게 외쳤다. 해는 서산으로 기울어지고 어둠이 내리기 시작했다. 그때 한 중년 신사아저씨가 나무값을 물어 보았다. 나무값이 십전이라는 말을 듣고 그 신사아저씨는 오전만 주겠다고 반으로 값을 뚝 짤라 흥정했다. 이씨네 둘째 아들은 울며겨자먹기로 반값에 나무를 팔았다. 신사 아저씨는 집이 부근에 있으니 좀 가져다 달라고 부탁했다. 집이 가까운곳에 있다고 하니 착한 둘째 아들은 쾌히 승낙을 하고 아저씨 따라 갔다. 그런데 가도 가도 끝이 없어 신사 아저씨께 물어 보았더니 조금만 더 가면 된다고 하였다. 그렇게 조금만 조금만이 십리도 넘는 길을 무거운 나무짐을 지고 그집에까지 가져다 줬다.

신사 아저씨네 집은 오두막집이었다. 넉넉한 살림은 아닌 것 같아 보였다. 둘째 아들이 나무를 내려 놓고 집으로 떠나려고 하는데 신사아저씨는 미안했던지 누룽지 한덩이를 주면서 배고플 것이니 먹으면서 가라고 했다. 누룽지 한덩이를 받고 나니 식구들 저녁밥은 해결했다는 기분에 그래도 신사아저씨께 고맙다고 인사를 하고 집에서 기다리는 동생들과 편찮으신 아버지를 생각하며 힘든 것도 있고 등에는 지게를 지고 뛰기 시작했

               빛은 길을 가는 사람을 저버리지 않는다

다. 그렇게 칠흑같이 어두운 밤 산골짜기로 들어서니 늑대인지 분간이 잘 안되는 큰 짐승이 으르렁거리며 길을 막고 있었다. 둘째는 헛기침을 하며 무서운 기색을 내지 않고 큰소리로 '썩 물러가지 못 할까!'를 외치며 지게막대기를 휘두르며 앞으로 다가섰다. 짐승도 두려움 없는 사람 앞에서는 감히 덤비지 못하고 슬금슬금 뒷걸음쳐 골짜기로 달아났다 .

그렇게 뛰다가 걷다가 하면서 집에 도착할 무렵에는 배가 고파 쓰러질 것 같았지만 손에 쥔 누룽지는 먹지 않았다. 달이 서쪽으로 기운 것을 보고 이미 밤이 깊었다는 것을 그때야 알고 죽을 힘을 다해 집 문앞까지 뛰어 왔다. 집 안에서는 동생들의 슬픈 울음 소리가 흘러 나왔다.

이씨네 둘째 아들은 동생들이 배가 고파 우는 줄 알고 급하게 문을 열고 집에 들어섰다. 사실은 아버지가 돌아 가셨다. 청천벼락이 머리를 내리치는 것 같이 둘째 아들은 눈앞이 캄캄해졌지만 물에 빠져도 정신을 차려야 했다. 둘째 아들은 울며불며 아랫마을 어른들을 모셔와 아버지를 관도 없이 거적대기에 말아서 어머님이 계시는 뒷산에 함께 묻었다. 그렇게 몇 달만에 양친을 다 잃은 형제들은 하루 아침에 고아가 되었다.

새끼를 꼬며 이야기를 듣던 우리는 할머니가 하시는 그 슬픈 이야기에 눈물 범벅이 되었다. 내 친구 할머니는 우리들을 보고 하시던 이야기를 그만두고 주방에 가서 단 감주를 한 그릇씩 퍼다 주시며 그만 울고 감주나 마시라고 하셨다.

나는 다 꼰 새끼뭉치를 이고 집으로 오는 동안 머리 속에서 슬픈 생각이 떠나지 않았다. 그날밤 나는 밤새도록 뒤척이며 나와 비슷한 또래의 아이들이 어떻게 부모님 안 계시는 세상을 살았을까 하는 생각에 한숨도 못자고 뜬눈으로 밤을 새웠다.

이튿날 아침 아버지가 소 여물을 썰자고 나더러 작두 눌러 달라고 하셨다. 나는 아버지를 도와 작두를 누르며 어제저녁 친구할머니께 들은 이야기를 참새처럼 조잘조잘 이야기하며 뒷이야기가 궁금하다고 했다. 가만히 듣고 있던 아버지는 내가 궁금해하던 이야기를 계속 해주었다.

양친 부모를 잃은 아이들은 봄이면 산나물 캐다가 동냥해 온 밥으로 죽을 끓여 먹고 여름에는 칡뿌리 케다가 좋은 것은 팔고 나쁜 것은 삶아 먹었으며 가끔씩 냇가에서 미꾸라지와 붕어도 잡아다 먹으며 고픈 배를 달랬다. 이 사실을 알게 된 집안 친척들이 십시일반 양식을 가져다 준 덕분에 한해 한해를 보내며 몇 년을 보냈다. 이젠 막내동생도 많이 커서 형과 누나들의 일손을 도와 줄 수 있게 되었다. 나에게 그 이야기를 해주시는 아버지의 눈시울이 붉어졌고 목소리는 떨리고 있었다. 아버지는 무심결에 '갸들은 다 잘 살고 있을거다' 라는 말씀을 덧붙이셨다.

　　　　　　빛은 길을 가는 사람을 저버리지 않는다

아버지의 그 말에 나는 더욱 궁금해졌다. 저녁에 밥상을 물리고 아버지와 함께 새끼를 꼬며 아버지께 친구할머니 이야기를 아버지가 어떻게 잘 아시냐고 물어 보았다. 우리 아버지는 평소에 집에서 말수가 적고 우리들이 아무리 떠들고 장난을 쳐도 한 번도 잔소리 한 적이 없었다. 하지만 공산당원에 대대 당지부서기였던 아버지는 동네사람들 앞에서는 항상 본보기로 대쪽같이 엄격했으며 모든 일처리가 공정하여 동네 많은 사람들로부터 존경 받는 대대 당지부서기였다.

내가 자꾸 물으니 아버지는 끝내 내 궁금증을 풀어 주셨다. 아버지는 '네 친구 할머니는 나에게는 고향 아지매가 되는 분이시다'고 하시더니 산에서 지게막대기로 늑대를 산으로 쫓아 보내던 이야기를 다시 들려 주셨다. 그때는 제일 큰 행복이 형제들이 배불리 먹는 것이고 아프지 않는 것이라고 하시며 항상 서로 챙겨주며 아끼고 살아왔다고 말씀하셨다.

나는 아버지의 모습을 한 번 더 쳐다 보았다. 우리 아버지는 다른 집 아버지들보다 키도 작고 덩치도 작았다. 하지만 오늘은 아버지가 태산보다 더 높고 커 보였다. 평소 우리는 큰아버지 삼촌이 없고 고모만 많아서 아버지는 외동 아들인 줄 알았는데 아버지에게도 형제들이 있었다. 나는 이해가 안 되어 아버지께 또 물었다. 우리 큰아버지와 삼촌은 지금 어디에 계시냐고 물어

보는 나의 말에 아버지는 한숨을 쉬시며 다시 말씀 하셨다.

부모 잃고 고생하는 육남매 형제들 이야기가 입과 입을 통해 종친에서 알게 되었고 종친의 큰 어르신이 우리들을 어떻게 도와줘야 할지 고민하고 있을 때 지금의 할아버지께서는 딸만 일곱명에 아들이 없었단다. 그러니 집안에 대업을 이어가고 조상들 제사를 지낼 양자 아들이 필요하셨다. 그때 종친에서는 우리 아버지 형제들 중 제일 큰 맏이를 양자로 보내는 대신 둘째인 아버지를 보내기로 결정하였다.

지금의 할아버지는 부자였다. 원래는 종친들과 가까운 사이였는데 중국으로 이주하였다. 그 후에 종친들을 통해 아버지네 집의 딱한 사정을 알게 되었고 딸밖에 없는 자기네 집에 아들로 양자를 들일 생각을 하였다고 한다. 그래서 그 조건으로 아버지 형제들이 살 수 있게 마을에다 집도 지어주고 논도 몇 마지 주고 몇 년간 살 수 있는 큰돈을 주고 큰아버지를 할아버지 집으로 양자로 데려 가려했다. 그때는 아무리 못살아도 형제들을 떠나 낮 설고 물 선 이국만리에 누구도 양자로 가려 하지 않았다. 그리고 큰아버지는 19살이고 아버지는 15살이었는데 큰아버지가 없으면 논이 있어도 농사를 제대로 지을 수 있는 사람이 없었기에 아버지는 고민 끝에 형님 대신 자기가 양자로 가겠다고 자진했다. 그렇게 아버지는 중국으로 양자로 떠나기 전날 형제

   빚은 길을 가는 사람을 저버리지 않는다

들과 함께 앞마당에 작은 감나무를 심어놓고 감나무에 감이 열릴 때 아버지는 꼭 찾아 오겠다고 형제들과 약속을 하고 이국만리 중국으로 떠나왔다.

아버지가 양자로 와 보니 지금 할아버지네는 큰누님 부부가 재산 관리를 하고 있었고 우리 아버지는 이름은 아들이지만 실지로는 아무 권한 없는 일꾼에 불과했다. 할머니 할아버지도 말은 아들이라고 하지만 처음 보는 다 큰 낯모를 아들을 처음부터 믿음이 가지 않아 많은 재물을 양자아들에게 맡길 수가 없었고 항상 경계를 하셨으니 아버지는 그분들이 부모님이 아닌 대감마님과 마나님 같이 여겨졌다. 하지만 형제들을 배불리 먹게 해주신 어르신들께 꾸준히 말없이 몇 년간 노력하였고 드디어 어머님과 결혼하여 일년 만에 아들을 낳아 할머니 할아버지께 손주를 안겨주었다. 그렇게 세월을 두고 지극 정성으로 할머니 할아버지를 모신 덕분에 차츰차츰 친아들로 인정받고 있을 때 가운이 내리막길을 걷기 시작해 천석부자가 졸지에 가난에 쪼들리기 시작했다. 그 후 할머니 할아버지는 완전 어머님 아버지께 의지했으며 어머님 아버지께서는 두 부모님을 돌아가실 때까지 잘 섬기고 모셨다. 그 후는 내가 크면서 본 일들이다. 어머님 아버지는 문화대혁명 시기 미신 타파 시절에도 한 해도 빠지지 않고 50여 년을 할머니 할아버지 돌아가신 날과 추석명절 설명절에 제사를 지내주셨다. 해마다 우리는 설명절이면 무릎까지 빠지는 눈을 해치고 산소에 가서 할머니 할아버지 평소에 좋아하시는 막걸리 한잔 부어드리고 노래도 불러 드리고 눈밭에서 한나절씩 할머니 할아버지와 함께 있다가 산에서 내려오군 했다.

아버지는 아들 4남매 딸 삼남매해서 모두 칠남매를 키우셨다. 없는 살림살이에도 세 아들은 대학을 보냈고 둘째아들은 군대에서 군관으로 십칠년 근무했다. 딸들도 시집 가서 아들딸 낳고 잘 살고 있었으니 항상 자신보다 연세 드신 어른들을 섬기고 주위에 사람들을 아끼고 사랑하며 열심히 살아온 덕분에 한세상 살아 오면서 고생 끝에 낙이 온다고 하는 말이 실감나게 우리 아버지는 행복하셨다. 하지만 항상 고향에 계시는 형제들을 생각하며 연세가 들수록 고향을 그리워하셨다.

세월은 그렇게 흘러흘러 마침내 중한 수교가 되어 아버지는 설레이는 마음으로 어머님과 함께 몇십 년 못가본 고향으로 가셨다. 아버지는 15살에 고향 떠나와 허리가 휘고 머리가 백발이 되어서 형제들을 만났다. 한자리에 모인 형제들이 서로 끌어 안고 한없이 울었다. 그날 밤 아버지는 옛날 생각에 잠이 오지 않아 밖에 나와 혼자 마당에서 서성이었다. 마침 작은아버지 도 잠이 오지 않아 밖으로 나오셨다. 두 형제가 어깨 나란히 달빛 아래에 서서 고향의 밤 공기를 마실 때 작은아버지 는 마당 한

켠에서 수십 년간 묵묵히 집터를 지켜온 감나무를 가리키며 ‘형님 형님이 떠나던 날 심어놓은 감나무입니다’라고 아버지께 소개하셨다.

그 감나무에는 해마다 감이 얼마나 많이 달리는지 감나무를 볼 때마다 형님 생각하며 형님이 꼭 잘 살고 계실 것이라 믿었다고 작은아버지 는 말씀하셨다. 아버지는 ‘그래 잘 살아 왔지, 아무리 힘들어도 참고 견디니 다 지나가더라’고 말씀하시며 세월을 이기는 것은 역시 참고 견디다 보면 힘든 일은 지나가고 좋은 일이 기다리고 있더라고 하셨다.

두 형제가 마당 한복판에 서서 밤가는 줄 모르고 도란도란 이야기를 나누는 동안 달무리는 서서히 서쪽으로 기울었고 동쪽 하늘은 희붐히 밝아 오고 있었다.

형제들을 만나고 온 이야기를 들려 주시던 아버지가 지금은 우리 곁에 계시지 않는다. 그러나 그 감나무는 지금도 아버지 고향집 마당에 세월을 담고 오롯이 서있을 거다. 아버지 고향집에 다녀오고 싶다.

고향행

아침의 문을 일찍 열었더니 전세라도 낸 것처럼 고속도로의 육차선은 우리 세상이 되어 마음 놓고 달릴 수 있었다. 신이 난다. 차는 논밭을 지나가고 있었다. 농민들이 명년 농사를 위해 준비한 인분 냄새가 코를 찌른다. 나는 낯 설지 않는 거름 냄새를 맡으며 그 옛날 우리 동네에서도 집집마다 볏짚재를 마당 한 켠에 모아 두었다가 돼지우리에서 나오는 거름과 변소에서 나오는 인분과 함께 섞어 이듬해 봄에 논밭에 뿌려 비료로 쓰던 일이 생각난다. 고향으로 달리고 있으니 고향에서 살던 일들이 주마등마냥 떠오른다.

농민들은 매년 봄이면 못자리에 바삐 보내지만 모내기 때에는 매일 달을 이고 일터로 나오면 별을 지고 집으로 간다. 그렇게 허리가 휘도록 하루 종일 엎드려 모를 꽂으며 못줌 던져주는 아주머니의 부주의로 흙탕물이 온몸에 튕기어 더덕더덕 흙이 말라 붙은 옷을 입고도 저녁에 집으로 가는 길에 몸을 흔들며

     빚은 길을 가는 사람을 저버리지 않는다

춤을 추던 아주머니들의 모습은 흡사 각설이를 방불케 했다.

해마다 농망기가 지나면 강가에는 아주머니들의 빨래 방망이 소리와 보뚝에서 흘러 내려오는 폭포수 물소리, 거기에 어머니님들 따라온 아이들이 미역 감으며 떠드는 소리에 흐르는 강물도 잠깐 쉬었다 가는 것 같았다. 아주머니들은 하얗게 먼저 씻은 빨래를 강언덕 나무가지에 널어 놓고 말리우며 배가 고프면 잠깐 친구들과 강가 보뚝에 둘러 앉아 집에서 가져 온 삶은 감자나 누룽지를 꺼내어 나누어 먹으며 잠시나마 쉰다. 그때 각자 집안 이야기를 나누던 아주머니들의 모습이 그 당시 농민들의 삶의 한 페지었다 .

나는 뿌연 안개 속에 묻어 놓고 살아오던 젊은 시절에 한폭의 그림같은 장면들을 생각하며 갑자기 갈증이 나도록 고향이 그리워졌다. 우리가 심양을 지날 때쯤, 날이 희붐히 밝아오기 시작했다. 비 온 뒤의 아침 햇살은 유난히 눈부시었다. 일망무제한 논벌에 황금물결마냥 출렁이는 벼이삭들이 바람에 일렁이는 모습이 한눈에 안겨왔다. 맑고 푸른 하늘에는 뭉게구름들이 솜뭉치마냥 바람 따라 어디론가 정처없이 떠나가고 있었고 고속도로 주변에는 울긋불긋 예쁜 옷으로 갈아 입은 단풍잎들이 가을의 아름다운 정취를 더해주고 있다.

우리는 중양절날 오전 중에 고향에 도착할 생각에 발길을 붙잡으며 유혹하는 알락달락한 색색가지 풍경들을 뒤로 하고 쉬지 않고 달렸다. 마침내 요녕성 경내를 지나 길림성 지역으로 들어 섰다. 산속에 빼곡히 들어선 울창한 소나무 숲들이 보인다. 우리는 고향 친구를 만난 것처럼 차창문을 열고 창박을 내다 보았다. 코끝을 뺑 뚫리게 하는 들국화 향기가 물씬 풍겨온다.

우리가 쉬지 않고 식사도 집에서 준비한 간식으로 한끼 때우며 달리고 달려 고향산 노일령 터널을 지나니 멀리서부터 우리 집 앞산 라법산이 바라 보인다. 산 정상에는 흰 내린 눈이 하얗게 자리를 잡고 있었다. 그 모습은 마치 부모님이 명절이면 머리에 흰수건을 두르고 동구 밖까지 마중 나와 자식들을 기다리고 있는 것처럼 반가웠다. 산으로 오르는 길목에는 도로 공사하는 차량들이 몇 대나 길을 막고 있었다. 우리는 길을 에돌아 산속으로 들어섰다. 큰 소나무와 잡풀들이 우거진 풀섶에는 가시나무가 섞여서 온 옷에 가시가 달라 붙었다. 우리는 부모님 산소까지 큰 곤혹을 치르고서야 도착했다.

바쁘다는 핑게로 몇 년을 찾아보지 못했던 시부모님 묘소는 완전 쑥대밭이 되어 있었다. 우리는 출발할 때 아무른 연장도 가져가지 못했다. 그렇다고 쑥대밭을 그대로 두고 올 수는 없으니 맨손으로 풀을 뽑고 쑥대를 꺾어내고 가시덤불을 걷어 냈다. 순식간에 더벅머리 총각이 이발을 한 것처럼 깔끔해졌다. 우리

    빛은 길을 가는 사람을 저버리지 않는다

들이 가져간 음식으로 상을 차리는 동안 하늘에서는 하얀 눈꽃이 흩날리기 시작했다. 부모님이 살아 생전 멀리 있는 자식들이 찾아오면 너무 반가워 눈물을 흘리는 것처럼 시부모님들의 눈물이 흰눈으로 변하여 내리고 있는 것 같았다. 미안한 마음을 금할 수가 없었다. 몇 년째 찾아 보지 못한 묘 옆에는 언제 어디서 날아온 씨앗이 뿌리 내리고 자랐는지 알지 못할 빨간 과일이 주렁주렁 달려 있고 삼십년 전에 심어놓은 소나무는 한아름 넘게 자라나 조상님 산소를 잘 지키고 있어 위로가 되었다.

우리는 다시 산 아래로 내려와 내가 살고 있던 고향집을 찾아 동네로 들어섰다. 길가에는 가로등이 설치되어 있었고 옛날 오솔길은 아스팔트길이 되어 있었다. 길 양쪽에는 빗물이 내려갈 수 있도록 시멘트로 호리가닥이 만들어졌고 양 옆에는 백일홍이 만발하여 있었다. 동네에 초가집과 작은 골목길은 흔적없이 사라졌고 널찍한 길이 나 있었다. 집집마다의 담벽은 통일로 벽돌로 쌓아 올리고 유리 기와로 깔끔히 마무리를 해놓았다. 도시의 한모퉁이 별장을 방불케 했다. 우리는 고향길에서 동네에 살고 있는 친구들을 만났다. 자식들 따라 도시에서 생활하던 사람들이 지금은 고향으로 돌아오고 있는 사람들이 많아 졌다고 하면서 정부로부터 아름다운 농촌 건설을 추진하고 있으며 농민들에게 많은 혜택을 주고 있다고 하였다. 그들은 산 좋고 물

좋고 공기 좋은 고향에서 마음 놓고 유기농 채소를 먹을 수 있어 너무 좋다고 입이 마르도록 자랑을 했다.

친구들의 칭찬에다 또 내가 본 고향의 변화에 크게 놀랐다. 국가의 정책에 대한 감동에 또 감동을 금할 수가 없었다. 30년 전 내가 살던 우리 집 앞마당에는 모이 먹던 닭들이 침략이라도 받은 것처럼 일제히 푸드덕 창고 위로 날아 올라 앉아 '꾹꾹 꾹' 하며 주인을 부르는 것 같았다. 하지만 앞밭에 있는 속이 노랗게 꽉꽉 찬 배추와 주먹만한 빨간 무우는 쑥쑥 머리를 내밀고 우리들을 반겨주고 있는 것 같다. 발길이 가는 곳마다 정이 넘쳤다.

우리는 다시 산 아래 있던 옛날 샘터로 찾아 갔다. 몇십 년이 흘렀어도 샘터에는 변함 없이 맑은 물이 퐁퐁 솟아나고 있었고 높은 산에서 끊임 없이 흘러 내려오는 물들이 강을 이루어 굽이굽이 산기슭을 에돌아 송화강으로 흘러가고 있었다. 맑고 깨끗한 강물을 바라보며 그 옛날 가을이면 친구들과 돌멩이 뒤지며 가제잡아다 돌절구에 꾹꾹 찌어 가제국 끓여 친구들과 함께 그 맛을 즐기던 그때를 생각하며 나도 모르게 웃음이 흘러 나왔다.

우리는 강변을 돌아 농경지가 있는 쪽으로 걸었다. 누렇게 무르익은 벼이삭들이 고개를 푹 숙이고 있었다. 농민들이 풍년을 맞이한 것이다. 저 멀리서 기계로 벼가을 하는 집들이 보인

      빛은 길을 가는 사람을 저버리지 않는다

다. 30여 년 전 그때 벼가을은 일년 농사 중 최고 힘든 일이었다. 바싹 마른 벼를 장갑도 없이 하루 종일 허리를 굽혀 엎드려 낫으로 벼가을을 하고 나면 사지가 아프지 않는 곳이 없었다. 하지만 그렇게 힘들게 일하면서도 행복했던 시간들을 나는 지금도 기억한다. 점심 먹을 시간에 어머님이 미역국과 하얀 쌀밥을 넉넉하게 논두렁까지 가져 오면 나는 이웃 아주머니들과 따끈따끈한 국 한 그릇씩 나누어 먹으며 함께 식사한다. 친정 어머님이 안계신 분들이 부러워 하는 모습을 보며 어머님이 살아 계셔서 얼마나 행복했는지 모른다. 그래서 '이세상에서 가장 큰 부자는 어머님이 살아 계실 때요, 이 세상에서 가장 가난하고 불상한 사람은 어머님이 안 계시는 사람'이라는 말이 있는지 모른다. 부모님이 사무치게 그리워진다.

산과 물은 변함이 없이 그대로인데 인간은 변했다. 내 머리에는 흰 서리가 내려앉았고 얼굴에는 삶의 폭풍우 속에서 푹푹 파인 주름살이 가득한 할머니가 되었다. 내가 혼자말처럼 중얼거리는 소리를 듣고 아들이 무슨 말을 혼자 하냐 물어온다. 나는 아들에게 내가 젊었을 때 항상 먹을 것이 부족하고 힘들게 일만 하면서도 웃음을 잊지 않던 일들, 그옛날 부모님과 형제들 그리고 이웃 사람들과 웃고 떠들던 기억들을 이야기 해주며 지금은 농민들도 집집마다 별장에서 풍요로운 삶을 살고 있는 모습이 참 보기 좋다고 말했다. 아들은 감이 가는지 안 가는지 그냥 빙그레미소만 짓는다.

해가 서산으로 서서히 넘어가며 저녁 노을이 붉게 물들고 있었다. 산중턱에 울긋불긋한 참나무 잎들이 노을 빛에 반짝인다. 동네 집집마다 굴뚝에서 저녁밥 짓는 연기가 피어 오른다. 우리도 시장기를 느끼며 우리를 기다리는 친구들과 함께 상쾌한 기분으로 고향의 향토 음식집으로 발길을 돌렸다.

빛은 길을 가는 사람을 저버리지 않는다

덕수궁 앞에서 약장사 하다

찬서리 내리기 시작하며 아침 저녁 날씨가 쌀쌀해지기 시작했다. 나는 아침 일찍 일어나 서둘러 길 떠날 준비를 했다. 빠진 것이 없는가 상세히 살펴 보고 아이들의 속옷과 겨울 옷도 꼼꼼히 챙겨 놓고 큰아들 방학 숙제도 제때에 완성 할 것을 천심만심 당부했다. 그리고 큰아들에게 꼭 할머니 도와 주방으로 석탄 옮겨 주는 일을 해야 한다고 단단히 부탁했다. 제일 걱정이 되는 것은 연세 드신 시어머님 건강이었다. 건강 상황도 안 좋은 시어머니에게 어린 아이들을 맡기고 먼 길 떠나려니 마음에 걱정만 가득하다.

나는 장춘으로 가는 아침 첫차에 몸을 실었다. 1989년 말, 나는 한국에 있는 친척들로부터 한국 방문 초청장을 받았다. 무슨 큰 횡재나 한 것처럼 하늘에 날아오를 듯 기분이 좋와서 퐁당퐁당 뛰었다. 우리 동네에는 한국에 친척 방문 겸 한약을 가지고 가서 부자가 되어 온 사람들이 몇 집 있다. 나 역시 부자가 될 기회를 얻은 셈이니 그 기쁨 말해 무엇하겠는가.

당시의 시세로 몇 만원이면 고향에서 기와집을 몇 채나 살 수 있었다. 하지만 그 돈으로 한국 가서 열심히 약만 잘 팔면 몇 십 만원을 만들 수 있다. 나는 청심환, 안궁환, 녹용 같은 보약을 몇 보따리나 들고 들 뜬 마음으로 광주로 가는 비행기에 올랐다. 당시는 중국과 한국이 수교가 되지 않아 홍콩으로 해서 한국으로 가야 했다.

며칠을 돌고 돌아 한국 땅에 비행기가 착륙했다. 나는 만가지가 다 신기하여 여기저기를 눈빛질하면서 세관을 통과하는 줄에 섰다. 돈도 벌고 부모님 고향도 찾아 보고 일거양득이란 생각에 무거운 약보따리 질질 끌고 다녀도 발걸음은 가볍기만 했다. 하지만 세관을 나오면서 나는 실망하고 말았다. 중국 사람들은 국제 밀수꾼 취급을 받았다. 몸수색을 당하고 가져간 물건들도 거의 몰수 당했다. 하늘이 무너지고 땅이 꺼지는 것 같았다. 낮 설고 물 선 타향에서 하소연 할 곳도 없었다.

나는 남은 약들을 주섬주섬 담아 들고 마중 나온 사촌동생을 따라 갔다. 평생 처음보는 사촌들이지만 생긴 것이 어쩌면 그렇게 닮았는지. 우리는 한 동네에서 자주 만나는 형제처럼 금방 친해졌다. 술 한잔으로 회포를 풀고 시간 가는 줄 모르고 이야기를 나누었다.

내 마음은 무거웠다. 남은 것은 얼마 안되는 약 뿐이다. 그것

  빚은 길을 가는 사람을 저버리지 않는다

을 팔아야 하는데 한국 친척들을 둘러보니 생활이 넉넉해 보이는 사람은 없었다. 그렇다고 체면도 불문하고 약을 내놓을 수도 없었다. 내 심정을 들여다 보신 작은아버지가 말씀을 하셨다. 친척들 다 모였으니 조카가 가져온 약을 팔아 주라고 하셨다. 그 바람에 사촌들은 보태주는 마음으로 얼마쯤은 나누어 사줬다. 얼마 안되는 돈이지만 그나마 한국땅에서 생존활동을 벌일 수 있는 경비는 마련되었다.

이튿날 아침 밥술을 몇술 들까말까 했을 때 TV 뉴스에서 중국 사람들이 덕수궁 앞에서 약 좌판을 벌려 놓고 약을 팔고 있어 서울 시청에서 요 며칠 내에 정리하기로 했으니 약을 팔고 있는 조선족들은 자율로 협력하기 바란다는 소식이 방송되었다. 그 소식을 듣는 순간 나는 팔 수 있는 약시장이 없어 지면 꼼짝 못하고 나 앉게 된다는 슬픈 생각이 들어 속이 덜컹 내려 앉았다. 그러나 다음 순간 요며칠 간의 시간이라도 잘 이용하여 덕수궁 앞에서 약을 팔아야 겠다고 마음을 다잡았다. 남은 약이 적지 않은데 그것을 몽땅 친척들에게 팔 수가 없다. 작은 집에서는 그래도 올케 언니가 젊은 편이라 덕수궁 가는 길을 물었더니 자기도 시골에서 쭉 살다 보니 지금까지 가 본적이 없다며 지하철 약도를 가져와 몇 호선을 타고 또 갈아타고 가면 된다고 하였다.

이튿날이다. 나는 물어물어 덕수궁에 도착했다. 약 파는 중국 사람, 약 사는 한국 사람들이 와글와글해서 연변의 서시장을 방불케 했다. 나는 사람들이 가장 많이 오가는 자리를 찾았다. 하지만 좌판을 펴놓고 앉은 사람들은 나에게 새치기를 해 주지 않았다. 할 수 없이 약장사들이 주런히 있는 곳을 이쪽에서 저쪽으로, 저쪽에서 이쪽으로 왔다갔다하면서 아는 사람이 있는가 찾아 보며 팔 기회를 살폈다. 마침 나는 그곳에서 중학교 시절 웃학년 언니네 부부를 만났다. 타향에서는 고향 까마귀를 만나도 반갑다고 하는데 외국에서 만났으니 그 기쁨은 말해 무엇 하는가. 나는 너무 반가워 눈물까지 찔끔 쏟았다. 그 언니는 나에게 약을 팔 수 있는 자리를 마련해주고 잘 팔수 있는 방법을 가르쳐 주었다. 그렇게 며칠간 덕수궁에서 얼마 안되는 약을 팔았고 약 설명을 잘 못해서 약을 못파는 할머니들의 약을 도매가로 맡아 와서 팔고 하면서 돈을 벌기 위해 별 방법을 다했다. 그리고 돈 절약을 위해 배가 고파 오면 컵라면 하나 먹을 때도 있었고 어떤 때는 하루에 천원 짜리 김밥 하나로 하루 식사를 때웠다. 지어는 약을 팔고 친척집으로 갈때 오백원짜리 좌석버스가 있었고 300원짜리 입석버스가 있었지만 그 돈을 절약하기 위해 걸어서 간적이 한 두번이 아니다.

그렇게 열심히 아끼고 한푼이라도 더 모으려고 노력한 덕분에 적자는 봤지만 그래도 그만하면 다행이라는 생각을 할 수 있

 빛은 길을 가는 사람을 저버리지 않는다

게 되었다. 그럭저럭 3개월 비자가 만기되었다. 집으로 갈 준비를 하려고 하니 한심하기만 했다. 부자가 되려고 큰 포부를 가지고 이국만리까지 왔었지만 이제 빚을 짊어지고 집으로 돌아가는 신세가 되었다.

그래서 나는 비싼 비행기보다 훨씬 싼 배편으로 귀국하기로 했다. 중국 연태를 가는 여객선은 인천 항구에서 출발했다. 나는 무거운 마음으로 친척들이 준 새 옷 몇 벌과 헌옷가지들을 한보따리 싸 들고 출렁이는 여객선에 몸을 얹었다. 그날 따라 바닷바람이 얼마나 센지, 파도가 여객선을 삼킬 것 같이 흔들어 댔다. 나는 세찬 파도에 흔들려 속이 뒤집혀 전날 먹었던 밥까지 다 올렸다.

당시에는 나처럼 삼십대 젊은 나이에 한국 오는 사람들이 별로 없었다. 친척이 있어도 초청장을 보내 오려면 경제력도 보고 또 한국 친척들이 보증을 서야 했다. 이렇게 까다로운 수속에 한국 친척들로부터 초청장을 받았을 때 동네 또래 친구들은 다 나를 부러워했다. 모두들 한국만 다녀오면 용궁이라도 지어 올릴 줄로 알았다. 내 마음도 그랬었다. 그러나 부풀어 올랐던 기분은 요 몇달 사이에 산산조각이 났다. 여객선이 바다 위를 질주하는 동안 나는 몇 달 동안에 산전 수전 다 겪으면서 뜬 구름 잡으려 했던 어리석은 마음을 가라 앉히기는 했으나 눈물은 하염없이 흘러 내렸다. 그날밤은 유난히도 캄캄했다. 별들도 눈물을 흘리는지 앞이 보이지 않았다.

연태에서 내려 다시 위해를 거쳐 대련으로 오니 마침 친정 엄마 아버지도 대련 오빠네 집에 와 계셨다. 그날 저녁 나는 엄마와 한방에서 자면서 엄마에게 변변한 선물 하나도 준비 못해 미안하다고 하면서 한국에서 약 빼앗기던 이야기를 했다. 엄마는 대답이 없었다. 불이 꺼진 깜깜한 밤이지만 나는 엄마의 눈물을 볼수 있었다.

이튿날 아침 가족 식사가 끝난 후 엄마는 나더러 설거지하러 가라고 했다. 내가 주방에서 설거지를 하고 있을 때 오빠와 형님들이 다 엄마 방으로 불려 들어갔다. 오후가 되니 큰형님이 신문지에 싼 돈뭉치를 나에게 내밀었다. 그러면서 남아 돌아가는 것이니 언제든지 잘 살 때 갚으라고 했다. 형제들은 엄마한테서 내 시어머님의 병환이 깊어 큰돈을 쓴다는 소식도 들었고 내가 한국 가서 고생만 하고 빚만 지고 온 이야기를 들었던 것이다. 나는 떨리는 손으로 그 뭉치돈을 받으며 그동안 울지 못하고 참았던 울음보따리를 확 풀어 놓고 원 없이 울었다. 형제들도 다같이 울었다.

내가 시가로 돌아갈 시간이 되었다. 큰 올케는 아직도 울어서 눈이 퉁퉁 부어있는 나를 꼭 안아주며 '동생은 꼭 잘 살 수

 빛은 길을 가는 사람을 저버리지 않는다

있을 거야, 그렇게 부지런히 사는데 왜 못살겠나?'라고 위로하면서 시어머님이 계시고 또 올망졸망한 조카들도 있으니 갖고 가라며 해산물과 과자와 사탕 등을 한보따리 싸주었다.

집에 오니 시어머님은 훈계 말씀 한 말씀도 없었다. 먼길 떠난 며느리 온다고 된장찌개와 생선구이에 밥상을 차려 주셨고 두 아이들은 얼굴에 석탄재가 묻어 눈만 반짝거리며 외국 갔던 엄마가 왔다고 좋아했다.

부자가 되려던 허망된 꿈에서 깨어나 현실로 돌아오고 보니 요 몇달 사이에 나는 십년을 더 살아온 사람처럼 많은 것이 깨달아졌다. 이 세상에서 가장 중요한 것이 가족이라는 것과 부모형제들의 사랑이 하늘보다 높고 바다보다 깊다는 것을 알게 되었다. 힘들 때나 좋을 때나 가족이 서로 화합하여 함께 살아 간다는 것이 그 무엇으로도 바꿀 수가 없는 재산이라는 것을 알게 되었다. 나는 억만불에도 비할 수 없는 가족의 사랑을 느끼며 시어머니가 끓여 준 된장 찌개를 눈물로 먹었다.

세월은 흐르고 흘러 나도 고희를 바라보는 나이가 되었지만 그때 다져진 가족에 대한 나의 사랑은 변함이 없다. 힘들게 사는 가족들을 나는 힘껏 도우면서 살아가고 있다. 오늘도 심장 심처에서 우러나는 가족 사랑심을 다시 한 번 깊이 새기고 잘 살아가고 있다.

디딤돌

사람들은 누구나 다 추억이 있다. 나는 가끔씩 어려운 일이 부딪치거나 좋은 일이 있을 때는 지나온 추억 속에 소복소복 담긴 이야기 보따리를 풀어 본다. 그때마다 내 삶을 더 풍요롭게 한 것은 부모님이 무겁게 건네 준 디딤돌이 있었기 때문이라 생각한다. 나는 어렸을때 큰아버지나 삼촌이 없었다. 고모가 있었지만 아버지가 양자 시기에 온 집안에 고모들이었다. 동네에 사는 내 친구들은 삼촌 사촌 형제들이 많아서 사랑도 많이 받고 집에 자질구레한일을 하지 않아도 공부만 잘하면 칭찬도 받고 부모님들이 예쁜 옷도 사 주군 했다.

우리 집은 내가 철들기 전에 오빠들이 이미 도시로 공부하러 떠났고 언니는 내 나이 13세살 때 시집을 갔다. 집에는 연세 드신 어머니 아버지와 철없는 우리 사남매가 살고 있었다.때문에 나는 어머님의 오른손 노릇을 해야 했다. 학교에 다녀오면 숙제할 시간도 없이 밥을 해야 했고 돼지 죽도 끓여야 했다. 양식이

 빛은 길을 가는 사람을 저버리지 않는다

항상 부족한 우리 집은 봄이면 쑥버무리나 쭉정이 쌀로 쑥떡을
만들어 끼니를 때울 때가 많았다. 아무런 야채가 없는 봄날에
나는 들로 나가 달래나 냉이를 캐다가 식구들 반찬에 보탬을 했
다. 하지만 항상 어머니의 만족을 채워주지 못해 칭찬보다 잔소
리를 듣는 날이 더 많았다. 내가 설거지를 하다가 쟁그랑 하는
소리를 내면 엄마는 그 소리가 방에까지 들린다며 조심성이 없
다고 하셨고 동네 어른들이 오셔서 마루에 앉아 이야기 나누시
는데 엉덩이를 돌리고 밖으로 나가면 예절 바르지 않다고 잔소
리를 했었다. 특히 어쩌다 맛있는 음식을 먹을 때 쩝쩝하는 소
리를 내던가 젓가락을 밥상에 탁탁 치면 어머니는 아버지 눈치
를 보며 우리에게 야단을 치군 했다. 나는 지금도 잊어지지 않
는다. 이웃집 어르신들이 수시로 우리 집에 오실 때 벌떡 일어
나서 인사하지 않으면 손님이 가신 뒤에 엄청 꾸지람을 듣군 했
던 일들. 우리 동네는 큰 길 주변에 상점, 은행, 병원이 있었다.
동서로 뻗은 길은 다른 동네로 통하는 큰 길이였고 남북으로 난
길은 동네를 길 남쪽과 길 북쪽으로 갈라 놓았다. 동네어르신들
이 항상 큰길 가에 나와 앉아서 오가는 사람도 구경하고 친구들
과 옛이야기도 나누군 했었다. 하루는 우리 아버지도 그곳에 앉
아 계셨다. 나는 고개를 돌리고 못 본 척하고 지나갔다. 어떤 분
이 우리 아버지에게 집에 딸이 지나가는 것 같다고 하였다. 아

버지는 어르신들께 인사도 하지 않고 지나가는 딸을 다른 사람들 앞에서 딸이라고 하기엔 너무 창피해서 '글세요' 하면서 애매하게 대답을 하고 집에 오셔서 기본예절도 제대로 가리키지 못했다고 어머니에게 야단을 치셨다. 아버지가 나에게는 아무 말씀 하지 않았지만 나는 몽둥이로 맞는 것보다 더 아버지와 어머님께 미안한 마음이 들었다.

그 후 나는 설거지 할 때나 하루에 이웃집 어르신들이 몇 번씩 오셔도 매번 일어서서 인사를 했다. 습관이라는 것은 참 무서운 것 같다. 다행히 나는 어머님으로부터 어르신들을 만나면 예를 갖추어야 하는 좋은 풍습을 배웠고 또 그 습관이 있어 내가 살아가는 길에 얼마나 큰 도움을 받고 칭찬을 들으며 자신감을 얻었는지 모른다.

내가 금방 결혼해서였다. 먼 친척 고모가 시집 동네에 살고 있었다. 옛말에 시집 가면 친정 동네 까마귀를 만나도 반갑다고 했다. 나는 남편이 회사에 출근하면 가끔씩 고모네 집으로 마실을 다녔다. 그날도 고모네 집으로 가는 도중 어르신들이 다섯 명이나 길목에 앉아 이야기를 나누고 있는 장면에 맞띄웠었다. 그 순간 나는 고개를 푹 숙이고 지나갈까 아니면 고개를 돌리고 지나쳐 버릴까 생각을 하며 고민 하던 중, 그 옛날 화를 내시던 아버지 얼굴이 떠올랐다. 하지만 생판 모르는 사람들 앞에서

 　　　　　빛은 길을 가는 사람을 저버리지 않는다

뭐라고 인사를 해야 할지 몰랐다. 그런데 나는 이미 어르신들이 계시는 곳까지 왔다. 더 생각할 여지가 없어 나는 먼저 '안녕하세요' 하고 인사를 했다. 그 당시는 머리에 파마한 젊은 여성들은 갓 시집온 새댁이란 걸 알 수 있었다. 그 중 한 분이 뉘집 며느린가고 물었다. 나는 돌아 가신 시아버지 성함을 말하며 막내며느리라고 하면서 날씨가 추운데 감기 조심하세요 하면서 지나왔다. 그런데 등뒤에서 어르신들이 칭찬하시는 소리가 들려왔다. 그 후 나는 항상 동네 연세 드신 분들을 만나면 모르는 분들께도 깍듯이 인사를 했다.

눈이 펑펑 쏟아지는 어느 하루 시어머님 친구 두 분이 우리 집에 놀러 오셨다. 나는 크면서 어머님이 하는 행동을 보고 자랐기에 점심 시간이 되었는데 어르신들을 빈 입으로 보내드릴 수가 없어 점심 준비를 했다. 마침 집에 사다 놓은 갈치가 있었다. 나는 가을 무우 덤뿍 넣고 갈치조림을 했다. 따뜻한 밥과 뜨끈한 갈치조림에 할머니들은 평생 처음으로 혼자서 생선 한 그릇을 받아 본다며 눈물까지 흘리셨다. 며칠이 지나 두 할머니는 밀가루 자루에 하얀 입쌀을 한 자루씩 이고 오셔서 부족한 양식에 보태라고 하셨다. 할머님들이 고마워 하시던 그때 일을 생각하면 지금도 마음이 뿌듯하다.

문명의 최고 높이로 달리고 있는 현 시대에 싱글을 추구하는 사람들이 꽤 많다. 아울러 이런 저출산 시대에 사촌이나 형제를 모르는 아이들도 많다. 집집마다 모든 가전 제품이 다 갖춰 있고 돈만 있으면 하늘에 별도 딸 수 있는 시대라 풍부한 물질과 지나친 부모님들의 사랑으로 어떤 아이들은 고등학교 졸업할 때까지 자신의 양말 짝도 씻을 줄 모른다. 그리고 어머님들이 사랑을 받는 것은 넘치도록 배워 주지만 사랑을 주는 것은 잘 배워주지 않고 칭찬은 아끼지 않지만 잘못을 잘못이라고 가리켜 주지 않는 일들이 비일비재다. 이런 이유로 생기는 일들을 듣거나 볼 때면 정말 안타깝다.

지금 나는 식당에서 주방 일을 한다. 며칠 전 대학 시험을 마친 학생 몇몇이 우리 식당으로 알바를 찾으러 왔다. 주인 허락을 받아 그가 알바일을 시작한 후 주방에서 함께 일을 하는데 그 애는 막말로다가 행주도 씻을 줄 몰랐다. 첫날 나는 시키는 것 보다 내가 좀 더하면 된다고 생각을 했다. 그런데 그 알바생은 자신이 도움을 받고 있는 줄도 모른다. 나는 어른으로서 배워 주지 않는 것도 잘못 하는 일이라 생각하고 일을 가르쳤다. 그랬더니 그 학생은 불쾌한 표정으로 나를 쳐다 봤다. 나는 그 알바생의 어머니도 아니고 이모도 아니다. 동료 관계로 그가 해야 할 일을 잘 못해서 매일 내가 더 해야 한다면 내 마음이 불편하고 기분이 나빠 질수 있을 것이다. 함께 일을 하려면 일단 열

    빛은 길을 가는 사람을 저버리지 않는다

심히 배워야 한다고 말해 주었다. 다행히 심성이 착한 학생이라 내 말에 토를 달지 않고 열심히 배웠다.

아무리 인공지능시대라 하지만 사람이 까닥 움직이지 않고 만사가 다 Ok로 돌아 갈 수는 없다고 생각한다. 옛날에는 부모, 삼촌, 고모 형제들이 한집에서 서로 부디치면서 배워주고 배우면서 가족의 소중함을 새겨 왔지만, 요즘처럼 형제 자매가 없는 불확실한 시대에 자신의 삶은 자신이 개척해야 한다고 생각한다. 하루라도 노력하지 않고 멈추어 서 있다면 꿈도 추억도 없는 기계가 될 것이다. 언제 어디서나 주인이 되어 베풀고 도움이 되는 사람이라면 자신의 삶이 더 풍요로울 것이며 가는 곳마다에서 삶을 아름답게 살아가게 하는 디딤돌이 있게 될 것이다.

사랑의 힘

대채를 따라배우는 열풍을 타고 수많은 청춘들이 산골로 내려가 양곡산량 높이기에 혼신을 다했던 시절에 나는 학창을 떠났다. 공부를 접고 시골로 내려가니 자력갱생정신으로 산과 물을 다스리는 일에 마을의 젊은이들이 청춘을 바치고 있었다.

우리 집은 칠남매인데 부모님이 아들들에 대한 사랑이 남달랐다. 삼대를 양자로 대를 이어와서 그런지는 몰라도 딸인 내가 열세 살 때부터 우리 집의 물지게를 독차지해야 했기에 나는 오빠나 남동생들은 집안일을 하면 안되는 줄 알고 커왔다. 그러다가 1974년에는 중학교 졸업을 앞두고 생각할 여지도 없이 공부를 그만두고 농촌으로 내려와 부모님 도와 농사일에 몸바쳐야 했다. 부모님의 부름이었다. 생산대에 일하러 나가던 첫날 일은 지금도 고스란히 기억에 남아 있다.

나는 부녀 대장님의 요구대로 앞치마에 가위를 둘둘 말아가지고 낫도 함께 들고 어르신들 뒤에서 걸었다. 농사일로의 첫걸

　　　　빛은 길을 가는 사람을 저버리지 않는다

음이라 부끄럽기도 하고 또 내키지도 않아 신발을 질질 끌며 멀찌감치에서 따라갔다. 첫날일은 벼밭 속에 목 빼고 서있는 피 이삭을 자르는 일이었다. 다리를 둥둥 걷고 맨발로 논물에 발을 들이는데 여름 햇빛을 받아서인지 물이 뜨끔할 정도로 뜨거웠다. 다행히도 금방 금방 적응이 되었다. 그리고 피 이삭은 잘 안다는 생각으로 쭉쭉 올라온 이삭만 가위로 싹뚝싹뚝 자르며 나갔다. 밑에서 올라오는 피 이삭도 함께 잘라야 한다는 걸 모르고 눈에 보이는 것만 자르다보니 어른들보다 훨씬 먼저 논뚝에 올라섰다. 그런데 다리가 너무 가려워서 내려다보니 시커먼 거마리가 두 다리에 깊이 붙어 있었다. 나는 물을 떠난 붕어가 맨 땅에서 펄떡펄떡 뛰듯이 울며불며 난리를 쳤다. 이에 논밭에서 함께 일하던 어른들이 뛰어 와서 손바닥으로 억세게 내리치니 '딱' 소리와 함께 거마리가 뚝 떨어져 내렸다.

그때 나는 처음으로 부모님에 대한 원망이 생겼다. 사실 세 살 이상인 오빠가 있는데도 부모님은 집안일을 나에게만 맡겼다. 생산대에 나가 일하고 공수도 내가 벌어들여야 한다. 나는 내가 집안에서 천덕꾸러기 자식이라는 생각이 들어 서러움이 북받쳤다. 나는 한참을 논뚝에 주저 앉아서 울었다.

그렇게 나는 농민이 되었다. 벼가을을 끝내니 산골에다 다락밭을 개간하라는 노동임무가 내려졌다. 나도 이불 보따리를 싸서 지고 청년들을 따라 산골로 가는 뜨락또르에 몸을 실었다. 차가 몇 시간을 달려 수림이 우거진 작은 오솔길에 도착했을 때다. 뜨락또르 차제가 커서 좁은 길로 더 이상 갈 수가 없게 되었다. 우리는 짐들을 이고 지고 걸었다. 우리는 산골과 접해 있는 한 동네의 생산대 판공실에 잠자리를 배치 받아서 열 두명이 한 방에 투숙하게 되었다. 식수는 밥 하는 아주머니가 산 속에서 계곡물을 물지게로 지고 온 물이었고 우리들의 아침 세수는 계곡으로 내려가 흘러 내리는 물로 했다.

나는 처음으로 부모님 떠나 동네 언니들과 한 곳에서 생활하며 친하게 지낼수 있는 좋은 기회를 얻었다. 청년들이 하는 일은 무거운 짐을 지고 다니는 일이 아니고 남자 청년 한 명이 가래장을 대면 처녀들 4명이 한조로 가래줄을 당기는 일이었다. 가래줄을 당길 때는 같은 시간에 같은 힘으로 똑같이 하지 않으면 안된다. 가령 어느 한 사람이 먼저 줄을 당기거나 늦게 당기면 가래 날이 비뚤게 한쪽으로 확 당겨가서 큰일을 칠 수도 있다. 그런고로 나같은 초보자와는 누구도 한 조에서 일하려 하지 않았다. 다행히 우리 앞집에 사는 영분 언니가 나보고 함께 하자며 불렀다.

함께 일하는 언니들은 제일 어린 언니라 해도 나보다 여섯살 이상이었다. 언니들 중에는 약혼을 했거나 혼담이 오가는 언니

                    빛은 길을 가는 사람을 저버리지 않는다

들도 있어 나는 각별히 몸가짐과 말을 조심했다. 그들은 저녁이면 흙이 묻은 옷들을 빨아 널고는 다들 조용히 시집 갈 준비로 코바늘 뜨게질에 열중했다. 학교를 그만둔 지 몇 개월 되지 않는 나는 뜨게질에는 관심이 없었다. 대신 집에서 가져 간 소설책 읽기에 몰두했다. 이렇게 삼일째 언니들과 함께 일을 하다 보니 조금씩 익숙해지기 시작했다. 나는 언니들께 피해가 가지 않게 최선을 다해 일하였고 농사 일을 키워주는 그들에게 신세 갚음이라도 하고 싶어 졌다. 그래서 한 번은 책 본 이야기를 해 주겠다고 자진했다. 그런데 나의 이 생각에 관심을 보이는 언니는 아무도 없었다. 그냥 니 마음대로 하라는 심드렁한 표정이었다.

책 이야기를 하겠노라 자진하여 운을 때 놓았으니 퇴로가 없다. 나는 뜨게질 하는 언니들 옆에 앉아 <청춘의 노래>란 소설 이야기를 시작했다. 이야기 내용이 깊어 갈수록 언니들은 '그래서 어떻게 됐냐'고 꼬리잡이 질문을 보내 왔고 어떤 때는 밥먹는 시간까지 나를 데려다 옆에 앉히고 함께 식사하며 이야기를 이어 듣곤 했다. 내가 이야기 잘한다는 소문은 다른 숙소에도 퍼졌다. 저녁이면 그 언니들도 다들 우리 숙소 방턱마루에 걸터 앉아 뜨게질을 하면서 이야기를 들었다. 그들이 재미있게 들어 주니 내 마음엔 자신감이 솟아 자신이 책의 주인공인 듯 내용 보탬까지 해가며 이야기를 들려 주곤 했다. 그렇게 나는 다락밭

만드는 삼개월 동안 언니들 앞에서 <수호전>, <우제니 그랑대> 같은 명작 읽은 이야기를 매일 하게 되었다. 그때부터 오빠 언니들이 서로 자기들과 함께 일하자고 부탁했으며 취사를 책임진 아주머니 두 분은 귀한 사과까지 사들고 이야기 듣겠다며 우리 숙소에 찾아 온적도 있다. 그렇게 나는 책 이야기로 많은 사람들로부터 사랑을 받았다.

찬바람이 불기 시작하며 아침 저녁으로 냇가에 살얼음이 끼기 시작하더니 겨울 눈이 시작됐다. 눈이 내리는 날이면 우리는 휴식을 했다. 그날도 함박눈이 펑펑 솓아져 내렸다. 언니들은 이 쉬는 기회에 아랫마을에 일용품을 구매하러 갔다. 나는 돈이 없으니 따라 가지 않고 숙소에 혼자 남았다. 따뜻한 아랫목에 배를 깔고 엎드려 책을 보는 일이 참으로 행복했다. 처음에는 조용한 공간에서 책 읽기가 너무 좋아 시간 가는 줄도 몰랐다. 어둠살이 들어 출입문을 열고 밖으로 나가봤더니 눈이 발목까지 왔다. 나는 빗자루를 찾아 눈을 쓸기 시작했으나 돌아서면 또 그만큼 내려곤 해서 그만두고 돌아서는데 무서운 느낌이 확 들었다. 나는 자꾸 컴컴해지는 마음을 달래려고 멀지 않은 산기슭으로 가서 언니들이 오는 길을 섰다. 눈보라에 하늘과 땅이 닿은것처럼 앞이 잘 보이지 않았고 바람 소리만 들릴 뿐 인기척이라곤 없었다. 깊은 산골짜기에 혼자 서 있노라니 무서움과 더

   빛은 길을 가는 사람을 저버리지 않는다

불어 서러움이 북받쳐 올랐고 눈과 눈물로 범벅된 머리카락이 바람에 흩날리며 내 뺨을 쳤다. 집생각이 간절해졌다. 아침 일찍 얼음물에 세수하던 일이며 흙투성이가 된 빨래를 씻으며 벌겋게 언 손을 젖가슴에 넣고 녹이면서 무릎에 얼굴을 묻고 혼자 울던 일들… 가족이 그리웠다. 엄마하고 하소하고 싶어졌다. 내가 선 자리 눈위에는 콩알만한 눈물구멍이 생겼다.

혼자 캄캄한 빈집으로 들어 가자니 귀신이 기다리고 있는 거 같고 그 자리에 서있자니 또 몸이 오싹하도록 춥기만 했다. 나는 속으로 언니들이 매일 동생이라고 불러 주었지만 다 빈 말이였다는 고까운 생각이 들었다. 그래도 희망의 끈을 잡고 선자리에서 발을 동동 굴리며 누구라도 오기를 기다렸다. 멀리서부터 주고받는 말소리가 가까이로 들려왔다. 나는 옷소매로 흐르는 눈물을 닦고 마음 속의 잡생각을 몰아내기라도 할듯 큰소리로 노래를 불렀다. '고향산 기슭에 올라서니 사철푸런 소나무 반겨주고…'. 멀리서 언니들도 눈길을 헐떡이며 함께 노래를 맞 불러주었다. 내 마음은 삽시에 훈훈해지기 시작했다.

영분 언니가 큰 소리로 내 이름을 불렀다. 나는 나의 약한 모습을 보여 주기 싫었지만 눈물을 참지 못하고 울음을 터뜨렸다. 언니는 눈이 너무 많이 내려 산길에 빨리 걸을 수가 없어서 늦어졌다며 사탕과 과자를 내여주면서 나의 덩을 다독여 주었다.

나는 언니들로부터 혼자 있는 나를 걱정했다는 말에 그들에 대한 믿음이 없었던 자신이 얼마나 어리석었는지를 금방 알아냈다. 미안한 생각이 들었다. 그 후에도 나는 매일 언니들한테 이야기를 들려주며 많은 사랑을 받았다.

설명절이 다가왔다. 우리들도 다락밭만들기 임무를 완수하고 집으로 돌아 오게 되었다. 어머니는 생산대 판공실에서 나를 기다리고 있었다. 내 짐보따리를 받아 이고 거칠어 진 나의 손을 꼭 잡고 집으로 가는 동안 어머님의 손은 떨리고 있었다. 나는 말없이 가슴으로 눈물을 흘리고 있는 어머님의 마음이 찐하게 느껴졌다. 그날 저녁 우리 집 밥상에는 귀한 손님이 올 때만 오르는 찌지미에 말리운 붕어쪼림 그리고 미꾸라지 국도 올랐다. 어머니에게는 열 손가락 깨물어 안 아픈 손가락 없다. 나는 평상시에 어머님이 나에게 많은 일을 시킨 것은 내가 미워서가 아니라 오빠나 동생보다 내가 더 건강했기 때문이라는 이해심이 들었다.

그날 이후 나는 우리 집에 천덕꾸러기가 아니란 걸 알게 되었고 연세가 많은 어머님이 모름지기 나에게 의지하고 있다는 것도 알게 되었다. 나는 가족을 위해 더 열심히 일을 했다. 나는 매일 별을 이고 논밭으로 나가 달을 이고 집으로 돌아 오면서도 힘든줄 모르고 일을 했다. 나는 어머님이 좋와하는 일이라면 밤

     빛은 길을 가는 사람을 저버리지 않는다

하늘에 별이라도 따다 드리고 싶었다. 어머님의 사랑과 믿음에
나는 매사에 자신감이 생겼고 매일매일 아침 이슬을 먹은 풀처
럼 나날이 성장할 수 있었다.

아침해를 보니

배추가 속이 차기 시작하는 늦가을이 왔다. 이 계절이 되면 나는 세월 속에 묻어두고 살아온 일들을 종종 떠올린다 .

우리 집에서는 첫 아기가 태어난 그해 봄에 새 집을 짓게 되였다. 당시는 산동쪽에서 돈벌이 나온 사람들이 많았는데 대부분 사람들은 집짓는 건축일을 하였다. 우리 집 짓기도 산동사람들에게 맡기에 되었다.

일은 순조로웠다. 기와까지 올렸으니 마무리로 들어가 계약대로 품값을 지불해야 했다. 하지만 한 번에 품값을 다 해결해 줄 수 있는 현금이 부족했다. 당시 우리 집은 집 지을 목재값과 유리 살 돈을 모두 사기 당한 악상황에 처해 있었다. 먼저 품값의 반만 지불하기로 했고 산동 일꾼들은 우리 집 현재의 형편을 듣고는 이해심을 보였다. 나는 가을에 가서 꼭 나머지 돈을 값겠다고 약속했고 그들이 너무 고마운 나머지 하지 말아야 할 약속까지 하고 말았다. '산동에는 고추를 많이 생산하니 가을에

빚은 길을 가는 사람을 저버리지 않는다

돈받으러 올때 고추를 가져 와서 팔면 큰돈벌이가 될 것이라'니 내가 도와서 팔아주겠다고 큰소리를 했다.

시간은 백미터 달리기보다 빨라 눈깜짝할 사이에 여름이 가고 가을이 왔다. 산동사람들은 나와의 약속을 충실히 지켜 칠천오백근이나 되는 반건조 고추를 자동차로 싣고 왔다. 나는 내가 한말에 책임 져야 했다. 그래서 맨발 벗고 백방의 노력을 다했다. 노력해도 안되는 일이 많다고 해도 내까지 그 그물에 걸릴 줄은 몰랐다. 고추는 팔리지 않았고 내 마음은 매일 걱정에 빠져 불안하고 아팠다. 나는 생각하고 또 생각한 끝에 동네에서 보따리 장사하는 한 아주머니를 찾아갔다. 생각밖에 고추를 다 사겠다고 쉽게 응낙해 준 대신 조건부를 걸었다. 고추값 오천원은 당신이 책임지되 그 김에 나와 함께 고추장사를 하자는 요구였다.

당시 집 지을때 진 빚에 매일 외상값까지 해서 돈에 굶주려 있는 내 모습은 날씨가 가물어 갈증에 시달리는 식물같았다. 이처럼 호랑이 눈섶에 붙은 밥알이라도 뜯어먹어야 할 형편이 되었으니 앞뒤를 가릴 여지가 없었다. 나는 그 아주머니와의 동업을 동의하고 그가 시키는대로 산동사람들의 고추터럭을 타고 친정 동네에 가서 친정집 마당에다 칠천오백근이나 되는 고추를 다 부려내렸다. 그리고 어머니에게 고추 판매를 맡겨놓고 돈 구하러 간 아주머니를 찾아갔다. 아주머니는 집에 없었고 이틀

동안이나 소식이 없다가 삼일째 되는날 나타나서 돈을 못 구했다고 하면서 고추를 다시 산동사람들한테 물리자고 억지 아닌 억지를 부렸다.

고추는 자체가 열을 발산한다. 그러니 내가 돈을 구하려 버둥대는 며칠 사이에 한곳에 무져놓았던 몇천근 고추는 물컥물컥 물크러져버렸다. 그런데 이미 그꼴이 된 고추를 다시 주인에게 물린다는 것은 너무 경우가 아니다. 그렇다고 나이 지긋한 아주머니와 싸울 수도 없는 형편이라 나는 하는 수 없이 함께 돈을 구해보자고 나섰다. 그렇게 고추를 팔아야 할 시간에 우리는 고추값 구하는데 한주일씩이나 시간을 앗겼다. 한편 고추를 싣고 온 산동사람들은 우리 집에서 먹고자고 하면서 묶고 있었는데 담배는 또 얼마나 고약하게 피우는지 집안이 연기굴통집이 되었다. 그들은 모두 엽초 담배를 피우고 있었다.

나는 그들이 엽초담배를 피우는 것을 보고 문득 방법 하나가 떠올랐다. 나는 그길로 산동사람들에게 우리 고향 특산인 엽초담배가 우리 나라에서 최고로 맛좋은 엽초란 사실을 말하면서 고추값으로 현금 대신 담배를 가져가서 팔면 빈차로 가는것 보다 더 돈벌이가 되지 않겠냐고 상의를 했다.

산동사람들은 생각밖이라 한참을 묵묵히 서로 쳐다보며 산동말로 뭐라고 주거니받거니 하더니 밖으로 나가서 재검토을

          빛은 길을 가는 사람을 저버리지 않는다

하였다. 한참 후 결정을 내렸는지 담배를 가져가서 팔아 보겠다고 했다. 이렇게 나는 고추값을 현금이 아닌 담배로 때우는 해결책을 찾아냈다. 그런데 고추값에 버금가는 잎담배는 만근가량 되어야 한다. 그런데 또 어디 가서 만근이나 되는 담배를 외상으로 살수 있을지! 나는 온밤 가슴 지지눌려 잘수가 없었다.

가시밭길이 앞을 막아도 살 길은 있는 법이라 했다. 나는 온밤 뜬눈으로 나를 도와 줄 수있는 우리 동네 한족사람들의 얼굴을 하나하나 다 떠올려 봤다. 그렇게 공사의 간부들부터 한 사람 한 사람씩 얼굴을 그려보다가 갑자기 한 사람이 떠올랐다. 가끔씩 우리 집에 식사하러 오는 한족대대 류서기를 첫사람으로 떠올리게 되고 이튿날 아침에는 무조건으로 그를 찾아갔다. 정보를 잘 아는 그 서기는 내가 담배를 사려고 하는데 어느 동네에 가면 한트럭 살수가 있겠냐는 물음에 한참을 생각하더니 산골 사람들께 좋은 일을 하는 일이니 도와 주겠다고 하면서 그 동네 주소와 당지부서기에게 내가 이 동네에서 식당을 하고 있는 것과 담배를 사려고 하니 도와주라는 쪽지까지 적어 주었다. 그렇게 나는 그 쪽지를 들고 낯설고 물선 동네에 가서 담배를 살 수 있었던 것이다.

그런데 내가 최대한 싼값에 그것도 또 외상내기로 하려고 하니 하루해가 넘어가도록 흥정이 이뤄지지 않았다. 시간이 흘러 갈수록 마음이 급한 건 꼭 사야만 하는 우리쪽이였다. 그런데다가 갓난 아이를 시어머님께 맡겨두고 새벽부터 집을 나온 나는 아이 젖먹이는 시간이 넘어 젖가슴이 탱탱 불어서 찡해났다. 배고파 울고있는 아이 울음소리가 귀전에서 맴돌아 가슴은 바늘로 찌르는것 같았으나 잠시 생각을 제껴버리고 흥정만은 따내야 했다. 그렇게 우리는 밤 8시가 되여서야 흥정을 마쳤다. 바쁜 사람이 우물을 파는 법이라 우리는 하는수없이 양보를 해서 잎초담배를 근당 오십전에 사기로 흥정을 마쳤다. 나는 그 시골마을에서 입초 담배 한터럭을 외상으로 산다는 기록 옆에 내이름자를 쓰고 도장을 찍었다.

그때는 시중에 바싹 말리운 엽초담배가 80전인 시절이라 아직 밭에 있는 푸른 입초담배를 50전으로 한것은 그 마을 농민들에게는 벌이의 기회가 되었다. 마을 지부서기가 흥정결과를 마을사람들에게 방송하자 마을 농민들은 횡재나 만난것처럼 집집마다 어른 아이 할 것 없이 밀차에 담배를 실어오고 한편 동네 간부들은 저울에서 내린 담배를 트럭에 싣고 난니잔치도 아니였다. 시끌벅쩍 입초담배를 다 싣고 나니 자정이 넘어가고 있었다.

담배 실은 트럭을 산동으로 떠나 보내고 칠흙같은 어둠을 뚫고 지름길로 집을 향했다. 산길을 에돌때 늑대의 울음소리같은 것이 들렸지만 나는 무서운 생각을 느낄 겨를조차도 없었다. 젖

            빚은 길을 가는 사람을 저버리지 않는다

먹이 아이를 생각하니 일분 일초가 급하기만 했다.

집에 도착하니 날이 희붐히 밝아 오고 있었다. 시어머님은 새벽 주방에서 배가 고파 우는 아이를 업고 더운물을 끓이고 있었다. 어머니는 헐레벌떡 뛰어오는 며느리를 보고 언짢은 말투로 '범한테 안 물려가고 집에 잘 왔으니 됐다!'고 하시면서 자지러지게 우는 아기를 안겨주었다. 돈벌이에 눈이 벌개서 설치다가 온 엄마를 원망이라도 하듯이 애기는 젖을 빨면서도 계속 흐느끼고 있었다. 뚝뚝 떨어진 내 눈물이 아이 뿔을 타고 흘러 내렸다.

삶이란 한 고개를 넘어면 또 한고개가 기다리고 있는 것 같다. 고추값 대신 잎담배를 보내긴 했지만 고추를 팔지 못하면 잎담배 값도 물 건너가게 된다. 내가 이 고비를 잘 넘길수 있을까 하는 걱정에 잡히지 않으려고 애를 써도 자꾸 눈앞이 캄캄해났다. 젖을 빨던 아들애가 그러고 있는 나를 깨우기나 하듯 천사같은 얼굴로 나를 올려다 보았다. 내 몸에는 다시 힘이 고이기 시작했다. 아침해가 방긋 웃으며 창문을 넘어 방 안으로 비쳐 들어왔다.

언니와 봄나들이 가다

긴 겨울잠을 자고 난 대지가 하품을 하며 기지개를 펴니 온 천지가 살아 숨 쉬는 것 같다. 벌판에는 뾰족뾰족 풀들이 돋아나고 흐르는 강 가에는 방금 머리 감은 소녀가 포름 포름한 리본을 매고 맵시를 뽐내고 서 있는 것처럼 수양버들이 바람에 흐느적 거리고 있다. 여기저기서 꽃 축제가 열린다는 소식이 날아들었다. 창녕 남지의 유채꽃이 한창이라 나는 언니와 같이 꽃구경 가기로 했다.

팔순을 바라보는 언니를 모시고 봄나들이 시켜 드리려는 마음을 가지니 저절로 행복해졌다. 감사하는 마음을 가지거나 타인을 위해 무엇인가를 하려는 마음을 가지면 몸에서 도파민이 많이 분비되어 스스로 행복감을 느끼게 된다는 말이 진실인 가 보다. 우리 부부는 먼동이 터기 전에 출발했다. 복잡한 도심 속을 빠져나오니 하늘에서 떨어질 듯 서산에 걸려 있는 실낱 같은 조각달이 갈 길을 재촉한다. 언니네 집은 내가 사는 집에서 한

 빛은 길을 가는 사람을 저버리지 않는다

시간을 달려야 하는 곳에 산다. 먼발치에서 한 손에는 묵직한 무엇을 들고 오가는 차들에 눈길을 주며 땅을 물고 서 있는 언니가 보인다. 나는 차에서 내려 말없이 언니를 끌어 안았다. 속이 텅 빈 마른 갈 때처럼 느껴지며 뜨거운 것이 내 볼을 타고 흘러 내렸다.

언니는 친정 엄마처럼 새벽에 길을 떠난 우리가 배고플 걱정을 하여 여러 가지 간식을 정성껏 챙겨 왔다. 나는 그것들을 먹으며 해쭉이 웃는 아침 햇살을 반겼다. 고속도로 양쪽 산마루에는 아기손같은 나뭇잎과 흐드러지게 피여 있는 벚꽃들이 한결내 기분을 업그레이드 해줬다. 언니와 나는 어린아이처럼 환호 소리를 올렸다. 오전 10시쯤 되어서 우리는 가슴을 열어놓고 하늘마저 금빛으로 품을듯 펼쳐진 유체 꽃밭에 도착했다. 끝이 보이지 않는 꽃밭에는 중간 중간 색색가지 꽃들이 섞여 바람에 일렁이고 있고 꽃밭을 에돌며 유유히 흐르는 낙동강 건너편 산기슭에는 개나리가 손을 흔들며 노란 웃음을 지었다.

언니는 소녀가 된 듯했다. 화관을 만들어 언니의 머리에 얹져 주니 사진을 찍어 달라며 여기저기 꽃배경으로 활짝 피어서 포즈까지 취했다. 한껏 즐기고 있는 팔순 언니의 모습에서 나는 꽃보다 더 아름다운 언니를 봤다. 언니는 꽃밭 풍경에 안기니 그 옛날 봄이면 청춘 남녀가 산에 가서 진달래꽃도 따고 사랑을 나누던 그 시절 일들이 떠오른다고 했다. 우리가 꽃구경에 도취되어 있는 동안 나의 그림자가 내 발꿈치에 와 있었다. 점심이다. 우리는 맛집으로 갔다. 남지가 인심 좋은 곳인지를 밥상에서 다시 볼 수 있었다. 남지에서 몇 시간만 달리면 시어머님 고향을 갈 수 있었다. 우리는 가는 길에 하동 마을과 화개 장터에도 들렀다. 산자락을 에돌며 자리 잡은 하동 마을은 바닷물과 섬진강이 합류하는 곳이었다. 조용히 흐르는 강물은 쉼 없이 낮은 곳으로 흘러내려가다가 높은 곳을 만나면 에돌아가고 낮고 깊은 곳은 물살이 한곳으로 모여 쏜살같이 흘러내려 간다. 길 양쪽에 피여 있는 꽃들과 밭에 심어놓은 여러 가지 야채들이 흐르는 물에 아름다움을 더해줬다. 우리는 한 폭의 산수화 같은 아름다운 풍경을 뒤로하고 목적지로 향했다.

우리가 화개장터에 도착했을 때는 해가 서산으로 기울고 있었다. 장터에는 전라도와 경상도 아주머니들이 물건 팔며 떠드는 소리와 아직 도시에서는 볼 수 없는 색색 봄나물과 버섯들 천지였다. 그것은 시골 태생 안 우리의 마음을 통채로 붙잡았다. 할머니들과 경상도 사투리로 농담도 주고 받으며 부지런히 싱싱한 산나물들을 사서 장바구니가 챙겨담았다. 어느새 넘치게 채워졌다.

사천으로 가는 길가에 피여있는 흰 벚꽃 잎들이 바람에 우수

 빛은 길을 가는 사람을 저버리지 않는다

수 떨어져 하얀 눈송이처럼 어디론가 떠나고 있다. 지나가던 많은 사람들이 차에서 내려 날리고 있는 흰 꽃가루 위에서 기념사진을 찍는다. 우리도 차에서 내려 카펫을 깔아놓은 것처럼 하얗게 깔려있는 꽃잎을 디디고 사진을 찍기 시작했다. 언니가 꽃나무 아래서 허리를 펴고 머리를 쓰다듬으며 사진을 찍으려고 할 때 나무에서 비 오듯 우수수 떨어진 하얀 꽃잎이 언니 머리 위에 내려앉았다. 낙화유수란 말이 떠오른다.

1940년대 아들이 귀한 우리 집에서 딸로 태어난 언니는 철들기 전부터 동생들 돌봐야 했다. 내가 몇 살 때인지 기억은 나지 않지만 어느 하루 언니의 담임선생님이 집에 찾아와 언니가 며칠째 학교에 나오지 않았다며 학교에 보내 달라고 부탁했다. 그때 엄마는 "여자가 국민학교만 졸업하면 되지 무슨 중학교까지! 우리 옥이 빨리 퇴학 시켜 주세요"라고 했다. 언니는 한마디 억울함도 호소하지 못하고 집 모퉁이에 서서 울고만 있었다. 그렇게 언니는 배움의 기회를 놓치고 우리 형제들의 돌보미가 되었다. 옛말에 여자는 시집만 잘 가면 남자들 과거에 급제하는 것보다 더 낫다고 하지만 못 배운 언니가 무슨 제주로 일등 총각을 만날 수 있었겠는가!

마음씨 착한 언니는 육남매 맏이로 시집가서 팔십을 바라보는 나이가 될 때까지 시어머님 모시고 맏며느리로 불평 한마디 없이 매일 별을 이고 들로 나가면 달을 지고 집으로 돌아와 손에 물 마를 날 없이 가족을 위해 혼신의 힘을 다했다. 그렇게 평생을 남들처럼 잘 살아 보려고 뛰고 또 뛰며 오르고 올라도 끝이 없는 인생길에 천사같이 곱디곱던 언니의 얼굴에는 밭고랑처럼 깊이 팬 주름살이 자리를 잡았고 버드나무처럼 휘어져 기역 자가 되어있는 언니의 모습을 보니 내 마음은 은근히 아파났다. ……

우리는 또다시 산을 돌고 돌아 바다가 내려다보이는 곳에 자리 잡고 있는 작은 마을에 도착했다. 이곳이 시어머님 고향이라고 한다. 참 아름다운 곳이다. 저녁노을이 통째로 바다에 떨어져 오색찬란한 빛들이 출렁이는 물결에 아롱거리며 서서히 파도에 밀려 어둠 속으로 파도 소리만 남기며 서둘러 별들에게 자리를 내여주고 있다. 언니의 아름다움은 고생길에 다 나눠주고 이제 만년을 바꿔왔다. 저 저녁노을처럼 언니도 삶의 빛 간직하고 내내 우리곁에 있기를기원해본다. 동쪽 하늘에는 초승달이 떠오르고 있다. 우리는 내일을 기약하며 길을 재촉했다.

   빛은 길을 가는 사람을 저버리지 않는다

여산행

찬서리가 내리기 시작했다. 산속의 나무잎과 들판의 풀잎들
도 마지막 정열을 태울 듯 온 산천을 오색 찬란하게 물들이고
있다. 나는 익어 가는 계절의 아름다움이 다가기 전에 남편과
여행을 떠났다. 여행지는 여산이다. 우리는 무한(武汉)을 거쳐서
가는 노선을 택했다.

무한(武汉)은 우리 나라에서 첫번째 코로나 발생지역으로 어
쩜 사람들이 좀 꺼리는 여행지이기도 하다. 그러거나 말거나
우리는 우리 길을 열어 갔다. 우리가 무한에 도착하니 비가 내
리고 있었다. 우리는 택시를 갈아타고 여산으로 (庐山) 가는 길
에 들어섰다. 쭉 뻗은 도로를 달리는 동안 택시 기사는 가이드
처럼 무한의 황학루 등 관광 명소를 소개해 주며 무한 사람으로
사는 것에 자부심을 가지고 있었다.

우리가 탄 택시가 장강을 지나게 되었다. 도도히 흐르는 장
강물이 일렁이는 그 방대함에 내 마음도 강물처럼 그 무엇인

가 형언할 수 없는 설레임에 젖었다. 달리는 차가 도심을 빠져
나오니 일망무제한 큰 호수가 나타났다. 갈대나무들이 이리저
리 바람에 몸을 비틀고 흔들리고 하는 것이 안겨온다. 뽀시시한
갈꽃밭에 앉았던 하얀 갈매기때들이 차량 소리를 감지했는지
무리 지어 자리를 옮긴다. 저 멀리 기러기때들도 V 자로 줄지어
어디론가 날아가는 모습이 보인다. 기러기때가 날아가는 모습
은 옛날 내가 어렸을때 우리 동네에서도 자주 볼수 있었던 물오
리때와 유사했다. 순간 나는 소녀시절로 돌아간 기분이 되어 한
없이 즐거워졌다. 그래서 비를 맞으면서도 차에서 내려 아이들
처럼 퐁당퐁당 뛰며 소리를 쳤다.

　달리는 차창밖으로 계속되는 크고 작은 호수와 계곡을 보며
한폭의 아름다운 풍경화를 보는 것처럼 행복했다. 어둠살이 들
기 시작했다. 우리는 8시간 넘게 달려 여산으로 가는 산길에 들
어섰다. 안개 속에 묻힌 오르막 길은 앞이 잘 보이지 않았다. 다
들 긴장하여 손에 땀을 쥐며 불안한 마음을 쫓았다. 숨이 막히
는것 같았다. 우리가 탄 차는 마치 쳇바퀴 돌듯 산을 돌고 돌다
가 산중턱까지 올라왔다. 산아래 동네에서 피여 오르는 밥짓는
연기가 언뜻언뜻 보였다. 차는 계속 달려 골짜기를 따라 구름층
을 뚫고 안개 속을 헤치며 산정상으로 올랐다. 산아래 뭉게구름
이 흩어졌다 모였다 하며 나뭇가지들을 한없이 아름답게 장식

　　　　　　빚은 길을 가는 사람을 저버리지 않는다

했다. 가끔식 '후두둑, 후두둑' 하고 떨어지는 빗물 소리와 한을 품은 듯한 바람소리에 우리는 더 정신을 가다듬었다. 차가 다시 내리막을 내려 갈 때는 드라마에서 본 손오공이 구름타고 하늘을 날아예는 것처럼 우리도 온몸이 붕 떠있는 것 같았다.

드디어 목적지에 도착했다. 비는 계속 내리고 있었다. 관광지라 사람들로 붐비었다. 우리는 먼저 맛집을 찾아갔다. 사람들이 줄을 서서 기다리고 있었다. 한참을 기다려 鄱阳湖에서 금방 건져왔다는 생선을 시켰다. 우리 민족은 생선을 된장 고추장에 풋고추 듬뿍 넣고 부글부글 끓여 먹지만 여기 여산 사람들의 요리법은 우리와 달랐다. 여러가지 야채와 버섯, 당면을 넣고 끓였는데 특이의 향내가 맛을 한결 더 올렸다. 이렇게 고픈 배를 달래고 호텔에 들어 짐을 풀었다.

이튿날이다. 우리는 여산에서 가장 유명하다는 三叠泉폭포로 향했다. 짙은 안개비가 나무위에 앉았다가 바람만 불면 후두둑 떨어져 지나가는 소나기가 내리는것 같았다. 폭포를 보려면 심산협곡이 있는 아래쪽으로 가야 한다. 산아래로 내려가는 돌 계단은 좁고 가파로운 데다가 끊임없이 떨어지는 물방울에 미끄럽기까지 했다. 어떤 젊은 관광객이 우리를 보더니 자기 부모님 연세와 같아 보인다고 하면서 내려가지 않는것이 좋겠다고 우리에게 친절하게 제안했다. 비 온 뒤 산아래 물소리가 콸콸콸

요란스럽게 우리를 불렀다. 우리 앞에는 천이백개의 계단이 기다리고 있다. 우리는 산아래로 내려갈 준비로 신발끈부터 단단히 묶었다. 폭포 구경을 마치고 산아래서 올라오는 젊은이들 중 너무 힘들어 눈물을 흘리는 사람들도 있었다. 그렇다고 포기할 수는 없다. 우리는 조심조심 내려가기 시작했다. 좁은 돌 계단은 내려 갈수록 위험천만했다. 조금이라도 잘못 디디면 큰일 칠 것같다. 가파로운 내리막이다. 먼저 내려가던 남편이 발을 헛디디여 계단을 한참 굴러 내렸다. 나는 미끄러운 계단을 뛰여 내려갈 수도 없는데다가 다리가 떨려 그자리에 선채로 숨 넘어가듯 소리를 쳤다. 그때 산아래서 헐떡이며 올라오던 한 젊은 청년이 뛰다싶이 와서 남편을 부축해 일으켰다. 다행히도 남편은 손만 다쳤고 걷는데는 별문제 없었다. 여행중 힘든 일에 부딪쳤을 때 헌신적으로 돕는 그 젊은이를 보면서 아직도 우리 곁에는 마음이 착한 사람이 있다는 것에 감동이 깊었다.

그렇게 우리는 조심 또 조심 첫 번째 폭포가 있는 곳까지 내려갈 수가 있었다. 산아래로 내려갈수록 짙은 녹음에 맺힌 물망울이 진주알처럼 아롱거렸다. 며칠째 하늘을 가리고 있던 먹장 구름이 위험한 계단을 포기하지 않고 끝까지 도전하는 관광객들에게 미안해서인지 바람따라 슬그머니 멀리로 물러가기 시작했다. 정오가 되니 빛나는 햇살이 하얀 거품을 일구며 폭포

    빛은 길을 가는 사람을 저버리지 않는다

에서 떨어지는 거센 물결에 무지개가 환상마냥 떠올랐다. 비 온 뒤 신선들이 무지개 타고 녀려와 목욕한다는 말을 실감나게 했다. 세번을 꺾어서 떨어지는 폭포수는 끓는 물같이 와글와글거렸다. 산아래로 굽이쳐 내려오는 물이 주위에 모든 오물을 씻어 내려가고 있었다. 내 마음을 눌렀던 억장도 바위와 바위 사이를 뚫고 하얀 거품을 일구며 내려가는 강물에 흘러보낸 것처럼 속이 시원했다. 그 폭포를 보고 있을라니 '관동별곡'의 만폭동 폭포를 묘사한 시구가 떠올랐다.

은같은 무지개 옥같은 룡의 꼬리

섞어돌며 뿜는 소리 십리에 자자하니

들을제는 우뢰더니 보니 눈이로다!

산이 깊은 곳에도 매점이 있었다. 우리는 따뜻한 컵라면 한 컵식 들고 바위위에 올라 앉았다. 발을 물에 담그기에는 너무 차거웠다. 그래도 우리는 바위 틈새에서 보글거리는 물에 발을 담그고 컵라면을 먹으며 폭포를 구경했다. 행복에 풍덩 빠져 시간 가는줄도 몰랐다. 우리에게는 아직 랑만이 남아 있었다. 우리는 마음껏 사진을 찍어서 아름다운 순간을 남겼다.

이제 남은 것은 다시 내려온 계단을 올라가야 했다. 올라갈

때는 계단과 계단 사이가 높아 다리를 껑충껑충 들어야 했다. 우리에게는 이제 선택의 여지가 없이 무조건 올라가야 했다. 뜨끈한 점심 식사도 했겠다, 바쁜 일도 없으니 우리는 쉬엄쉬엄 쉬면서 산위로 향했다. 맑게 개인 날씨 덕분인지, 폭포를 보며 느낀 아름다움의 힘 때문인지 발걸음이 한결 가벼웠다. 우리는 쉬지 않고 단숨에 30개 계단씩 올랐다.

오르는 계단은 내려 갈때보다 쉬웠다. 한 번 걸은 길이었기에 두려움도 없어지고 낯설지도 않아 계단을 오르기가 훨씬 쉬웠다. 우리 인생도 이처럼 연습이 있었다면 후회하는 사람은 아무도 없을 것이다.

우리가 기분 좋게 올리 걷는 길에 처음 만났던 그 젊은이들을 만났다. 위험하다고 포기하라고 권하던 그 사람들이 깜짝 놀라는 표정을 지으며 우리에게 엄지척을 내밀어 보였다. 덕분에 힘이 백배하는 것 같았다. 힘든 일이 있을 때 그 누가 옆에서 응원해 준다면 그 힘은 배로 커지게 된다. 폭포 찾아 협곡으로 내려갈 때는 두 시간 삼십분이 걸렸는데 올라 갈 때는 한시간 만에 완성되었다. 갈 때는 내리막이었지만 연습이었고 올 때는 오르막이었지만 내려 갔던 연습이 힘이 되었던 거 같다. 우리는 세상 없이 대단한 일을 한 것처럼 환호를 터뜨렸다. 그리고 끝까지 포기하지 않고 인내력으로 도전한다면 나이와는 무관하게

     빛은 길을 가는 사람을 저버리지 않는다

무엇이던 할 수 있다는 자심감을 얻었다. 여산행은 나에게 그야
말로 큰 선물이었다.

큰오빠가 그리워

큰오빠는 어렸을 때부터 유난히 깨끗하고 부지런했으며 항상 부모님을 생각하는 마음이 남달랐다. 성가한 후 몇십 년 동안 설명절마다 한 번도 빠짐 없이 단 하룻밤을 자고 가더라도 꼭 고향에 내려 와서 부모님과 함께 설명절을 보냈다.

그해 큰오빠는 그믐날 점심에 집에 도착했다. 식사를 마친 후 큰오빠는 아버지가 평소에 입던 헌옷으로 갈아입고 창고에서 곡괭이를 찾아 들고 노천 변소간에 꽁꽁 얼어붙은 인분 청소부터 했다. 동생들도 함께 마당의 적설들을 쓸어 내고 얼어 붙은 지푸라기도 삽으로 긁어 내며 함께 대청소를 했다. 어머니는 아버지가 평소에 변소와 마당을 깨끗이 청소하지 않아 먼길 온 자식들한테 험한 일 시킨다고 마음 아파하셨다. 그러건 말건 아버지는 빙그레 웃으시며 담배만 피우고 계셨다. 큰오빠는 어머니에게 농민의 자식으로서 근본을 잊지 않으려고 하는 일이니 아버지가 할 일을 남겨두시는 것이 자식들에게 살아가면서 초

 빛은 길을 가는 사람을 저버리지 않는다

심을 잊지 말라는 뜻이라고 여쭈었다. 이제까지도 큰아들 고생 시키는 것이 아까워 잔소리 긁던 어머니는 아들의 말을 들으며 대견스러워하는 눈으로 큰오빠를 쳐다보았다.

우리 집은 해마다 설날 아침에 차례부터 지낸다. 그리고 칠 남매가 부모님께서 건강하시고 다복하시길 기원하며 차례로 절을 올린다. 그러고 나면 큰오빠는 부모님부터 세뱃돈을 드리고 돌아가며 차례로 우리들과 조카아이들까지 한 사람도 빠짐 없이 세뱃돈을 쥐어주었다. 그리고 나서 큰오빠는 동생들과 함께 동네 어르신들을 찾아 뵙고 새해 인사를 하고 생활이 곤란하고 특히 자식이 없는 어르신들께는 용돈도 드리군 했다. 설날은 이렇게 지내고 초이튿날이 되면 우리 가족 전부는 총동원하여 할머니 할아버지 산소로 간다. 그해는 유난히도 눈이 많아 산기슭에서 묘소까지 올라 가는데 눈이 무릎까지 푹푹 빠졌다. 그래도 큰오빠가 앞장서서 올라가니 우리들도 아무말 없이 따랐다. 할아버지 할머니 묘를 둘러 선 푸른 소나무는 하얀 솜옷을 입은 것처럼 가지마다에 흰눈이 소복소복 얹혀져 있었다. 우리는 다들 맨손으로 묘소 주위의 눈을 치우고 준비해 간 안주와 술을 따라 드리며 눈밭에 엎드려 절을 했다. 그리고 우리들도 한 잔씩 음복하고 할머니 할아버지께 한 사람씩 돌아 가며 노래도 불러 드렸다. 큰오빠도 노래를 불렀다. 그 노래 소리는 이 산에서 저

산으로 메아리쳐 온 산에 울려 퍼졌다.

성묘가서 노래 부르던 걸 생각하니 큰오빠가 노래를 잘 불러 모주석을 만났던 잊지 못할 이야기가 떠오른다.

1960년대 후반에 큰오빠는 대련기계수출입회사의 파견으로 북경에서 3년 동안 파견 근무를 하게 되었다. 그 중 어느 한 해 설이다. 큰오빠는 회사 영도들의 추천으로 북경시 상공업계 설 맞이 (春节联欢) 공연모임에서 독창을 할 기회를 가지게 되었다. 그때 관중석 제일 앞 자기에는 모주석과 주은래총리 등 국가 지도자분들이 앉아 계셨다. 큰오빠가 그때 부른 노래는 "우수리 강"이다. 오빠는 열창으로 노래를 마친 후 열렬한 박수를 받았고 모주석과 주은래총리를 비롯한 각계 영도들과 함께 기념사진을 남기는 영광을 가졌었다. 오빠는 더없이 행복했던 그 순간을 가끔씩 우리 동생들에게 이야기 해주셨었다. 그 후로 큰오빠는 계획에도 없었던 가수 칭호까지 받았다.

큰오빠는 우리 집 가운이 기울기 시작해 살림 형편이 어려워졌던 시절, 삼대를 양자로 대를 이어 온 집안의 장손으로 태어났다. 그랬으니 당시 할머니 할아버지가 얼마나 큰오빠를 애지중지했을지 상상이 된다. 큰오빠가 우리에게 할머니 이야기를 할때마다 할머니 할아버지에게서 참 많은 사랑을 받았던 일들을 말해주군 했다. 큰오빠가 어렸을때 할머니 할아버지께 노

     빛은 길을 가는 사람을 저버리지 않는다

래를 불러 드리군 하면 그때마다 할머니 할아버지는 손주 재롱에 어깨를 들썩들썩하며 '우리 집에 화목둥이, 우리 집에 보배둥이' 라고 하며 오빠를 칭찬했다. '말이 씨가 된다'는 옛말처럼 큰오빠는 진짜 보배 손주, 보배아들이었으며 집안 맏아들로 형제 간에 큰 화목둥이였다. 큰오빠는 자기가 어렸을때 자주 '원학아, 니는 커서 열심히 공부하여 꼭 출세하거라. 그라고 니 엄마한테 잘해야 하느니라.' 라고 하셨던 할머님 당부 말씀을 가끔씩 우리에게도 들려주었다. 어머님이 할머니를 얼마나 지극 정성으로 잘 모셨으면 할머니가 입버릇처럼 그렇게 말씀하셨을까에 느낌이 온다. 큰오빠는 정말 그렇게 했다. 부모님께 효도하는 아들로 동네의 자랑과 부러움이 되었다. 큰오빠 일을 생각하면 세상만사 뿌린대로 거둔다는 말에 깊이깊이 공감하게 된다.

큰오빠는 회사에서도 궂은 일을 가리지 않고 제집 일처럼 열심히 하였다. 그 덕분에 낯설고 물선 타향땅에서 뿌리 없이 떠돌던 작은 나무가 언덕 위에 자리잡고 성장할 수 있게 된 것처럼 회사에서도 여러모로 인정을 받았다. 1980년 초 큰오빠는 대련기계수출입회사 총경리로 승진되었다. 개혁개방의 열풍으로 온 나라가 선진국의 기술을 배우고 기계를 수입하던 그시절, 큰오빠는 자주 외국에 견학을 다녀왔다. 그 해에도 특별히 시정부 영도들과 함께 일본과 유럽으로 출장을 가게 되었다. 첫 코스가 일본이었는데 호텔에서 서비스로 부사사과(富士苹果)를 일인당 두 개를 받은 적이 있었다. 그때 당시 우리의 삶의 분위기에서는 부사 사과가 엄청 귀할 때라 큰오빠는 사과를 먹지 않고 트렁크에 잘 보관하여 유럽을 한 바퀴 돌고 집에까지 사과를 가져와서 토끼같은 어린자식들도 먹이지 않고 냉장고에 보관했다가 구정에 부모님께 가져다 드렸다.

한 번은 추석명절과 국경절이 한데 겹쳤다. 큰오빠가 마침 장춘에 출장 왔다가 추석명절을 집에 와서 보내게 되었다. 그런데 추석 전 날, 철 아닌 가을비가 많이 내렸다. 추석마다 가는 할아버지 할머님 성묘 길에는 큰강이 있다. 그 추석은 우리 온가족과 오빠의 친구 그리고 동네 친척들까지 할머니 할아버지 산소에 함께 동행하게 되었다. 그날 우리는 마을 대대에 한대밖에 없는 28뜨락또르를 빌리고 먼 친척이 운전하는 작은 손잡이뜨락또르까지(경운기) 두 대로 20몇 명이 산소로 가게 되었다.

강가에 도착하니 강물이 불어나 물살이 거셌다. 28 뜨락또르에는 차체가 높아 젊은 남성들이 타고 어머니와 우리는 작은 뜨락또르를 타고 강을 건너게 되었다. 먼저 28뜨락또르가 거센물살을 헤치며 아무 문제 없이 강을 건넜지만 어머니와 우리들이 타고 있는 작은 뜨락또르는 강 중간쯤에서 시동이 꺼졌다. 우리를 태운 뜨락또르는 그러다가 물살에 실실 밀려 내려갈 것 같이

빚은 길을 가는 사람을 저버리지 않는다

무서웠다. 먼저 건너가서 강기슭에서 이 상황을 지켜보던 큰오빠는 허리까지 오는 물살도 아랑곳 하지 않고 옷을 입은 상태로 강으로 뛰어 들어 어머니를 업고 강을 건넜다. 그때 오빠친구들도 앞다투어 우리들을 업고 강을 건너주었다. 이튿날 큰오빠는 감기에 걸려 기침을 하고 열이 펄펄 났지만 약만 먹고 다시 회사일로 떠나가야 했다. 어머니는 아픈 아들을 보내기가 마음이 아파 눈물까지 흘리며 극구 말렸지만 아무 소용이 없었다.

큰오빠의 이러한 철저한 책임감은 우리들에게도 교육이 되었다. 큰오빠는 몇 십년을 하루같이 열심히 일하고 노력한 덕분에 중국 경제무역부 우수공산당원, 선진 일꾼, 요녕성 인민대표, 요녕성 우수공산당원, 요녕성 선진 일꾼으로 선발되었다. 큰오빠는 칠남매 맏이로 우리들의 모범이었다.

오늘은 설명절을 보내는 날이다. 어렸을 때 어머님 슬하에서 형제들이 밤가는 줄 모르고 웃고 떠들며 놀고 있노라면 어머님은 슬거머니 주방에 내려가 움 김치를 한통 내다가 뿌리만 자르고 통채로 한접시, 거기에 따끈따끈한 쌀밥에 소고기 덤뿍 썰어 넣고 끓여 주던 된장찌개가 생각난다. 그때마다 큰오빠는 어떤 산해진미보다 맛있다고 하면서 어머니가 손으로 쭉쭉 찢어 자식들 밥술에 얹어 주는 김치를 맛나게 먹곤했다. 자식들 맛있게 먹는 모습에 어머니 당신이 배가 부른다고 했던 그 시절이 어제인 듯하다.

세월은 항상 밖에서 불러 내는 친구처럼 우리들을 시간의 흐름 속으로 데리고 간다. 큰오빠가 이 세상을 떠난지도 강산이 수차 바뀌었다. 하지만 오빠가 노력하고 가꿔놓은 터밭에 봄이면 곡식이 자라나듯 30년 전 큰오빠가 동경에다 지어놓은 대련시 정부 주 일본 판사처(办事处)건물은 여전하다. 큰오빠가 제일 첫 책임자로 있을 때 지은 이 건물은 지금도 대련시 동경판사처(办事处)로 많은 대련시 영도들이 동경에서 제집처럼 편히 투숙하며 시정부를 위하여 열심히 일하고 있다.

큰오빠는 살아 생전 부모 형제들의 만사의 해결사였으며 회사를 위해 당신 능력을 아낌 없이 헌신한 투사였다. '쌓은 공덕은 쓰나미가 와도 쓸어 갈 수 없고 활활 타오르는 불로도 태워 없앨 수 없다'는 글귀가 생각난다. 오빠는 이 말을 마음에 새기고 가족 사랑, 이웃 사랑, 국가 사랑을 실천하셨다. 설날이 되니 오빠가 자꾸 그리워진다.

 빛은 길을 가는 사람을 저버리지 않는다

풀잎 같은 인생

때는 1961년 온 나라가 대약진 인민 공사와 자력갱생의 구호를 부르며 사람마다 허리띠 졸라 매고 분투 노력하던 때였다.

음력 삼월이면 논 갈고 밭 갈고 씨 뿌려야 하는 계절이라 죽은 송장도 일어나 도와준다는 그때 어머니는 여동생을 생산하였다. 아들을 바라던 우리 집에서 계집애가 태어났으니 반가워하는 사람은 아무도 없었다. 어머니는 손수 탯줄을 끊고 동생을 헌 보자기에 싸서 방 한 쪽에 밀어 놓고 올망졸망 배 고파 보채는 자식들과 똥 오줌 못 가리며 누워서 잔소리하는 할머니 끼니부터 챙겨야 했다.

출산한 이튿날부터 엄마는 매일 논밭에서 일을 하며 젖이 퉁퉁 불으면 강물에 젖을 짜서 흘러 보내야 했다. 여동생은 집에서 배가 고파 짠보처럼 울어제꼈고 그때마다 언니가 이웃집에 가서 아무런 소독도 하지 않은 양젖을 얻어다 먹였다고 어머니는 매년 여동생 생일날이면 눈시울 적시며 가슴속에 한 맺힌 이야기를 우리들에게 들려 주군 했었다.

혼기가 찬 동생은 옆집 사람 중매로 부자로 소문난 집으로 시집을 가서 예쁜 딸을 출산했다. 그 기쁨은 말로 표현할 수 없었다. 그런데 행복은 잠깐이고 갓 태어난 동생의 딸이 무슨 영문인지 엄마의 동에서 내려오지 않으려고 했고 밤낮으로 울고 보체여 가족들이 잠을 잘 수 없게 됐다. 그때마다 동생 남편은 밖으로 돌았으며 집에 와서 술과 고기 반찬이 없으면 짜증을 내곤 했다. 그것 뿐만 아니었다. 자주 도박판에 끼어 외박을 자주 하고 집에도 잘 들어오지 않았다. 옛날에는 갓난 아이가 밤낮으로 울면 초상집에 다녀온 사람이 왔다 가서 그럴 수 있다고 하여 경험이 없는 동생은 백일동안 매일 아이를 업고 부뚜막에 엎드려 잠을 자군 했다. 하지만 시간이 지날수록 아이는 더욱 울어제꼈다. 그제야 동생은 우는 아이를 업고 유명하다는 점방이나 병원을 찾아 다니며 아이의 병을 알아 보았다. 그런데 의사 선생님으로부터 마른 하늘에 벼락이 내리치는 말을 들었다. 그 때부터 동생은 아이를 살려 보려고 모든 방법을 다 했지만 선천성 신장 암에 걸린 아이는 첫 걸음도 내디뎌 보지 못하고 끝내는 요절했다.

살다 보면 시간이 약이라고 동생은 둘째와 셋째를 낳고 더 잘 살아 보려고 아이들은 남편과 시어머님께 부탁하고 나와 함

　　　　　　　　빛은 길을 가는 사람을 저버리지 않는다

께 한국으로 왔다. 마음 고생을 많이 한 동생은 겉보기에는 키도 크고 건강해 보이지만 자주 아픈 편이었다. 나는 그런 동생을 데리고 밤에 병원이나 약국을 자주 찾아다닌 적이 한두 번이 아니었다 그렇게 동생은 한국 생활을 적응하는데 많은 시간이 걸렸다.

집에 식구들은 한국에서는 그저 엎드려 돈을 줍는 것처럼 생각하는 것 같았다. 동생이 아이들 생각에 가끔씩 친척집에 가서 어렵게 국제 전화를 한 번씩 하면 동생 남편은 돈 보내 달라는 말이 중점이었다. 당시 불법 체류인 동생이 한번씩 아프면 병원비는 밑 빠진 독에 물 부어 넣기와 같았다. 몇 년을 악착스레 벌어도 돈은 모이지 않았다. 그때 나는 먼저 귀국하게 되었다. 집에 온 후 나는 제일 먼저 고향에 있는 동생네 집부터 찾아갔다. 마침 일요일이라 아이들이 집에 있었다. 코가 한발이나 흘러내린 아아들 얼굴은 숯 등이를 문질러 놓은 것 같았고, 까만 눈동자만 반짝거렸다. 동생이 자기가 보내 준 돈으로 잘 살고 있으리라 믿었던 생각은 빗나갔던 것이다. 동생의 남편은 아이들은 할머니에게 맡겨 놓고 한국에서 보내 온 돈으로 매일 도박에, 호의호식하며 밖에다 딴 살림까지 차려 놓았던 것이다. 동생이 안 먹고 안 쓰고 아끼며 눈물로 모은 돈은 그렇게 진흙탕 속으로 흘러내려 갔다. 집의 형편을 알게 된 동생은 그 자리에서 쓰러져 눈도 뜨지 못했다. 형제들이 병원으로 데려 갔다. 검사한 결과는 또 한 번의 청천벽력이었다. 유방암으로 진단이 나왔다. 아무것도 가진 게 없이 휘청거리던 동생의 삶은 통째로 다 무너졌다. 동생은 간신히 정신을 차리고 차라리 죽는 것이 낫다는 생각을 했다. 동생이 한강 물에 발을 내딛는 순간 귓전에서 엄마가 오기를 학수고대하며 기다리는 철부지 두 아이가 엄마! - 엄마 !- 하면서 부르는 것 같이 아이들 소리가 들려왔다. 죽음으로 모든 것을 벗어 던지면 그만이다 싶었지만 죽을 수가 없다. 살아야 했다.

젖은 옷에서 뚝뚝 떨어지는 물과 목놓아 울면서 흘리는 동생의 눈물이 강변을 흥건하게 적셨다. 그렇게 유방암 수술을 받고 한 달도 안 되어 또 다시 일을 하고 있다는 소식을 듣고 나는 동생에게 한국 돈 백만 원 보내 주며 한 달이라도 몸 편히 휴식하라고 했다.

동생의 병이 차츰차츰 좋아지고 있을 무렵이다. 동생에게는 또 더 큰 걱정이 찾아왔다. 인생길은 아흔 아홉 고개라고 하더니 한 고개 넘으면 또 한 고개가 기다리고 있었다. 동생의 딸이 자택 숙소에서 석탄 가스 중독으로 7일 동안 혼수 상태로 중환자실에 입원했다는 소식을 들었다. 집도 절도 아무것도 없는 동생은 빈 몸으로 집으로 올 수 없는 형편이었다. 동생은 매일 정한수 떠 놓고 밤낮으로 하나님 부처님께 기도를 했다. 팔일만에 딸이 정신을 차렸다는 연락을 받고 낳기만 하고 키워주지 못한 죄책감과 살았다는 기쁨에 얼마나 울었는지 한 많은 대동강 물이 깊다고 하지만 어찌 동생의 가슴에서 흘러 내리는 피눈물에 비할 수 있겠는가! 그렇게 한 고비를 또 넘겼다. 동생은 몸이 허약한 딸에게 약 값이라도 넉넉히 보내 주려면 더 열심히 일을 해야 했지만 매일 약을 밥 먹듯 하며 허약할대로 허약해진 몸으로 무슨 능력이 있어 큰돈을 벌수 있겠는가? 그때 나는 동생의 힘든 형편을 알게 되어 내가 하는 식당에 와서 경리 일을 하라고 했다. 하지만 그때 동생은 집으로 돌아올 로비조차도 변변치 않았다. 나는 또 백만원을 보내 주며 빨리 귀국하라고 재삼 부탁했다.

그렇게 동생과 나는 다시 십 년 만에 만났다. 사십 대 중반밖에 안되는 동생은 앞니는 다 빠지고 비뚤어져 우리 식당 경리로 일하기에는 너무 늙어 보여 나는 당분간 집에서 휴식하라고 했다.

한 계절이 가고 또 한 계절이 찾아왔다. 동생이 몸과 마음을 추스르고 우리 집에서 경리 직에 있으며 한없이 행복해 하고 있을 때 자주 머리가 아프다고 했다. 나는 피곤해서 그런 줄 알고 진통제 같은 약을 사다 주고 함께 마사지나 받으며 아무런 걱정

없이 지내던 어느 날 동생이 머리가 너무 아파서 못 견디겠다고 하여 그 길로 병원으로 갔다. 펑펑 내리는 눈 때문인지 앞이 보이지 않았지만 나는 문앞에 나와 동생을 기다렸다. 근데 몇 시간이 지났는데도 병원 간 동생이 오지 않아 나는 찾아가는 길에 나섰다. 나는 몇 걸음 못 가 병원에 가지 못하고 눈 위에 쓰러져 있는 동생을 발견했다. 나는 울며불며 동생을 병원으로 데려가 여러 검사를 받게 했다. 헌데 의사선생님으로부터 검사한 결과를 받을 때 하늘이 무너지는 소리를 들었다. 뇌암이었다.

그때부터 나는 산더미 같은 걱정을 안고 매일 의사 선생님을 만나 치료 방법을 찾았다. 그렇게 아는 의사 선생님의 도움으로 뇌암 수술을 잘 한다는 북경 군인 병원에 보내기로 했다. 수술하고 치료하는데 비용이 인민폐 12만 원이 필요했고 모든 비용은 내가 담당해야 했다. 나는 식당을 비울 수가 없어 셋째 형님과 간병인을 함께 보냈다. 지금도 나는 동생이 수술하던 그날을 생각하면 가슴을 후벼내는 것처럼 마음이 쓰리고 아프다.

새벽부터 하늘이 구멍이라도 난 듯 퍼붓기 시작한 비는 걱정과 불안한 내 마음을 한결 더 떨리게 했다. 오후 2시가 지나니 셋째 형님으로부터 전화가 왔다. 동생이 수술 받은 후 정신을 차렸다고 … 전화를 넘겨 받은 동생은 언니야! 언니야!를 연발하며 흑흑 흐느꼈다. 그 소리는 칼로 내 가슴 도려내는 것처

　　　　　빛은 길을 가는 사람을 저버리지 않는다

럼 아팠다. 그렇게 치료받고 우리 집에 온 동생은 한 달 만에 전신 마비가 왔다. 혼자서는 아무 것도 할 수가 없게 되었다. 어린 자식들을 위해서라도 어쨌든 살아야 한다고 매일 다짐했지만 동생은 병마와 싸워 이기지 못했다. 아픔과 고통을 더는 버틸 수 없는 동생은 보이지 않은 눈으로 혼심을 다해 나에게 손을 내밀었다. 나는 아직도 온기가 남아 있는 동생의 손을 꼭 잡아 주었다. 두 눈에서 하염없이 흘러 내리는 눈물은 어린 자식들을 두고 떠나야 하는 그 안타까운 엄마의 마음을 나는 안다. 그렇게 장장 27개월 동안 삶의 끈을 놓지 않으려고 혼신을 다했지만 기름이 떨어진 호롱불이 어둠 속으로 꺼져 가는 것 같이 한 많은 삶을 살아 온 동생은 멀고도 먼 구만 삼천리 길을 한 발 한 발 내디디며 눈에 눈물도 마르기 전에 맥없이 나의 손을 놓았다. 그렇게 한 포기 작은 풀이 태풍에 휩쓸려 저 강물에 정처 없이 떠내려가듯 우리 곁을 떠났다.

살다 보면 슬픔도 아픔도 시간이 해결해 주는 것 같다.

음력 3월 4일은 동생 생일날이다. 나는 혼자 바닷가를 걸었다. 수없이 밀려오는 파도는 거품만 남기고 사라진다. 아직 찬 기운이 몸을 오싹하게 하지만 길 옆 모래 위에 바싹 마른 코딱지 물 옆에 새 순이 올라 오고 있는 것이 보였다. 모든 식물들은 봄이 오면 움이 트고 꽃을 피우듯 동생도 질병과 고통이 없는

곳에서 한 떨기 작은 꽃처럼 다시 소생하리라 믿는다. 나는 코
딱지풀 주위에 흙을 얹어 주었다.

                  빛은 길을 가는 사람을 저버리지 않는다

고등어 조림

큰오빠는 동북 재정 대학교에 진학했다는 통지서를 받았다. 온 동네사람들이 북 치고 장구 치며 축하를 보내 줬다. 당시 우리 집은 여덟 식구에 일꾼은 어머니와 아버지 뿐이었다. 그런 형편에 큰오빠가 대학교 가겠다고 하니 아버지는 반대를 했다. 생활이 어려운 상황에 고중 졸업만 해도 농촌에서는 많이 배운 것인데 굳이 대학까지 가려고 하냐며 기뻐하지 않았다. 그러나 어머니와 할머니는 하늘에 별과 달을 다 따온것처럼 춤을 추며 좋아했다. 하지만 어머님도 속으로는 학비와 생활비를 어떻게 마련해야 할지 걱정이 태산 같았다. 그날 저녁 어머니는 잠을 이룰 수가 없었다. 밤새도록 뒤척이며 생각하고 또 생각한 결과는 식구들 허리 졸라매고 식량으로 학비를 만드는 방법밖에 없었다. 워낙 넉넉치 못한 살림에 그때부터 우리 집 생활은 더 쪼들리기 시작했다. 어머님은 아버지 알게 모르게 양식을 팔아서 학비를 마련했다.

큰오빠가 학교 가던 날이다. 아침 일찍 할머님께 큰절을 올리고 버들가지로 후려 만든 작은 상자에 이불과 기운 옷 몇 벌을 담은 작은 상자를 들고 문앞까지 따라나와 바래주는 할머니께 꼭 건강하시길 기원하며 뒤를 돌아보았다. 어머님 모습이 보이지 않았다. 오빠는 고개를 숙이고 낯 설고 물 설은 천리길에 혼자 나섰다.

그 모습이 안타까운 동네 할머니와 어머님 친구분들이 큰길까지 따라 나와 허리춤에 꼬깃꼬깃 묻어놓았던 때묻은 삼지돈을 건네주며 열심히 공부하여 큰 인물 되라고 당부하셨다.

그때 어머니는 오빠에게 겨우 학비만 주고 생활비를 한 푼도 못 준 것이 마음에 걸려 아침상 차려 놓고 염치 불문하고 우리 동네에 새로 부임되어 온 공사 영도집에 찾아갔다. 그집 식구들은 아침식사 중이었다. 어머니는 식사하시는 어르신께 돈 이야기를 꺼낼 수가 없어서 마루에 걸터앉아 앞치마끈만 배배 꼬고 있었다. 시간은 어머니의 조마조마한 마음을 알기라도 한듯이 찰칵찰칵 소리 내며 잘도 흘러갔다. 드디어 주인 어르신이 식사를 마치고 무슨 일로 찾아 왔냐고 물었다. 어머니는 급한 마음에 단도직입으로 말을 했다. 돈을 좀 빌려 달라고 했다.

그집 주인어르신이 우리 집 형편을 알고 있었기에 두말 없이 돈을 빌려 주었다. 어머니는 고맙다고 몇 번이고 허리 굽혀 인

　　　　　　　　빛은 길을 가는 사람을 저버리지 않는다

사를 하고 있는 힘을 다해 집으로 뛰어 왔다.그런데 오빠는 이미 떠나고 없었다. 어머니는 다시 뛰기 시작했다. 멀리에서 어렴풋이 야위고 작은 키에 축 처진 어깨에 가방을 매고 한 손에는 상자를 들고 혼자 터벅터벅 서문밖을 나서는 아들의 모습이 보였다. 어머니는 뛰고 또 뛰며 눈에서는 눈물이 하염없이 흘러 내렸다.

어머니는 마침내 오빠 손에 돈을 건네 주었다. 어머님의 얼굴에서는 눈물인지 땀인지 범벅이 되어 흘러 내리고 있었다. 오빠는 차가운 어머님의 손을 꼭 쥐고 가슴에서 흘러 내리는 눈물을 꾹꾹 참으며 속으로 다짐하고 또 다짐했다. 꼭 성공하여 부모님께 큰 영광을 올릴 것이라고.!

그렇게 큰오빠는 열 몇시간의 기차를 타고 꿈에서도 생각 못했던 아름답고 깨끗한 해변에 자리잡고 있는 대학교에 도착했다. 대학교에서의 생활은 천당에 온 기분이었다. 학생들의 생활 수준도 천차만별이였다. 도시에서 온 학생들과 농촌에서 온 학생들의 모습은 옷차림부터가 달랐다. 하지만 오빠는 그런데는 관심하지 않았다. 비록 모든 것이 새롭고 형편이 어려워도 매일 학교에서는 신기하고 신나는 일들이 많았는데 그 중 제일 즐거운 것이 모든 시간의 공간을 공부하는데만 집중할 수 있어서 너무 좋았고 다음은 식사 시간이었다. 집에서는 매일 야채에 시래기밥 아니면 멀건 죽이 주식이었는데 학교에서는 콩기름이 들어 있는 볶음요리도 먹을 수 있었으니 매일 임금님 수라상 받는 기분이었다. 그러던 어느 하루 학교 급식에서는 생선 조림이 나왔다. 큰오빠는 생선을 받아 들고 먹을 수가 없었다. 집에서는 온 집식구들이 허리띠 졸라매고 물로 반배 채우며 기름 한 방울 먹을 수 없는데! 그리고 힘든 일에 지친 어머님의 야윈 얼굴이 떠올라 눈물이 앞을 가리워 도저히 생선을 넘길 수가 없었다. 그렇게 큰오빠는 생선을 먹지 않고 모두 골라 내어 종이에 사서 말리기 시작했다. 그렇게 급식에서 나오는 생선은 한 번도 먹지 않고 모두 골라서 말리워 고향으로 부쳐 보냈다. 며칠 후 어머니는 우편으로 말린 생선을 받았다. 할머니와 어머님은 금방 알아 볼수 있었다. 학교 식사 때 주는 생선을 먹지 않고 보냈다는 사실을.

어머니는 야윈 몸에 먹지 않고 아껴서 보내온 생선을 들고 가슴이 미여지는 것 같이 아파났다. 어머니의 흘린 눈물이 생선 머리우에 뚝뚝 떨어져 흘러 내렸다. 할머니는 울며 웃으며 생선 몇 토막을 들고 온 동네 친구들을 찾아가 손주 자랑을 했다. 말리운 생선에서는 약간 꼼꼼한 냄새가 났지만 어머니는 그 고등어를 우리 식구들만 먹을 수가 없어 얼마 안되는 생선에 무우를 듬뿍 넣고 부글부글 끓여 동네 노인들을 다 모셔와 잔치를 했다.

　　　　　　　빛은 길을 가는 사람을 저버리지 않는다

우리 동네는 민족향이였다. 그러니 집에서 평소에 우리 말을 기본으로 하다 보니 큰오빠는 학교에서 중국어가 서툴렀다. 학교에서는 동창이라 해도 만난 지 며칠 되지 않아 다들 서먹서먹한 친구들이었다. 어렸을 때부터 부지런한 큰오빠는 항상 숙소 청소를 맡아 했으며 빨래할 때는 집에서 동생들 챙기는 것처럼 공부하느라 바빠서 모아둔 다른 동창생들 옷도 빨아 주군 했다. 유난히 깨끗하고 부지런한 오빠는 숙소 친구들과 금방 친해졌고 그 친구들로부터 한어와 한문을 배우고 열심히 익혀 한족 못지 않게 중국어가 유창해졌다. 그리고 4년 동안의 끊임 없는 노력으로 영어와 일어를 통달했다. 오빠는 우수 성적으로 대학을 졸업하고 해변도시에 있는 중국기계 수출입회사에 취직했다. 도시에 집이 없는 큰오빠는 회사 기숙사에서 생활을 했다. 그렇게 세월이 흘러 봄이 왔다. 오빠는 회사 식당 주방에서 저녁 시간을 이용해 고등어 정어리 갈치 같은 생선을 손질하여 운동장에서 잘 말리워 집으로 부쳐 보냈다. 봄이면 감자도 촉이 나고 무우도 바람이 들어 겨울에 말리운 무우 시래기나 배추 시래기로 된장국을 끓여 먹을 철이다. 채소가 특별히 귀한 철에 어머니는 이백근이나 되는 생선을 받았다. 이렇게 많은 생선을 보내온 오빠의 마음을 어머니는 알고 먼저 동네 어르신들이 계시는 집에 몇 마리씩 골고루 보내 드렸다. 특히 농촌에서는 여름에는 집집마다 돈도 없고 또 돈이 있어도 고기는 마음대로 살 수가 없었다. 도시에서도 육류나 생선 그리고 모든 것이 배급으로 사야 할 때였다. 그러니 농민들이 남의살(고기류)을 먹는다는 것은 정말 힘들 때었다. 그러니 매일 밭에서 나오는 야채가 집집마다 주 반찬으로 먹던 그시절 우리 집에서는 가끔씩 적쇠에 생선을 얹어 석탄불에 구워서 먹었다. 그 맛있는 냄새는 온 이웃 사람들이 알정도로 냄새를 풍겼다. 그때마다 어머니는 몇 마리씩 더 구워 이웃에 어른들이 계시는 집으로 보내 드렸다. 그렇게 큰오빠가 보내온 생선은 동네 할머니 할아버지 밥상에도 올랐다. 모든 것이 귀하던 그시절 큰오빠는 동네어르신들의 손주였다.

세월은 흘러흘러 바야흐로 발전하고 있는 이 시대에 지금은 물류 산업이 발전하여 아침에 바다에서 잡은 생선이 저녁에 몇 천리 밖에 있는 밥상에 오를 수 있는 시대가 왔다. 그런데 무엇을 먹어도 그 옛날 꼼꼼한 냄새를 풍기던 그 맛이 아니다. 삶이란 살아가면서 모자라는 것이 남는 것보다 낫다는 생각이 든다.

오늘도 나는 시장에서 등푸른 고등어를 몇 마리 골라왔다. 그 옛날 어머님이 해주던 조림도 하고 프라이팬에 노릇노릇 구워도 먹으려고 준비한다. 그 옛날 그 맛을 살릴 수 있을지?!

 빛은 길을 가는 사람을 저버리지 않는다

나의 셋째 오빠

1970년대 우리 학교에는 한족과 조선족 학생들이 한 학교에서 공부했다. 셋째 오빠는 부모님들이 중국어를 잘 못해 불편한 점이 많은 것을 보고 자랐기에 한어를 꼭 배워야 한다는 절실함을 일찍 깨닫고 원래의 반에서 나와 한족학생으로 이루어진 한족반으로 옮겨갔다. 중국어가 서툰 셋째 오빠는 훈훈한 인심과 배려심으로 금방 반장이 되었다. 그때 우리가 다녔던 그 학교는 규모가 꽤 있었는데 산골에서 공부하러 온 학생들은 대부분 기숙 생활을 하였다.

셋째 오빠는 각반 반장들과 같이 점심 시간을 이용하여 숙소 위생 검사를 하는 경우가 꽤 있었다. 그날도 오빠네는 위생검사를 갔다. 근데 숙사생들이 식사 시간이라 그들이 먹는 점심 음식을 보게 되었다. 숙사생들은 멀건 국물에 일인 감자 두 개식 들고 먹고 있었다. 여름철이라 모든 작물들이 성장하는 때여서 밭에서 구할 수 있는 양식으로는 감자밖에 없던 계절이다. 긴긴 여름철에 한창 먹어야 할 나이에 집에서 가져온 양식이 부족해 숙사생들은 하루에 한 끼로 때우며 공부를 했다. 셋째 오빠는 집에 와서 어머님께 숙사생들의 사정이야기를 했다. 사실 우리 집 생활도 삼시 세끼 감자밥으로 끼니를 때우는 형편이었다. 어머니는 셋째 오빠의 말을 듣고 두말없이 감자 한광주리에 입쌀도 한돼 담아 주었다. 하지만 그것으로는 많은 학생들이 한끼먹을 량도 부족했다. 그때 셋째 오빠는 한 사람이 열 사람을 돕기는 힘들지만 열사람이 한 사람 돕기는 쉽다는 것을 터득하고 각 반 반장들과 우수학생들 그리고 가정 형편이 괜찮은 학생들을 동원하여 산골 학생들을 함께 도와주기를 부탁했다. 그렇게 전교 우수학생들은 매일 집에서 형편이 되는대로 감자 몇개 옥수수 몇 개식 가져온 것이 기숙사창고에 양식이 모이기 시작했다. 이 사실을 알게 된 교장선생님은 전교 학생들 앞에서 셋째 오빠를 학교 홍위병 위원장으로 임명했다. 오빠의 따뜻한 마음과 자비심이 자신을 성장시키는데 디딤돌이 되었던 것이다.

고중을 졸업한 셋째 오빠는 500호나 되는 생산대 단서기에 회계까지 맡아 했었다. 그때는 해마다 농촌청년들이 참군을 했는데 어떤 청년들은 공청단원에도 가입하지 못하고 입대 통지서를 받았다. 오빠는 그런 청년들을 찾아 다니며 입대 후 나라를 지키는 훌륭한 군인이 될 것을 당부하며 파격을 하여 그들을

빛은 길을 가는 사람을 저버리지 않는다

공청단에 가입시켜 주는 일을 하기도 하였다. 달리기를 할 때 한 발 앞선 사람이 뒷 사람에게 처지지 않으려고 최선을 다하듯 부모님 그늘에서 천방지축 뛰어 놀던 풋네기 청년들이 공청단에 가입한 후 자신들도 나라의 동량이라는 자부심과 책임감으로 부대에서 열심히 노력할 수 있는 미래를 먼저 봐준 것이라고나 할까, 오빠는 어쩜 그런 생각까지 해냈는지 모른다. 사실 오빠의 이 작은 실천 덕에 청년들은 입대한 후 진보를 요구했고 얼마 되지 않아 공산당당원에도 가입하고 연장, 영장으로 승진한 마을 청년도 있었다.

셋째 오빠가 이렇게 몸과 마음으로 주위 사람들을 도와 준 것은 사실은 지금의 말로 하면 윈윈 법칙에 해당된다. 타인의 필요함을 해결해 주고 또 자신의 삶의 길을 아스발트로 깔아 놓기도 했으니 말이다. 얼마 후 셋째 오빠는 향정부 공청단 부서기로 임명되었다.

오빠의 살아가는 모습에서 아무리 바빠도 손에서 책을 놓지 않는 것이 기억된다. 밤늦게까지 책을 보는 습관을 고스란히 지켜 내면세계를 풍부히 하고 다양한 수양을 닦아서 자기 삶을 꾸려갔다. 이렇게 배움을 갈망하던 오빠에게 더 넓은 세상을 살아갈 수 있는 기회가 왔다. 1977년 대학제도가 회복되면서 대학시험을 보는 열풍이 우리 동네에도 불어왔다. 생산대 회계를 책임졌던 셋째 오빠는 회계의 일상과 한치의 소홀함도 용서치 않는 오십호 농민들이 일년 내내 기다리던 연말 결산… 등 생산대에 장부를 깔끔히 마무리했다. 돕는 일에 맨발로 뛰는 일을 실천해 온 오빠는 받지 않고 주는 식으로 계속 사람들에게 다가갔기에 그가 회계 일손을 놓고 대학 입시 공부를 하는 것에 대대 지부에서는 참으로 아쉬워하였다. 젊은이의 발전을 막을 수는 없는 것이라며 대대 서기는 꿈을 안고 머리를 싸맨 오빠를 밀어주었다. 그러나 오빠는 바다에서 바늘 찾는 격으로 어디에서부터 무엇을 어떻게 공부해야 할지 몰라 헤맸다. 그가 이렇게 막막해 할 때 귀인이 나타났다. 담임이었던 맹선생님이 우리 집에 와서 셋째 오빠 공부를 도와주었다. 이에 오빠도 우수공청단원답게 머리를 싸매고 두달 밖에 안되는 시간을 대학 입시 준비에 혼신을 다했다.

입학통지서가 오던 날 우리 공사(公社)의 방송에서는 이원모가 길림재정무역대학(吉林財貿学院)에 입학했다는 소식을 방송으로 통지했다. 그 바람에 온동네가 떠들석했다. 원래 대학생이 없던 우리 동네 사람들은 같이 기뻐하였다. 그들은 남녀노소가 함께 북 치고 장구 치며 셋째 오빠가 과거했다며 크게 축하를 보냈다. 셋째 오빠가 대학에 가는 날이다. 집살림이 구차하지만 어머님은 그래도 농촌 양복점에서 맞춤으로 새옷 한 벌을 오빠

　　　　　　　　빛은 길을 가는 사람을 저버리지 않는다

에게 맞춰주었다. 덩치가 작은 셋째 오빠는 새까맣게 탄 얼굴에 촌티가 줄줄 흘러 내렸지만 그 양복을 척 입으니 참으로 대학생 다웠다. 자신감과 자부심으로 생활을 대하던 오빠가 대학교에 가서도 가슴을 내밀고 자신있게 학교생활을 할수 있기를 엄마는 바래고 또 바랬다.

오빠의 대학교 생활은 이렇게 시작이 되었다. 오빠는 한달 만에 학생회 간부에 임명되었다. 학교 공청단 위원 부서기겸 조직위원회 위원, 학생회부회장으로 임명되었다. 담임선생님께는 '누가 리원모인가, 일어서서 소감 이야기를 해보라'라고 했다. 셋째 오빠는 워낙 덩치도 작고 키도 작아 일어섰지만 큰 학생들의 앉은 키보다 별로 차이가 없었다. 오빠는 당당히 교단에 올라서서 힘차게 말했다. "나는 농민의 자식으로 대자연속에서 신뢰와 자부심으로 자신을 연마하며 에디슨의 말처럼 1%의 영감과 99%의 노력으로 꿈을 이룰 것입니다"라고 했다. 반학생들은 박수소리를 높여주었고 구겨진옷이 한 번의 다리미로 쫙 펴지듯 오빠는 어깨를 펴고 가슴을 내밀었다.

오빠는 그때부터 반급과 학교에서 당차고 활기차게 활동하여서 공산당원에 가입했고 우수한 성적으로 대학을 졸업하였다. 오빠는 졸업하여 길림 마면방직공장 회계직에 배치 받았다. 보석은 어디에서도 빛을 잃지 않듯이 셋째 오빠는 공장의 재고 정리 장부부터 시작하여 많은 문제점을 찾아냈다. 한가정이나 나아가서 어떤 집단도 살림살이가 중요하듯이 한 회사의 회계부는 그만큼 중요하다. 셋째오빠는 정직하고 열심히 일한 덕분에 길림시 경재위원회로 발령되였으며 몇달 동안 지도층의 관찰 끝에 삼년동안 회사에서 한 사람만 보내는 디지털대학 (电视大学)에서 다시 공부할 수 있는 기회를 얻었다.

사람들은 흔이 운이 좋다는 말을 많이 한다. 하지만 이 세상에 노력이 없는 좋은 운은 없다. 오빠는 회사의 가장 중요한 부서인 회계 업무에 대해 집중적으로 열심히 공부를 했다. 오빠의 분투는 금수저를 물고 태여나도 노력하는 사람은 따라 갈 수가 없다는 말이 실감나게 했다. 오빠는 커면서 기차도 한 번 타보지 못한 시골에서 태여나 부모님으로로부터 문화교육이란 한 번도 받아 본적이 없었지만 어머님의 일상 생활에서 묻어나온 넉넉한 마음과 작은 것도 배려하면서 살아 가는 모습에서 자식들에게 서책의 지식보다 더큰 가르침을 받은 것 같다.

셋째 오빠에게는 현 상황에 만족하지 않고 다시 비약의 꿈을 이루고자 도전에 나섰다. 낯선 영역에 도전하기로 했다. 현직장의 신임과 배려에 배신하는 것 같아 고민을 하기도 했었지만 큰 결심을 먹고 상급을 찾아 자기의 진실된 마음을 이야기했다. 당서기는 '가축은 산으로 보내고 인간은 더 큰 도시로 보내야 한다'는 말을 하면서 오빠의 생각을 밀어줬다. 그리고 오빠에게 '새로 임하는 일이 아니다 싶으면 언제든지 문 열고 기다리고 있을 것이니 걱정 다 버리고 해보라'고 하였다. 오빠는 이렇게 가벼운 마음을 가지고 새로운 터전에로의 길을 시작하게 되었다.

때는 개혁의 열풍이 훈훈하던 1985년이다. 셋째 오빠는 갈아입을 옷 몇 벌만 들고 대련경제개발구 새 직장의 문을 두드렸다. 작은 키에 30십대 초반의 나이라 모르는 사람들은 고등학생인 줄 알았다. 영도들은 누구를 찾냐며 아래위를 훑어보며 시무룩한 표정을 보였으나 오빠는 개의치 않고 우렁찬 목소리로 '취직하러 왔습니다'고 하면서 이력서를 건넸다. 영도들은 이력서에 적은 것이 다 진실인가고 물어보면서 입맛을 다시며 한 번 더 오빠의 아래위를 훑어보며 내일 아침 회의에 참가하라고 했다.

오빠가 새로 취직한 회사는 창립된 지 몇 년 안되는데 부실경영으로 적자를 보고 있어 골치가 아플 때였다. 오빠가 회의실에 가니 타원형 큰 테이블을 마주하고 나이가 지긋하고 풍채가 있는 사람들 열 몇명이 앉아 있었다. 여러 영도들은 각자의 의견을 말하며 두 시간 정도 교류를 하고 토론을 했으나 좋은 결론이 나지 않았다. 그 중 한분이 '뒤에 앉아 있는 젊은이가 한 번 이야기해 보게'하고 하면서 오빠에게 발언권을 주었다. 영도들은 현장 경험이 없기에 서책에서 배운 것만으로 경영을 하다보니 시행착오가 생기기 마련임을 오빠는 실천 경험으로 알고 있었다. 셋째 오빠는 자기의 배움과 실천을 통해서 얻은 경영 관리에 대한 생각을 한 시간 가량 설명했다. 듣고 있던 영도들은 머리를 끄득이며 오빠 더러 삼개월의 시간을 줄 것이니 책임 지고 회사의 현 상황을 파악하고 회사경영의 문제를 찾아내라고 임무를 내렸다.

셋째 오빠가 책임을 메고 회사에 출근한 첫날, 사무실에 들어가니 직원들이 제 시간에 출근도 하지 않았을 뿐더러 왔다가는 각자 개인일 보러 나가버렸다. 오빠는 삼일 동안 회사에 출근하며 아무말 없이 구내 식당과 각 부서를 둘러 보았다. 말 그대로 엉망진창이였다. 삼일째 되는 날, 오빠는 백여명의 직원들을 모아 놓고 회의를 소집했다. 회사에 제때에 출근하지 않고 지각하는 직원들은 시간으로 계산해서 감봉하고 열심히 일하고 효율을 내는 사람들은 장금제도를 실시한다고 새 제도 표명을 했다. 그리고 재무팀에서는 낭비하지 않고 원래 비용을 절약한다면 절약이 된 부분의 반은 절약을 이루어낸 당사자에게 보너스로 줄 것을 약속했다. 오빠가 몸을 붙이고 일한지 첫 한달만에 모든 것이 달라졌다. 직원들의 걸음걸이도 빨라졌고 실내청소에서부터 모든 것이 정리정돈이 잘 되었다. 뒤어어 영도들

   빛은 길을 가는 사람을 저버리지 않는다

이 시찰을 나와 공장을 한바퀴 둘러보고 모든 직원들이 열심히 일하는 모습에 놀라워 하였다. 셋째 오빠는 임시직에서 회사의 숨소리를 바꾸어 놓는 일을 한 것이다. 그날 여러 영도들은 오빠의 길림에 있는 모든 인사 관계, 말하자면 가족 관계를 포함하여 대련으로 올 것을 요구했고 방세칸짜리 아파트도 마련해 주었다. 오빠는 영도들의 배려를 자기더러 더 열심히 일하라는 고운 신호임을 잘 알고 있었다. 오빠는 그때부터 항상 책임감을 잊지 않고 자신의 가치를 창조하고 모든 직원들과 함께 부의 길을 가기 위해 주먹을 쥐고 분투했다. 그렇게 해서 직원들 개개인은 봉급보다 더 많은 장금을 받게 되었다. 이어서 오빠는 회사 우수 공산당원에 우수 영도로 선발되였다. 오빠는 더욱 자신감이 생겼고 달리는 말에 채찍질하듯 더 높은 책임감으로 열심히 일했다.

당시 대련개발구 오채성(五彩城)을 세울 때였다. 셋째 오빠 회사에서도 부회장 레벨의 한 영도가 개발구에 회사를 세울 계획을 세웠댔지만 옥수수 밭에 지어놓은 건물 몇개를 보고 아직은 시골스러운 개발구까지 오려고 하지 않았다. 하지만 오빠는 개발구의 전망을 내다보고는 누워서 감이 떨어지길 기다릴수는 없다며 영도들을 찾아 자기가 법인대표로 회사를 성립하겠다고 요청했다. 영도들은 마침 마땅한 사람을 물색하던 차에 바로 허락을 해 줬다. 기회는 기다리는 것이 아니라 쟁취하는 것이다. 그때부터 셋째 오빠는 날개를 펴고 미국과 유럽 동남아를 돌며 선진국의 경영과 기술을 배우고 어떤 힘든 일도 재때에 판단하는 능력을 키워냈다. 그가 이끄는 회사는 몇년만에 회사직원이 삼천명이 넘어섰다.

한 가난한 농민의 가정에서 태어나 어머님께 배운대로 남을 돕고 베푸는 데서 칭찬을 듣고 그 칭찬이 용기를 주었으며 자신의 가치를 발견하고 책임감을 키우며 앞으로 가야 할 길을 과감히 개척하고 창조하며 분투한 덕분에 오빠는 자기 자신을 크게 성장시켰다. 높은 곳에서 아래로 내려다 보면 재목이 될만한 바르고 튼튼한 나무들을 볼수 있으니 오빠는 몇천명의 직원들을 거느려 가는 과정에 적잖은 인재들을 육성시켰다. 아울러 인재에 대한 지원을 아끼지 않았다. 1997도 우리 동네 한 학생이 북경대학 법률학과에 입학하여 학교와 동네가 떠들석했지만 그집 식구들은 기쁨보다 한숨소리가 더 컸다. 아버지는 반신불신에 거동이 불편했고 어머니는 아픈 남편 돌보며 겨우 농사 지어 밥이나 먹고 사는 형편에 무슨 돈으로 아들을 북경대학에 보내겠냐고 눈물바다가 되었다. 그때 그집 사실을 동네사람들의 입을 통해 들은 오빠는 돈주고도 살수 없는 가문의 영광이며 우리 동네 영광이라며 그 학생의 학비를 지원하였다. 마을 사람들은 지

　　　　　　　빚은 길을 가는 사람을 저버리지 않는다

금도 이 이야기를 가슴에 기억하고 있다.

오빠는 도움을 받고 도움을 주며 험난한 인생길을 장거리 달리기 하듯 하며 오늘까지 살아왔다. 오빠는 주위 사람들과 함께 뛰기 시작하여 가시밭이 기다리곤 하는 어려움을 헤치고 나올 수 있는 것은 살면서 혼자가 아닌 주위사람들과 함께 동행했기 때문에 가능했다고 생각하였다. 힘들면 기대고 넘어지면 서로 부축하하는 과정에서 자신의 포부를 키워올 수 있었다고 생각했다. 이런 삶의 과정은 무한한 자신감이 되어 주었고 그 자신감은 셋째 오빠의 성장에 가장 비옥한 밑거름이 되었다.

오빠의 삶을 보면 포기라는 말과는 인연이 없다. 인생 장거리 달리기를 하면서 그가 만났던 만난신고는 모두 셋째 오빠의 노력 앞에서 허물어졌다. 오빠는 지금 마지막 여정을 쉬지 않고 달리고 있다. 황혼의 나이에도 다른 사람들에게 도움이 되는 사람으로 살아가려고 여전히 모든 노력을 아끼지 않고 있다.

도토리묵

사람에게서 제일 빨리 노화되는 것이 다리라고 한다. 옛날에는 들어도 별 볼 일 없다고 여겼던 이 말이 명심이 되는 나이까지 왔다. 그래서 다리 건강 유지책으로 나는 거의 매일을 산행길에 나서곤 한다.

그날은 사람들이 많이 다니지 않는 곳으로 발길을 돌렸다. 나무 가지 위에서 그네뛰던 다람쥐들이 인기척에 바삐 다른데로 자리를 옮기는 모습에 빠지기도 하고 이 산 저 산 날아 다니며 겨울 양식 준비로 떠들썩한 새들과 함께 하기도 하면서 걷고 있는데 토실토실한 밤톨이 가끔씩 툭툭 떨어져 내 눈길을 끌었다. 눈들어보니 산행길의 주위에는 온통 참나무 천지였고 길 위에는 도토리들이 꽤 많이 보였다. 나는 환희를 하며 그 도토리들을 줍기 시작했다. 그러노라니 어머님이 만들어 준 도토리묵이 눈앞에서 영화를 돌렸다. 양식이 귀한 시절 가을이면 어머니는 산에서 주어온 도토리로 묵도 만들고 가을 파 송송 썰어 넣

     빛은 길을 가는 사람을 저버리지 않는다

고 전도 만들어 주시곤 했었다. 나는 가슴에서 아름답게 살아나는 기억을 더듬으며 가던 길을 멈추고 도토리 줍기에 열을 올렸다. 나도 엄마처럼 도토리로 맛있는 요리를 만들어야지 하는 생각에 저절로 신명이 났다. 콧노래가 자꾸 흘러나왔다.

나는 집에 들어서는 그 길로 쉼도 하지 않고 어머님이 도토리묵 만들어 주시던 솜씨를 생각하며 한 가방 되는 도토리로 묵 만드는 일에 일손을 놀렸다. 도토리를 음식으로 변신시키는 과정은 까다롭고 번거롭다. 이를 알지 못하는 사람은 껍질만 벗기면 그냥 먹을 수 있는 줄로 여길 수도 있겠지만 아직 십만팔천 리 거리를 갖고 있다.

일단 주어온 도토리를 물에 담궈서 물위에 뜨는 것들을 골라서 버려야 한다. 이런 것은 벌레 먹은 것이라서 속이 텅 비어 있다. 물 밑에 가라 앉아 있는 도토리는 표면위로 올라와 모습을 내밀지 않는다. 알이 꽉 찼으니 무게가 있기 때문일 것이다. 도토리의 이 품성은 사람을 닮은 데가 있다. 사람들 중에서도 박식한 사람은 항상 관찰의 자세로 겸손하게 처사한다. 쓰레기도토리를 제거한 후 알찬 도토리들을 건져서 소쿠리에 담아 놓고 물기가 다 빠질 때까지를 기다려 주는 시간에 나는 도토리 줍는 과정에 살짝 찍어둔 사진들을 즐기는데 빠졌다. 사진속에 자연과 함께 하는 나를 보노라니 봄을 맞아 살아 오르는 생기가 그대로 담긴거 같아 기분이 좋아진다.

　어느새 물기가 다 빠져 얼굴이 반들반들 윤기나는 도토리알들이 나를 기다리고 있다. 이제는 망치로 살짝살짝 두드려 껍질을 벗기고 알맹이를 하나하나 발아 내야 한다. 이 일은 말이 쉽지 참으로 신경을 많이 써야 한다. 망치에 주는 힘이 조금만 부족해도 도토리가 튕겨서 다른데로 달아나 버린다. 알맞춤한 무게와 치는 속도가 하나로 융합이 되어야만 도토리는 딱딱한 대문을 빠끔히 열고 나온다. 알들에 금이 났거나 혹은 두 쪽으로나 여러 조각으로 갈라져 나오기도 했지만 알맹이의 변신이라 도토리 음식을 만드는데는 아무 지장이 없다. 인간을 기쁘게하려는 도토리의 본심은 그대로 남아있으니 걱정할 필요가 없다. 나는 도토리알들을 잘 모아서 다시 물에 4-5일정도 담궈 놓았다. 누구든 도토리 음식을 만들려면 성급함을 버리고 느긋해야 한다. 담궈놓은 도토리는 조급한 것을 싫어한다. 그래서 일일 세번 정도로 물을 갈아 줘야 한다. 그래야 싱싱한 물을 함뿍먹은 도토리는 자기가 갖고 있는 포장을 던져버린다. 말하자면 사람들이 제일 꺼리는 떫은 맛을 제거하고 약간 쌉싸름한 맛만 남겨준다. 사람들이 먹고도 또 먹고 싶어지는 음미의 매력은 이렇게 형성된다. 이렇게 도토리가 고운 맛만 남게 하는 3일의 정화시간이 지난 후 조리로 깨끗이 건져서 다시 믹스기에다 보드

　　　　　　　빛은 길을 가는 사람을 저버리지 않는다

럽게 갈아준다. 그런데 낱개의 도토리가 갈려서 한몸뚱이로 뭉쳤다고 모든 일이 완료되는 것은 아니다. 그 가루에는 육안으로 알아보기 어려운 알갱이같은 것들이 들어 있는데 그것은 맛있는 묵을 만드는 데 최고의 장애가 된다. 그렇게 되면 묵이 된 다음의 모양이 울퉁불퉁할 뿐만 아니라 식감 점수도 꽝이 된다. 그런고로 반드시 가는 체로 쳐서 그것 들을 분리해 내야 한다. 고운 가루가 된 도토리는 다시 새로운 세례를 받아야 하는데 그것이 바로 도토리가루를 물에 넣고 농말이 싹다 가라 앉을 때까지 가만히 둬야 하는 것이다. 절대 손으로 저어 주거나 건드리면 안 된다. 도토리 녹말가루앙금이 잘 가라 앉으면 조심조심 건져서 햇빛이 좋은 곳에 깨끗한 보자기를 깔고 바싹 말리워 줘야 하는데 이것으로 도토리 음식으로 변신하는 최종의 준비가 된다. 보통은 그 가루를 냉장고에 보관해 둔다. 묵을 만들 때 녹말가루와 물의 비례는 1대 5의 비례로 해준다. 거기에 참기름을 두 숫가락 정도 넣어 주면 맛이 더욱 향긋하게 된다. 묵을 할 때는 불 관리 또한 아주 관건이다. 처음부터 마지막까지 불이 괄면 밑이 타고 처음부터 약불로만 하면 묵의 탄성감이 떨어진다. 도토리묵은 시작할 때는 큰 불로 하되 솥 변두리에서부터 부글부글 끓기 시작하면 약불로 해줘야 한다. 그렇게 서서히 물을 졸이면서 끓여 주면 되는데 끓일 때 주의할 점은 눌어붙지 않게 주걱으로 쉴 새 없이 저어야 한다. 만약 잘 저어 주지 못해서 눌게 된다 해도 절대 주걱으로 긁어 내지는 말아야 한다. 만들어 낸 묵에 탄 내가 나는 것을 방지할 수 있다.

우리가 밥을 할 때 뜸을 들이듯 묵을 할 때도 뜸을 들여야 한다. 일단 솥 한복판에까지 큰 원이 터지면서 북적북적 끓어오르면 뜸들이기가 시작되는데 바로 불을 때고 뚜껑으로 묵솥을 3분 정도 덮어 두는 것이다. 그 다음 솥에서 퍼 낼 때는 너무 깊지 않는 움푹한 그릇에 담아 주면서 한쪽으로는 고르롭게 펴주는 것을 잊지 말아야 한다. 뜨거운 묵을 냉각시킬 때 묵 표면의 수분이 마르기 쉽기 때문에 그 우에 랩을 한층 덮고 묵담은 그릇을 찬물 위에 놓아 3시간 정도 기다린다. 그러면 곧 묵이 완성된다.

우리가 즐겨먹는 도토리묵은 이렇게 손이 많이 간다. 어쩌면 이러한 이유 때문에 귀한 음식의 자리를 차지하고 있는지도 모른다. 알고 보면 묵은 항산화 기능으로도 뛰어나 건강 식품으로도 널리 알려졌다. 도토리묵을 먹을 때는 양념장에 각별히 신경을 써야 한다. 물론 각자 입맛에 따라 다양하게 만들 수 있다. 그리고 도토리묵은 국수로도 거듭날 수 있다. 옛날 우리 엄마 시대에는 환갑 잔치나 결혼식 때 많이 만들곤 했는데 특히 환갑 잔치에는 어르신들이 많이 오시기 때문에 묵에 육수까지 곁들여

   빚은 길을 가는 사람을 저버리지 않는다

국수처럼 변신시키기도 했다. 도토리묵을 국수처럼 가늘게 채 썰어서 따뜻한 물에 한 번 헹군 다음 그것을 사리로 만들어 그릇에 담고 흰자와 노른자를 실처럼 나늘게 썰어서 고명으로 따로따로 국수에 얹으면 세상 일미가 탄생한다. 거기에 통깨나 깨가루를 조금 얹어 준 후 참기름까지 몇 방울 떨궈 주면 금상첨화가 된다.

오늘도 산행길에 나섰다. 가을 낙엽위에 동글동글 수놓은 도토리들이 반겨 준다. 나는 도토리들을 주워 들었다. 도토리가 영양음식으로 되기까지 번거로운 과정을 걷는다는 걸 알면서도 여전히 정성으로 다가갈 것이다. 새롭게 태어나는 만물에게 정성은 빛이고 물이고 공기이다.

마음의 문을 열고 보니…

내가 한국에 온 지도 벌써 한달이 넘었다. 친구들은 다들 일을 한다며 바삐 보내고 있는데 매일 집에서 빈둥빈둥 노는 것도 바람직하지 않은 것 같아 나도 친구들의 도움으로 일자리를 찾아 아침 일찍 첫 출근길에 올랐다. 이른 아침부터 사람들은 지하철 쪽으로 뛰다시피 걸음을 재촉하고 있었다. 지하철에는 콩나물 시루처럼 사람들이 빼곡했다. 나는 소개 받은 식당집으로 물어물어 찾아갔다.

출근 시간보다 삼십 분 일찍이 갔지만 먼저 출근한 직원들이 열심히 움직이는 모습을 볼 수 있었다. 점장님이 앞치마와 모자를 주면서 밥도 하고 식구들 아침 식사 반찬을 하라고 했다. 내가 도마나 식칼같은 것이 있는 곳을 잘 몰라 두리번거리고 있을 때 마침 중국 길림에서 온 동료가 차근찬근 재료나 주방 도구들이 있는 곳을 가리켜 주었다. 나는 구세주를 만난 것 같았다. 나는 있는 솜씨를 발휘하여 국도 끓이고 볶음 요리도 만들

빛은 길을 가는 사람을 저버리지 않는다

었다. 동료들이 맛있다고 했다. 나는 속으로 그래도 식당 사장을 몇십 년 했는데 하는 생각을 하니 자신감이 든든하게 받쳐 줬다. 그러나 내 마음에는 교만함의 싹도 같이 돋아났다. 그 바람에 나는 별로 상논도 없이 내 방식대로 일을 척척 했다. 그런데 누구도 잘했다 잘 못했다는 말이 없었다. 가리켜 주는 사람도 없고 알아서 해야 하는 것 같았다. 홀에서는 가끔씩 점장님이 야단치는 소리가 들려왔다. 첫날 하루는 어영부영 그렇게 보내고 이튿날 아침에 일찍 출근하니 교포 동료는 휴식이었다. 전날 휴식한 찬모 아주머니가 와서 밥도 하고 직원들 아침 식사 준비도 하고 있으니 나는 할 일이 없어 시집 온 새댁이 시집 식구들 앞에서 무엇을 했으면 좋을지 몰라 우두커니 서있는 것처럼 나 역시 할 일을 잃고 어정쩡히 서성이고 있었다. 마침 찬모 아주머니가 나를 불러 묵은지를 깨끗이 씻으라고 했다. 나는 장화를 신지 않아 옷을 적시며 시키는 대로 묵은지 몇 박스를 깨끗이 씻어서 차곡차곡 소쿠리에 건져 놓고 하수구에 막힌 고추가루를 후벼냈다. 이때 참모 아주머니가 와서 물에 담궈 놓아야 되는 묵은지를 누가 건지라고 했냐며 모르면 물어봐야지 마음대로 했다고 화를 내며 당장 물에 담그라고 했다. 물에 다시 담그면 될 것을 왠 야단인가? 나는 순식간에 화가 치밀어올라 찬모 아주머니께 '왜 ! 처음부터 제대로 가리켜 주지 않고 이제 와서 무슨 이유로 야단인가요?' 하며 큰소리로 대들었다. 찬모 아주머니는 할 말을 잃었는지 아무 대꾸도 없이 뒤도 돌아보지 않고 동료들이 일하는 곳으로 가서 무슨 말을 하는 것 같았다. 나는 참지 않고 하고 싶은 말을 하고 나니 속은 시원했지만 바로 왕따가 되였다. 가정에서나 직장에서 화목하려면 참아야 했고, 작은 불씨라도 만들지 말아야 했다. 하지만 내가 선배에게 고분고분 하지 않은 것이 화근이 되었다. 식당에서는 소쿠리 하나도 제자리가 따로 있다. 나는 어느 것 하나도 물어봐야 했지만 다들 내가 묻는 말엔 대답이 없었다. 나는 '중이 절이 싫으면 절을 떠나야지'하는 생각에 점장님께 그만두겠다고 했다. 하지만 점장님은 그만두면 안된다고 하면서 모든 직원들을 불러놓고 난리를 쳤다. 나는 울 수도 웃을 수도 없는 형편이 되었다. 그날 하루는 지옥에서 해맨 기분이었다. 퇴근을 하고 지하철역에 오니 내가 타게 되는 그 차가 꼬리를 보이며 금방 출발하고 있었다. 나는 아무도 없는 역에서 우두커니 앉아 복잡한 마음을 달래며 한 시간이나 차를 기다려서 집에 왔다. 이미 밤 12시가 넘었다. 설상에 가상이 된다고 하더니, 평소와 다르게 집 출입문 비번을 아무리 눌러도 문이 열리지 않았다. 나는 체면 불문하고 질녀네 집으로 갔다. 마침 둘째 오빠와 형님이 와 있었는데 내가 들어서니 따뜻한 국을 끓여 저녁밥을 차려 주었다.오빠의 권고로 밥

            빚은 길을 가는 사람을 저버리지 않는다

을 먹는데 눈에서는 눈물이 흘러 내렸다. 밥을 먹고 나니 새벽 두 시가 되었다. 잠자리에 누워 잠을 청했지만 잠이 오지 않는다. 안방에서 코고는 소리가 들린다. 나는 아무런 고민 없이 깊은 잠을 자고 있는 오빠네가 참으로 부러웠다.

나는 낮에 있었던 일들을 다시 한 번 필름을 돌렸다. 내가 돈을 벌지 않으면 못먹고 사는 것도 아닌데 왜 굳이 힘든 일을 하며 이른 수모를 당해야 하는지 하는 생각이 들었다. 생각할수록 억울하고 기분이 나빴다. 나는 잠이 오지 않아 쑤시고 아픈 몸을 뒤척이며 내일 일하러 가지 말아야겠다는 생각을 해 보기도 했다. 하지만 약속도 없이 무작정 일을 그만둔다면 책임감 없는 자신의 행동부터가 스스로에게 용납이 되지 않는다. 그 보다도 내가 그렇게 나가면 함께 한 식당에서 일하고 있는 교포나 한국에서 일하고 있는 교포들을 욕먹이는 일이 될 것 같아서 더욱 그렇게 할수가 없었다. 나는 고민고민 끝에 출근하기로 마음을 정했다. 창밖에서 내리는 비가 유리창문을 두드린다. 비가 내리니 온몸이 더 찌뿌퉁하게 천근만근이 된 것 같았지만, 이를 악물고 출근시간보다 삼 십분이나 더 일찍 출근했다. 아무도 오지 않았다. 한참을 기다리니 점장님과 동료들이 도착했다. 나는 도를 닦는 마음으로 전날 아무런 일도 없었던 것처럼 아침 인사를 하고 시키는 대로 일을 했다. 그만둘 때 그만 두더라도 내가 지나간 자리에 잘 했다는 말은 못들어도 욕먹을 일은 만들지 말아야 한다는 생각을 굳혔다. 그래서 나는 동료들이 내가 한 일을 잘 하지 못했다고 하면 미안하다고 했고 잘했다고 하면 감사하다고 하면서 축구공을 방향잡아 굴려가듯 가라는 곳으로 가서 열심히 일을 했다. 그렇게 며칠이 지났다. 점장님이 이틀 휴식하라고 했다. 매일 놀 때는 휴식이란 개념이 없었다. 하지만 출근하다가 이틀 휴식은 정말로 소중한 시간이었다. 나는 복잡한 마음을 달래기 위해 집에 있는 책중에 "마음닦는 법"이란 책을 펼쳐 들었다. 한참을 읽어 내려가다가 마음에 착 와 닿는 글귀를 읽게 되었다. 나는 그 구절을 몇 번을 읽고 또 읽었다.

'지혜가 있는 사람은 다른 사람이 던져주는 험한 말이나 유혹을 몸으로나 입으로 받지 않고 침묵으로 슬쩍 피하지만 지혜가 없는 사람은 그대로 받아들고 자신의 몸을 태운다'

걷고 있는 게 갑자기 눈앞에 아름답고 큰 공지가 나타났을 때처럼 마음이 확 열렸다.나는 참 그랬다. 며칠 동안 타오르는 불길 속에 뛰어들어 자신을 태우고 있었던 것이다. 내 마음속에 남아 있는 교만함과 어리석은 불씨를 반드시 꺼버려야 겠다는 생각을 앞세우고 미워하는 마음을 없애려고 나름의 노력을 들였다. 이렇게 내가 지혜를 구하고 마음의 문을 열고 보니 불편하기만 했던 그 모든 것이 한결 편해졌다.

　　　　빛은 길을 가는 사람을 저버리지 않는다

　이렇게 나는 휴일을 잘 마치고 아침 일찍 출근했다. 주방에는 아무도 오지 않았다. 나는 그동안 배운 대로 이것 저것 하루 장사 준비를 했다. 동료들이 한 사람 두 사람씩 출근하기 시작했다. 나는 웃으며 아침 인사를 했다. 따뜻한 아침이었다. 찬모 아주머니도 웃으며 친절하게 아침 인사를 받았다. 나의 오만함과 교만심을 버리고 머리를 숙이고 마음을 열고 보니 모든 것이 달라 보였다. 처음에는 동료들이 내가 하는 일을 잘못했다고 하면 터세를 부린다고 생각하고 마음이 불편했던 것이 지금은 동료들이 자신들의 노하우를 가리켜 준다고 생각하니 감사한 마음이 생겼다.

　마음 한 번 바꾸니 모든 것이 달라졌다. 나는 수시로 변하고 있는 나의 마음이 항상 밝고 정직하고 감사한 마음으로 살아갈 수 있도록 몸을 낮추는 것이야말로 지혜롭다는 것을 절실히 알았다. 이렇게 나는 작은 것에서부터 마음의 자세를 바꾸었다. 길가에 만발한 철쭉꽃의 인사를 받으며 오늘도 붐비는 지하철을 타고 즐거운 아침 출근길에 올랐다.

배움의 열매

나는 17살에 광활한 천지에는 할일이 많다는 슬로건을 앞세우고 전교 학생들과 선생님들의 박수갈채를 받으며 농촌으로 내려왔다. 그때 학교 담임선생님께서는 우리에게 열심히 일하고 또 배움의 끈을 놓치 말라고 낫과 수첩을 선물하였다. 나는 한 손에는 낫을, 다른 한 손에는 수첩을 들고 불타는 청춘을 농촌에 이바지하겠다는 마음으로 농민이 되었다. 그런데 내가 농민의 반열에 선지 얼마 지나지 않아 지식을 숭상하는 사회분위기가 국책의 한 자리를 차지했다. 그래서 농촌에서 일하는 학생들 중에 사상이 진보적이고 열정이 넘치는 젊은 청년들은 학력과 상관없이 대대 당서기의 추천을 받아 공농병대학을 갈 수 있는 시대가 열렸다. 하지만 나는 가방끈이 너무 짧아 꿈도 못 꿔보고 매일 열심히 일만 했다. 그리고 토요일마다 독보조 할머니들에게 신문도 읽어 드리고 노래와 옛날 이야기도 들려주며 나름 최선을 다하며 살았다. 내가 농민 삶에 이렇게 잘 적응하고 있을 때 시험

 빛은 길을 가는 사람을 저버리지 않는다

을 보고 대학에 진학하는 새 제도가 나왔다. 추천서 한 장으로 대학을 갈 수 있는 시대는 멀리 갔다. 배움의 세상이 크게 바뀐 것이다. 자본가나 지주, 부농이란 말단 성분같은 것은 이제 염두에 두지 않게 되었으니 배움을 갈망하는 사람이면 아무나 열심히 공부하여 시험에 합격하면 대학에 갈 수 있는 새 길이 열린 것이다. 우리 집에서는 고중 졸업한 셋째 오빠가 대학 시험에 도전하는 것이 당연한 일이 되었고 나에게는 다시는 본격적으로 학교에서 공부할 수 있는 기회가 없어졌다. 내가 농사에 몸담고 살면서 결혼하고 자식 낳아 키우고 있는 쯤에 농촌에서 도시로 가는 사람들이 자주 보였다. 나도 그 열풍에 맞춰 잘 살아 보려고 도시로 삶의 터전을 옮기게 되었고 식당업을 생업으로 택했다.

생활이란 뜻하지 않는 곳에서 움이 트고 싹이 트는 것 같다. 식당을 경영하다 보니 많은 정치인이나 경영인 그리고 문인들과도 자주 소통을 할 수 있는 기회를 얻을 수 있었다. 바로 그때에 나는 식견을 얼마만이라도 넓힐 수가 있었고 지인의 추천으로 글쟁이들의 모임인 문학회 회원으로 되었다.

하지만 나는 문인들이 모이는 곳에서는 듣기만 했고 한마디 발언도 하지 못하고 가만히 앉아만 있다가 집으로 돌아오군 했다. 나에게는 내 소리를 낼 만한 지식의 밑천이 마련되어 있지 않았다. 대신 원망만 가슴에 찼다. 왜 좋은 시대에 태어나지 못했을까, 왜 온 나라가 타도하고 타파하는 대동란이 딱 내가 공부하는 시기에 일어났을까, 왜 여자로 태어나서 부모님으로부터 딸이라는 죄 아닌 죄명으로 사랑보다 머슴처럼 집구석에서 일만 하며 살아야 했을까…… 논으로 밭으로 뛰어 다니며 농사일만 했던 일들마저도 서러웠다. 그 서러움 뒤에는 한없는 원망과 원망이었다. 나는 항상 이런 원망심과 미움의 마음으로 이런저런 핑계만 앞세우고 배우려는 노력은 하지 않았다. 이렇게 내가 문학회에 입회한 몇 년을 문학회 단톡방에서 숨도 쉬지 못하고 있을 때 나에게도 희망이 찾아왔다.

좋은 선생님을 만나게 되었다. 태어날 때 좋은 부모를 만나는 것을 복이 많은 사람이라고 한다면 살아가면서 좋은 선생님을 만나는 것은 행운인 것 같다. 우리 문학회에도 새 회장님이 오셨다. 대학 교수로 재직 중인 남춘애 교수님이었다. 나는 회장님으로부터 글을 써 보라는 문자를 몇 번이나 받고도 철자가 틀릴까봐 회답 메시지도 보내 주지 못했다. 하지만 좋은 선생님은 한 명의 학생도 포기하지 않는 것 같다. 교수님께서는 내가 살아온 일들을 한 번 적어보라고 했다. 나는 참으로 난감했다. 교수님께서는 내가 문학의 언덕 위에 올라올 수 있게 여러 번 손을 내밀어 주시는데 뭐라도 해 봐야 했다. 하지만 너무 오랜 세월 글쓰기를 하지 못해 철자 받침에 다 지신심이 없었다. 나

　　　　　빛은 길을 가는 사람을 저버리지 않는다

는 용기를 내어 글을 한 편 쓰기 시작했고 내 인생에 문학의 첫 발을 뗄 수 있는 <삶의 플러스>라는 수필을 한 편 완성했다. 내 글은 '문학회 도라지 특집'에 실렸다. 나는 내 삶에서 있을 수 없는 이 희소식을 듣고 벅차 오르는 가슴에 심장이 터질 것 같 았다. 희열의 눈물이 한없이 흘러 내렸다.

나는 나의 꿈을 향해 뛰어야 했지만 고마운 교수님께 감사한 마음을 보답하고 싶은 생각이 더 컸다. 보답의 길은 내가 계속 글을 써야 했고 그렇게 하려면 배워야 했다. 교수님께서는 자주 수필 쓰기 강의를 해 주셨고 그때마다 열심히 듣고 적으며 배웠 다. 아울러 다른 작가들의 수필도 많이 읽어 보기 시작했다. 이 리하여 나에게도 두 번째 작품, 세 번째 작품이 태어났다. 그때 마다 '언니 글이 많이 발전했다'고 하는 교수님의 칭찬을 받았 다. 나의 온몸에서 전율이 흐르는 것 같이 힘이 생겼고 자존감 이 없는 나에게 인삼, 녹용 같은 보약을 먹은 것처럼 자신감도 생겼다. 그때 나는 자기가 온 세상을 다 가진 사람 같았고 기분 은 하늘로 날아 오르는 것 같았다. 정말이지 큰부자가 세상 사 람들이 다 가질 수 없는 하늘의 별을 따 와서 기뻐한다 해도 내 가 느끼는 이 행복에는 비할 수 없었을 것이라 생각했다.

그 후 글을 쓰려면 나는 생활 속에서 생기는 일들을 계속 글 로 적어야 겠다고 마음먹고 한국으로 왔다. 많은 사람들이 나를 돈벌이 온 줄 알고 먹고 살만하면 되지 그 나이에 무슨 욕심을 부리냐는 말을 했다. 그들은 나의 속마음을 알 수가 없다. 나는 다른 사람들 말에 귀 기울이지 않고 삶의 현장에서 보고 겪고 느끼고 체험한 것들을 글감으로 글을 쓰는 데 재미를 느꼈다. 낮에는 일을 하고 휴식 시간, 전철 타고 출퇴근하는 시간에는 책을 읽고 저녁이면 또 그날 그날 하루 일과를 적으며 사는 데 익숙해졌다. 이렇게 나의 생활 습관이 변하기 시작했다.

나는 나름대로 체계적인 공부를 해야 겠다는 생각을 가지게 되었다. 이때 지인으로부터 스토리텔링 공부를 해 보라는 제안을 받게 되었다. 농촌 선전대에서 노래부르던 밑천은 나로 하여금 사람들 앞에서 옛이야기 들려주는 이야기 스토리 공부에 자신감을 갖게 했다. 나는 본격적으로 배워서 이야기꾼은 아니더라도 체계적으로 이야기를 할 수 있는 사람이 되기 위해 교과서와 필기책을 들고 때에 따라 공부하러 다녔다. 배움의 장에 함께 하는 사람들이 인사를 나누고 또 어떤 선생님들은 명함도 돌리며 자신의 직업이나 학벌에 대해서도 이야기했다. 나는 공부는 중학교까지만 했고 농촌에서 농사도 짓고 그 후 30년 넘게 식당만 경영했다고 말하며 이 나이지만 책을 좋아하며 앞으로 많은 문화 지식을 배우는 것이 내 꿈이라고 말하면서 부끄러움을 금치 못했다. 자리를 함께 했던 모든 분들이 힘 내라는 뜻을

   빛은 길을 가는 사람을 저버리지 않는다

담아 나에게 큰 박수를 보내 주었다.

세월의 바람에 실려 살아가다 보니 어느새 내 머리에는 흰 서리가 내렸다. 나이가 나이인지라 배로 노력해도 암기가 잘 되지 않고 눈은 돋보기를 끼지 않으면 글 자체가 한 줄로만 보인다. 그렇다고 포기할 수는 없다. 내가 스토리텔링 공부를 시작한 후 짧은 이야기 한 편을 외우는 데 들어가는 공과 시간은 참으로 많았다. 그야말로 몇 날 며칠이 걸린다. 일하다가 쉬는 시간에 읽고 출근하고 퇴근할 때 전철에서도 작은 소리로 외우고 하였다. 그래 그렇게 시험을 보는 날에 가서 내가 하나도 빠짐없이 하는 이야기를 듣고 함께 공부하는 동기들 중에 엄지척을 보내 주는 사람도 있었다. 나는 그때 가슴으로 흘러 드는 뜨거운 것을 느꼈다. 배움에서 얻어지는 보람감이 무엇인지를 다시 한 번 알았다. 이러한 공부가 스타트가 되어 나는 지금도 배우고 노력하며 꿈을 향해 도전하고 있다.

며칠 전만 해도 시시때때로 비가 내리고 후덥지근하던 여름날이 떠나갈 준비를 하고 있다. 공원 산책로 나무에 매달린 과일들이 모진 비바람 속에서도 빨갛게, 노랗게 익어 가고 있는 모습이 보인다. 나 역시도 저 과일들처럼 그 어떤 애로와 난관이 뛰쳐 나와 힘들게 해도 내 마음속 꿈나무에 꽃을 피우고 열매가 맺힐 수 있게 땀을 흘려야 겠다.

소중한 사람을 만나다

아침부터 가랑비가 내리고 있었다. 우리 부부는 승용차에 새 직장에서 필요할 짐들만 싣고 지인이 보내온 직장 주소지로 찾아 가는 길이었다. 복잡한 도심 속을 빠져 나와 작은 오솔길에 들어서니 승용차가 다니기에는 부담스러운 길이였다. 우리는 천천히 운전을 하며 농경지를 지나게 되었다. 야들야들한 애기 손만한 깻잎들이 비바람에 나플거리고 있었다. 우리는 약속한 시간을 어길세라 조심스럽게 빗길을 달렸다. 옷 적시기 좋게 내리는 빗물에 깨끗이 씻어진 고추와 가지가 주렁주렁 달린 농가 밭을 지나니 기분이 분홍옷 입는다. 밭머리에 자주빛 나팔꽃이 우리를 반겨 활짝 피어 웃는다. 실개천을 지나니 우리가 찾는 공장 건물이 보였다. 이층으로 된 건물에 일층은 양파를 가공하는 곳이였다. 우리 부부는 옷가방과 이불 보따리를 메고 사장님을 따라 공장 이층으로 올라 갔다. 이층 왼쪽은 긴 복도이었고 동쪽은 사무실, 북쪽은 직원 식당이었다. 그리고 남쪽으로 또

   빛은 길을 가는 사람을 저버리지 않는다

다른 긴 복도가 나 있었는데 여러 개의 방문이 한눈에 보였다. 사장님이 그 중 방 한 칸의 비밀번호를 알려주며 여기가 당신들이 앞으로 생활할 공간이라고 했다. 가만히 서 있어도 온몸이 찐득찐득 해지는 날씨에 작은 방이 마음에 들지 않았다. 그래도 텔레비전과 에어콘이 갖추어져 있어 이만하면 우리 부부가 무더운 여름 날씨에 일을 하며 생활하는데 괜찮을 것 같았다. 숙소에서의 첫날밤은 참으로 긴 밤이었다. 양파 냄새와 옆방 아저씨들 숨쉬는 소리와 코고는 소리가 드르릉 거려 귀를 휴지로 막아도 안 되었다. 내가 잠이 오지 않아 뒤척거리는 소리에 남편도 일어나 앉았다.

양파 공장 숙소에는 다섯 개의 단칸방이 있었다. 우리 부부를 포함해서 비슷한 나이의 조선족 네 집과 캄보디아 젊은 여자 한 명이 함께 숙사생활을 했다. 우리는 싱크대 하나밖에 없는 공동 주방에서 아침과 저녁 취사는 각자가 요리해서 식사를 해야 했으니 서로가 채소 씻고 할 때는 양보하면서 생활을 해야 했다. 그렇게 우리는 매일 눈만 뜨면 만나는 가족같은 사이로 지냈다. 첫날 내가 난생 처음으로 몇 시간을 라인에서 끝없이 쏟아져 내려오는 양파를 신속하고 깨끗하게 뿌리를 자르고 꼬리를 자르는 일을 하게 되었다. 생각보다 일이 쉽지가 않았다. 손이 작은 나는 주먹만한 양파가 손에 잘 쥐어지지가 않아

계속 바닥으로 떨구었고 매운 양파 냄새는 두눈에 눈물 범벅이
되게 하였다. 몇 년을 양파 공장에서 일을 한 70이 된 조선족 큰
언니가 며칠만 견디면 눈물이 나지 않을 것이라고 하면서 쉽게
일하는 방법도 가르쳐 주고 안경도 빌려 주며 잘 적응을 해보라
고 했다. 그 큰언니는 참으로 부지런하고 친절하고 착했다. 매
일 아침 출근 전에 이슬밭에 나가 상추, 호박잎 같은 것을 따와
서 우리에게 골고루 갈라 주군 했다. 나는 마음이 따뜻한 언니
가 아껴 주고 보살펴 준 덕분에 힘든 고비를 잘 넘길 수가 있어
항상 고마운 마음을 간직하고 있었다.

그날은 장마철도 지났건만 하늘에 구멍이라도 난 듯 웬 놈의
비가 하루 종일 주럭주럭 내렸다. 하루 일을 마친 나는 회사에
직원 휴게실까지 깨끗이 청소하고 맨 마지막으로 저녁밥을 지
으려고 주방에 들어섰다. 요녕성 무순에서 온 다른 두 집 부인
들이 밀가루 반죽을 하고 있었고 큰언니는 삶은 만두를 쟁반에
받쳐 들고 숙소 방으로 들어가고 있었다. 나는 저녁에 무엇을
해 먹을까 하면서 혼자말처럼 중얼거리며 주방에 들어섰다. 그
때 마침 무순에서 온 막내동생이 함께 군만두를 해먹자고 했다.
우중충한 날씨에 함께 별미를 해먹자고 하니 나는 아무런 생각
없이 기분좋게 함께 만두속도 만들고 프라이팬에 만두 굽는 일
을 도왔다. 향긋한 냄새를 풍기며 노릿노릿 구워지는 만두를 보

          빚은 길을 가는 사람을 저버리지 않는다

며 우리가 서로를 칭찬하며 웃고 떠드는 소리가 방음이 잘 안되는 큰언니방에까지 비집고 들어가 큰언니의 마음을 뒤흔들어 놓았다. 우리는 언니의 기분도 모르고 잘 구워진 만두를 이구동성으로 큰언니네부터 드리자고 했다. 막내가 한 접시 가져다 드리고 우리도 간만에 향토 음식을 먹을 생각에 콧노래가 나올 정도로 행복했다.

즐겁게 저녁식사를 마치고 주방에 설거지 하러 나와 보니 큰언니집에 보내 준 군만두가 쓰레기통에 쏟아져 있었다. 그 광경을 보고 막내동생은 펄쩍펄쩍 뛰며 뺨 맞은 기분이라며 큰언니네 숙소방에 따지러 갔다. 그때 항상 천사같이 동생들을 아끼고 사랑하던 언니의 모습은 온데간데없고 시기 질투의 신으로 변한 언니는 막말까지 하며 미안한 마음은 눈꼽 만큼도 없이 우리가 자기를 왕따시킨 것이 참을 수가 없었다고 했다. 그 말을 듣는 순간 내 마음이 불편해졌다. 나만 함께 만두를 만들지 않았다면 아무런 일도 없지 않았을까? 그 언니는 10년을 넘게 타향 생활하면서 특히 외진 농촌 마을에 자리 잡고 있는 이 공장에서는 연세 드신 언니 부부가 시내로 한 번씩 나간다는 것도 그리 쉬운 일이 아니었다. 그러다 보니 한국에 와 있는 형제들과도 몇 년째 만나지 못한 이야기를 하면서 날며 보고 들면 보는 우리들을 친동기간처럼 생각했는데 별미를 하면서 함께 만들어

먹자고 하지 않은 것이 너무 섭섭했다고 하면서 눈물을 글썽이었다. 나는 그 언니의 마음을 조금은 이해가 되었다.

만두 사건은 며칠이 지나 대표님도 알게 되었다. 참 부끄러운 일이었다. 그날 큰언니는 저녁 식사를 마치고 다른 사람들이 다 자고 있을 때 조용히 우리 집 방문을 두드렸다. 나는 옷을 입고 언니를 따라 밖으로 나왔다. 언니는 떨리는 목소리로 대표님이 회사에서 떠나라고 했다고 하면서 지금 갑자기 갈 곳도 없다고 하였다. 빠른 시일 내에 두 분이 임시로 몸 담을 곳은 가까운 곳에 있는 양로원밖에 없다고 하였다. 그날 나는 밤이 깊도록 언니의 살아온 이야기를 들으며 내 힘으로는 아무 것도 도와줄 수 없는 것에 마음이 무거웠다.

이튿날 아침 사장님이 우리 여자들만 회의실로 모이라고 했다. 사장님이 간단히 회사의 어려운 상황을 이야기하며 이렇게 힘든 상황에 직원들까지 속을 썩이니 어떻게 해야 하냐며 속마음을 털어 놓았다. 나는 부끄러운 마음에 얼굴을 들 수가 없었다. 그 와중에 큰언니와 막내동생이 또 떠들기 시작했다. 입장에 따라 누가 틀렸다고 할수가 없었다. 처음 나는 침묵을 하고 있었다. 흥분한 두 사람의 목소리는 점점 높아갔다. 나는 하는 수 없이 입을 열었다. 나는 먼저 큰언니를 나무랐다. 못살아 공부도 제대로 못하며 배고픈 시절을 겪어온 사람으로서 동생들의 행동은 미워도 음식을 버리는 것은 잘못한 일이었다고 지적을 했고 성격이 급한 막내동생은 큰 잘못은 없었지만 따진다는 것은 너무 어리석은 일이라고 했다.

사람들은 생각 차이로 다툴 때가 많다. 살다 보면 입안에 혀도 물릴 때가 있다고 했다. 가족들과도 한집에서 살면 자주 작은 의견 분쟁이 생기거나 작은 일이 번져 자식을 버리고 이혼하는 부부들도 많다. 하물며 남남이 어떻게 내 마음에 딱 들 수가 있겠는가. 내가 '남의 작은 허물을 꾸짖지 말고 남의 비밀을 드러내지 말며 남의 잘못으로 자신을 망가지게 하지 말아. 이 세 가지만 잘 지켜도 덕을 키우고 해는 멀리 할수 있다'고 한 한 승려의 말씀을 듣고 나오니 그 두 사람은 더는 떠들지 않았다.

칼에 한 번 찔린 곳이 다 아물었다 하여도 상처자국은 오래 남아 있듯이 며칠동안 분위기는 아주 묘했다. 마음을 치료하는 데는 시간이 필요했다. 그 후 우리는 휴식하는 날 함께 시장도 가고 또 별미 같은 것을 할 때는 서로 갈라 먹으며 친분을 돈독히 하는데 노력을 아끼지 않았다. 비 온 뒤 땅이 굳는다는 말처럼 큰언니도 잘못했다고 말은 하지 않았지만 행동으로 큰언니답게 비오는 날 우산이 되어 주었다.

오늘도 옆집 언니 방에서 알람소리가 들려왔다. 일하러 가는 시간이다. 나도 작업복을 갈아 입고 방문을 나섰다. 우리는 함께 웃고 떠들며 공장의 일터로 내려갔다.

걸음이 가볍다. 주위 사람들이 나를 소중하게 여기기를 원하지만 말고 먼저 남을 소중하게 여기는 이해심을 배워둘 수 있어 나에게는 그들과 만남이 한없이 소중했다.

                    빛은 길을 가는 사람을 저버리지 않는다

시어머님의 한

항구로 들어오는 배가 고동 소리를 울린다. 갈매기들이 일제히 끼릭끼릭 소리 치며 마중을 나간다. 집채같이 큰 배가 육중한 몸을 기우뚱거리며 부두에 정박을 하는 모습이 멀리로 보인다.

여객선이다. 그것을 보고 있으니 잊고 살았던 30년 전이 지금이런듯 앞으로 다가온다. 손전화도 없었던 80년대 말, 약장사 목적으로 출국을 했다가 돈 절약을 위해 대련항으로 안 들어오고 위해항구에서 배를 내렸었다. 배멀미로 고생하던 기억보다 나를 기다리던 남편과 합류하여 집으로 버스를 타고 가면서도 몇 달만에 상봉한 부부같지 않게 서로 할 말을 잃었던 일이 잊혀지지 않는다.

내가 할 말이 궁색한 것은 빚에 눌리워서이다. 한국 입국할 때 세관에서 모든 약을 압수당해 3만원이란 큰 빚을 짊어지게 되었고 몸은 돌아왔지만 친척들로부터 얻은 헌옷만 한보따리 뿐이니 남편 앞에 뭐라고 해야 할지, 어떻게 그 이야기를 해야 할지 를 몰랐다. 그래서 내가 그냥 할 말을 꾹꾹 누르고만 있는 판국에 어색한 침묵을 깨뜨린 건 남편이었다.

남편은 나에게 긴히 할 말이 있다며 말문을 열었다. 순간 내 마음이 홀가분해졌다. 남편은 내가 길 떠난지 며칠만에 시어머님이 쓰러져 두 달 넘게 대소변 받아 내던 일, 그 뒤를 이어 아직 시어머님이 병환에 계시는데 소련 사할린에 사는 시어머님 여동생이 언니와 조카들을 초청하겠다는 편지가 왔었다는 일을 말했다. 그리고 우리 사이에는 또 다시 침묵이 흘렀다. 한참후 남편은 어려운 부탁을 할 때처럼의 표정을 짓고는 다시 말을 이었다.

어머님이 언제 호전될 지 누구도 장담할 수 없는 나쁜 상황에 있는데 셋째 형과 형수님이 소식을 어디서 들었는지 찾아 와서 소련 가는 일에 자기들의 생각을 털어 놓았다고 했다. 시숙네 부부는 남편에게 <인석아, 우리 부부가 먼저 어머님 모시고 소련 갔다 온 다음 너희들 부부가 두 번째로 가면 안되겠냐?>고 하면서 남편의 태도를 요구해 왔다고 했다. 남편은 그 말을 듣는 당시에 화났던 모습을 보여주기라도 하듯 언성을 높이면서 그때 그런 생각을 갖고 있는 셋째 형네 부부가 너무 어이 없었다고 했다.

남편은 계속 격해진 어조로 바람 앞에 촛불처럼 가물가물 언

 빛은 길을 가는 사람을 저버리지 않는다

제 꺼질지도 모르는 어머님 앞에서 제 욕심만 채우려는 이기적인 형님과 옳고 그름을 따질 수가 없어서 그냥 '형님 마음대로 하구려'라고 했다며 그때의 불편했던 마음을 토로했다. 그런데 이상하게도 남편은 한참 후에 형들의 일이 옳고 그름을 떠나서 나더러 집에 도착한 후에 연세 드신 어머님이 형네 부부랑 같이 소련가는 일에 절대 왈가왈부하지 말 것을 부탁했다. 나는 남편의 말을 들으며 이것은 경우가 아니라는 생각을 했다. 자기 앞말 다 하고 죽은 사람이 없듯이 나는 생각만 하고 아무 토를 달지 않았다. 속으로만 끙끙 앓았다. 몇 달 만에 만난 남편하고 옥신각신은 아닌 거 같아 그렇게 집으로 향했다.

그렇게 아무일 없이 겨울이 지났다. 무더운 여름이 올 때까지 시아주버님은 아무말이 없었다. 누구도 소련 이야기는 하지 않았다. 근데 어느 하루 저녁이다. 집 안에 피운 모기연기가 싫어서 아이들을 데리고 학교 운동장 한바퀴 돌고 집에 오니 방구들에 소련에서 온 초청장이 놓여 있었다. 그 시기 사람들이 부를 쌓는 길의 하나인 소련나들이가 우리 집에서도 이루어지게 된 것이다. 그런데 아직 외국에서 귀국한 지 만 2년이 안 된 내 몫은 없겠다는 판단은 있었다. 나는 그때 있었던 귀국시간이 만 2년이 안 차면 출국을 할 수 없다는 정책을 알고 있었다. 그리고 셋째 동서도 한국에서 온지 2년 안 되니 물으나마나 아주버님과 남편이 함께 가는 것으로 짐작이 갔다. 그런데 남편이 아주버님 부부가 어머님 모시고 소련가기로 했다고 나에게 말해주면서 형수님이 한국 갔다 온 지 만 2년이 안 되니 조용히 하라고 눈치를 주었다. 순간 내 마음은 욱하고 불기둥이 솟았다.

나는 시집 와서 십년이 넘도록 시어머님을 모시고 살았다. 내 이익을 위해서 시가 형제들과 따져 본 적도 없고 싸워 본 적은 더욱 없다. 그런데 시어머님은 앞뒷집에 살면서 돼지를 잡아 순대를 해도 한접시 안 보내오는 셋째 아들네 부부를 앞장 세워서 여동생 만나러 가기로 결정을 하신 거다. 경우에 맞지 않는 일인지 알면서도 눈을 감고 구렁이가 담 넘어가듯 가려 하신 거다. 남편은 '효'자 하나만 앞세운 천하 둘도 없는 효자라 그것이 마음에 불편하긴 하나 어머님이 좋아하시니 말 없이 순종을 하였다. 그런데 한집에 살아왔어도 며느리인 내 마음은 그게 아니였다. 집에 머슴을 키워도 집안 돌아가는 어지간한 사정은 애기를 나눈다는데 그런 결정을 할 때까지 내가 깜깜이라니! 나는 튕겨 나오려는 속말을 누를 수가 없었다. 시집을 온 날부터 시부모님 공대를 첫 자리에 놓고 살아 왔고 이젠 엄연히 자식 놓고 미운 정 고운 정 다 싹이면서 한집에서 살고 있는 이 며느리를 무시하다니! 나는 남편이 부탁한대로 아무 일 없는 것처럼 가만히 있을 수가 없었다.

 빛은 길을 가는 사람을 저버리지 않는다

그때부터 남편과 따지는 목소리가 높아지기 시작했다. 남편은 말로 안되니 주먹을 휘두르려고까지 했다. 그러건 말건 나는 물러서지 않았다. 어찌하여 궂은 일은 내 몫이고 빛이 드는 일은 나와는 상관이 없냐며 시어머니에게도 시숙부부에게도 바른 말을 토해냈다. 내편인 사람은 없었다. 시어머님은 자주 남편과 쑥떡거렸고 남편은 나를 따돌렸다. 지금까지 살아오는 내내 내 인생에 그렇게 화를 내고 그렇게 따져본 적은 없는 거 같다. 시부모를 위해 온갖 정성을 하면서 살아온 나는 큰 배신감에 떨었다. 그래서 나는 셋째 시숙네가 자기 욕심만 생각하여 시어머님을 모시고 소련가게 된 일을 큰아주버님과 시어머님의 맏손주 큰조카를 찾아 가서 다 털어놓았다. 그때부터 나는 나쁜 며느리로 찍히게 되었다. 이웃들에서도 내가 퍼다 줄 때와는 달리 나에 대한 손가락질을 서슴치 않았다. 참고 좋은 모습으로 살아온 10년 세월은 순간에 뒤집혀졌다.

온 집안이 발칵 뒤집혔다. 동네방네에 소문이 났다. 결국 셋째 동서가 한국에서 불법체류한 일도 드러났고 이로 하여 소련 비자를 발급 받을 수 없게 되었다. 그때 나는 내가 어떤 일을 했는지를 떠나 체했던 음식이 아래로 내려갈 때처럼 속이 시원하였다. 그 일이 있은 후 나는 시가에서 더욱 왕따가 되었다. 어머님과 남편은 무슨 말을 하다가도 내가 들어가면 이야기를 멈추었다. 남편은 나에게 끝없은 잔소리를 퍼부었고 별일 아닌 것 가지고도 따지고 캐며 나와의 싸움을 시작했다. 나는 지옥불에 떨어진 기분으로 살아야 했다. 나는 시어머님의 분별 없는 처사와 시아주버님의 욕심 그리고 만만한 땅에 말뚝 박는 식으로 무조건 내가 잘못 했다고 하는 남편이 한없이 미웠다.

이렇게 궁지에 몰려 지나는 나날들에 울기도 수 없이 울었다. 참을래야 더는 참을수가 없게 되자 나는 더 무서운 일을 저질고 말았다. 초청 편지의 주소를 따서 한 번도 보지 못한 소련의 시이모님께 편지를 써 보냈다. 내가 시집 오기 전에 시어머님을 모실 며느리가 없었던 일과 십년 동안 막내 며느리인 내가 살아온 이야기며 약장사로 녹아나 경제난에 허덕이고 있는 일이며를 하나하나 보는 듯이 적어 보냈다.

편지를 보낸 지 보름이 되는 날이다. 소련에서 내 앞으로 회답편지가 왔다.

'질부야 내가 처신을 잘못한 것 같구나. 언니 만나보고 싶은 마음에 그만… 그리고 질부가 나더러 중국으로 와서 언니 만나보라는 그말 참으로 고맙구나….' 이모님은 편지에서 나에게 나이 먹으면 다 풀리게 된다면서 언니 잘 부탁한다고 신신당부를 했다. 이렇게 나는 시어머니가 16살에 헤어진 여동생과의 만남을 가로막는 불찰을 저질고 말았다. 시어머님은 그 후에도 동생

        빛은 길을 가는 사람을 저버리지 않는다

과 만나지 못하고 사무치는 그리움의 한을 품은 채 영영 저 세상으로 가셨다.

시어머님의 유언이 생각난다. 내가 시집을 간 후 개코딱지도 없으면서 뭐든지 이웃들과 나누기를 좋아하는 것을 그렇게 못마땅하게 여겨서 살림살이 말아 먹는다고 시도 때도 없이 바가지 긁으셨던 시어머니는 가실 때 '젊은아, 너는 아무리 퍼 줘도 살림살이가 안 줄어드니 앞으로도 그렇게 살거라' 라고 유언하였다. 나는 어머니가 그런 유언을 남길 줄은 정말 몰랐다. 감자 한알도 아끼면서 살아 오신 시어머님이 하신 마지막 유언은 당신 며느리가 살아가는 태도에 대한 지극한 포옹이었다. 시어머니는 무조건 잘 살아 보려고 천방지축 설치던 나를 그런 식으로 따뜻하게 안아 주고 가셨다.

손님이 다 가버린 텅빈 부둣가에 갈매기들만 바다 위를 날고 있다. 한을 안고 저세상에 보낸 시어머님이 바다 저 먼발치로 우련히 솟아 올라서 나를 향해 미소를 짓고 있는 것 같았다. 그렇게 보내신 시어머님을 생각하니 개도 안 먹는다는 돈 때문에 부모 형제 간에 동지섣달 찬바람이 불어치듯 살살하게 지냈던 일이 한없이 후회된다. 그 마음 옮겨 이 글을 적는 내내 눈물이 앞을 가린다.

아파도 안 아프게

새들이 분주히 창문 밑으로 포로록 날아왔다 날아갔다 하며 형제 간에 먹이를 나누어 먹으며 제잘댄다. 그 정겨운 모습에 마음을 적시고 있는데 '띵둥'하고 핸드폰 메시지 알림 소리가 들려 온다. 열어 보니 소학교 시절의 친구다. 깨알같이 박아 쓴 긴 문장이 와 있었다. 평상에 주고 받는 간단한 안부가 아닌 거 같다. 나는 단숨에 읽었다. '그날 우리 오빠는 자식들을 한국으로 보내려고 하는데 출국 비용이 삼만원이 부족하여 도시에 돈벌이 나온 나를 찾아 왔더라'라고 시작이 된 편지는 친구의 가슴 아픈 사연이 적혀 있었다.

내 친구에게는 오빠 한 분이 있었고 슬하에 아들 둘 딸 하나 해서 삼남매를 키웠다. 자식들이 다 가정을 이루었지만 형편이 넉넉하지 않다는 걸 친구의 입을 통해 나도 좀은 알고는 있다. 그때는 젊은 사람들이 한국, 일본 등 해외로 돈벌이 가는 출국 붐이 한창이였다. 내 친구 조카들도 한국으로 돈벌이 떠나려고

   빛은 길을 가는 사람을 저버리지 않는다

준비하던 중이였다. 친구의 메시지에도 그런 내용들이 읽혔다. 친구는 자기와 오빠 사이에 있었던 그 옛날의 일을 차근차근 적었다. 자기 아들이 갑상선에 걸려 병원에 입원하고 있었고 병원비가 모자라 갈팡질팡 할 때, 오빠가 편지 한 장 없이 조카와 함께 문득 찾아 왔다는 것, 영문도 모르고 무조건 반가워서 솜씨껏 있는 반찬 없는 반찬 다 차려놓고 오빠와 조카를 대접했던 일, 그런데 오빠가 숟가락도 들지 않고 먼저 돈 빌려 달라는 말부터 꺼내어서 친구가 어리둥절해서 도시생활의 어려움, 현재 상황은 병원에 입원해 있는 아들이 입원비 부족으로 퇴원시킨 이야기를 했다고 말을 했더니 친구 오빠는 당신 조카가 아프다는 말에는 아무 관심 안 보이고 살고 있는 집을 담보로 해서라도 대출해 달라고 나오더라는 것, 친구가 억이 막혀 고향집 팔아 겨우 장만한 단칸방을 담보로 오빠한테 돈을 빌려 주고 못 갚으면 길거리에 나 앉게 되니 집은 절대로 안 된다고 말하니, 그 말에 오빠가 이성을 잃어버리고 쌍욕을 내뱉으면서 자기 머리채를 끄당겨 잡고 돈 만들어 놓으라고 때리던 일……

다 읽고 보니 희망으로 살다가 삶을 어지럽게 만드는 그 얄미운 돈 때문이었다.

친구는 몇십 년이 갔어도 그 일이 도무지 용서가 안된다고 했다. 그래서 지금도 자다가도 생각하면 가슴이 터질 거 같아서 벌떡 일어나곤 한단다. 그 말을 읽으니 내 가슴도 무거워졌다. 상처투성인 동생의 아프고 쓰라린 가슴에 친오빠가 소금 뿌리고 갈 수 있는지 처음부터 이해가 좀 안된다. 친구는 이어서 말을 적었다.

'조용한 때만 되면 그때 그 일이 자꾸 영화를 돌리는구나. 후유, 돈이 뭔지! 그렇게 점잖하던 오빠가 체면도 예의도 형제간 우의도 다 버리고 나한테 그렇게 했으니…… 세월이 흘러 강산이 몇 번 바뀌었어도 나는 그날 일만 생각하면 아픈 상처가 곪아 터질것 같다. 아리고 아프고 피가 흐르는 거 같다. 그러니 어떤 수로도 오빠에 대한 괴심함을 잊고 살수가 없구나. 지금 친구 니랑 말하면서도 가슴이 벌렁벌렁 뛴다……

친구야, 부끄러운 가정 사연 형제도 아닌 너한테 하소연했구나! 정말 미안하다.

며칠 있으면 어버이날이구나. 내가 부모님께 자초지종 이 말씀을 드리면 내 마음이 좀 풀릴까 모르겠구나…'

나는 친구의 메시지를 읽고 한참을 멍하니 창밖만 바라보았다. 몇 십년이 지나도록 왜 친구의 가슴이 아픔의 지옥에서 못 헤어나오는지 알 것 같았다. 죽어봐야 죽음이 무엇인지 안다고 말할 수 없다. 친구와 똑같은 경우를 겪진 않았어도 동시대를 산 절친한 친구의 처지를 나는 가슴으로 느낄 수 있었다. 나는

　　　　빛은 길을 가는 사람을 저버리지 않는다

편지 같은 답메시지를 작성하기 시작했다.

'친구야. 나는 오늘 니가 보내온 메시지 받고 구구절절 아픈 사연에 울었다. 어릴 때부터 집안 귀염둥이었고 어머니 아버지의 자존심이었던 니가 이렇게 큰 아픔을 품고 산다는 걸 알고 나니 내 가슴도 먹먹하구나!

친구야, 니가 해마다 부모님 명복 빌러 간다고 했지? 아무리 부모님 명복을 빌어도 지금의 니 상태로라면 부모님은 절대 기뻐하시질 않을 거 같다. 오빠에 대한 원한을 풀지 못하는 한 너의 부모님은 너를 안아주시지 않을 거다. 그리고 너의 오빠는 이미 저세상 사람이 된 지도 오랜데 미워하는 니 마음을 아직도 내려놓을 수 없다면 너는 깨달음을 얻지 못한 것이다. 너의 용서를 못 받은 오빠의 령혼은 여전히 구만삼천리에 떠돌것이고 그 혼백 또한 너의 곁에 머물면서 너의 아픔에 또 한 번 칼질할 것이다. 그러니 오빠를 미워만 하지 말고 용서해줘!

친구야, 한 번 입장 바꿔서 생각하면 어떻겠니? 오빠 역시 아버지로서 부모로서 자식을 살려보려는 생각만 컸던 것 같다. 너도 새끼 가진 부모가 아니니?! 나는 니가 오빠를 풀어 주는 것이 니 자신을 살리는 길이고 또 부모님께 최고로 효도하는 것이라고 생각한다. 부모님 슬하에서 오손도손 서로 사랑하고 아끼며 살던 때처럼 즐겁고 편해지길 바라는 마음이다…'

나는 친구가 하루속히 깨길 바라면서 진심의 말들을 가식없이 줄줄 적어 보냈다. 며칠 동안 답이 없던 친구로부터 메시지를 받았다.

'친구야, 니가 보내온 글 받고 펑펑 울었다. 며칠 동안 뜬 눈으로 살았다. 생각할수록 니 말이 맞는 거 같구나. 그래서 내가 오빠를 용서하려고 하는데 왜 그런지 마음이 몇 갑절 더 아파나는구나. 용서를 해야 하는데 도무지 용서를 못하는 두 가지 마음이 내 가슴 안에서 뜯고 싸우기만 하니 참으로 힘들구나. 요즘 내내 가슴만 움켜잡고 있다. 내가 부모님께 큰 죄를 짓고 불효를 저지른 것이 너무 후회가 된다. 그러면서도 한쪽으로는 오빠를 용서해야 하는 이유가 뭔지 모르겠구나. 하긴 인생은 정답이 없다고 했지!…… 어버이날에 부모님 찾아 뵙고 오빠를 원한에서 지워버리려고 한다…….'

드디어 어버이날이 왔다. 친구는 어머님 아버지 묘소를 찾아 빌고 또 빌었다. 천륜을 저버리고 형제간에 원수처럼 지내며 형제의 연을 끊고 몇십 년을 혼자서 돌틈에서 허덕이며 살아 온 자신에게 저주를 안기며 울고 또 울었다. 그래도 부모님은 부모님이시라 끝내 친구의 마음을 지지눌렀던 무거운 돌덩이를 내려 놓게 해 주셨다. 친구는 그때로부터 길가의 꽃들도 활짝 웃는 거 같고 날마다 보아 오던 석양도 아름답게 볼 수가 있었다.

　　　　　　　　빚은 길을 가는 사람을 저버리지 않는다

그리고 어머님과 아버님이 멀리 멀리에서 오빠와 함께 자기를 내려다 보면서 웃고 있다고 생각을 하게 되었다. 억겁을 살아도 부모형제로 만나기 어렵다는 소중함을 친구는 깨닫게 된 것이다.

　나는 친구가 겪었던 일에서 인식의 새 대문을 열었다. 험난한 인생길은 땀 흘려 가꾸는 것만이 왕도가 아니다. 오해와 이해 부족에서 오는 원과 한의 짐들을 툭툭 털어서 망각과 용서를 섞어 내려 놓는 일이야말로 아름답게 살아가는 지혜의 일번지임을 알았다.

앞으로 또 앞으로

'여름 날씨는 갓난애기 엉덩이처럼 언제 축축해질지 모른다'고 한 옛말처럼 오늘은 갑자기 하늘이 땅을 덮칠 듯 캄캄해 오면서 굵은 빗방울이 뚝뚝 떨어지기 시작했다. 나는 잽싸게 뛰어나가 말리던 옷가지들을 주섬주섬 거둬 들였다. 하늘을 쪼갤 듯 '와작짝' 천둥번개소리와 함께 앞이 보이지 않을 정도로 소나기가 퍼붓기 시작했다. 나는 커피잔을 들고 창가에 서서 눈깜짝할 새에 앞마당이 강으로 변하여 손살같이 흘러 내려가는 모습을 보며 또 지대가 낮은 곳에서는 큰 재앙을 입겠구나 하는 생각을 하였다. 천지를 뒤흔드는 천둥번개소리가 다시 나의 머리를 내리치듯 '번뜩'하고 지나갔다. 나는 깜짝 놀라 화닥닥 두 발을 옮겨 창가를 멀리하였다. 순식간에 몇 십년전 일이 번개처럼 번뜩하고 떠올랐다.

그날은 바람 한점 없이 조용한 봄날이였다. 그런데 갑자기 시커먼 먹장구름이 우리 동네를 뒤덮더니 거위알만한 우박들이

 빛은 길을 가는 사람을 저버리지 않는다

비행기에서 폭탄 떨구듯 내리 퍼붓기 시작했다. 논밭일 하던 사
람들은 움막이나 큰 나무 밑에서 재앙을 피했지만 논에서 논갈
이하던 황소는 우박에 정수리를 맞아 죽었고 집집마다 유리창
은 박산이 났다. 우리 뒷집에서 구멍가게를 경영하고 있는 대대
당지부서기 진석이네도 큰일이 났다. 한 마을사람이 그 가게에
물건 사러 왔다가 비막이 천반이 떨어져 그만 깔려 죽었다. 한
시간동안 내린 우박에 온동네 길거리에는 주먹만한 얼음덩이가
뒹굴었으며 머리에 붕대를 두르고 나온 사람, 지붕에 기와짱이
산산조각이 난 집… 그야말로 전쟁터를 방불케 했다. 천만다행
으로 우리 집은 새 집을 짓기 위해 기지를 올리고 있을 때여서
별 피해는 보지 않았다.

그때 나는 산달이 다 되오는 만삭의 몸이었다. 내가 친정으
로 해산하러 갈 준비를 하고 있는데 대문밖에서 급한 목소리로
부르는 소리가 들려 무거운 몸을 뚱기적거리며 나가 문을 열고
보니 손에서 붉은 피가 뚝뚝 떨어지고 있는 창백한 얼굴을 한
뒷집 조 씨네 아들이었다. 그는 나를 보자마자 '형수님 돈 십원
만 빌려 주세요, 예' 하면서 걱정이 꽉 찬 얼굴을 하였다. 우리
집에는 집 짓는데 쓰려고 한 푼 두 푼 모아 놓은 돈이 좀 있었
다. 피를 철철 흘리면서도 돈이 없어 병원에 못 가는 사람을 보
고는 차마 없다는 말을 할 수가 없어 나는 장롱 보자기에 꽁꽁

싸놓은 돈을 떨리는 손으로 꺼내주면서 서둘러 치료 받으라고 하였다. 조씨 청년은 이 은혜 있지 않을 것이라며 몇 번이나 허리를 굽혀 인사를 하고 갔다. 그 후 며칠이 지난 후 나는 집 짓는데 쓸 돈과 여러가지 일들을 남편과 시어머님께 맡기고 큰아들을 데리고 친정으로 해산하러 갔다.

좋은 일에는 마가 따르듯 내가 둘째를 순산한 칠일만에 집에서 눈앞이 캄캄해지는 기별이 전해왔다. 집 짓는데 쓸 목재를 사라고 보낸 3600원을 몽땅 사기당했다는 것이다. 벌떡 일어나 집으로 갈 수도 없는 처지라 나의 걱정은 하루만에 태산을 넘을 정도로 쌓여만 갔다. 산후조리하며 친정에 있는 것이 하루가 십년 같았다. 이렇게 내가 속을 바질바질 태우고 있을때 남편에게서 쪽지편지가 왔다. 집은 비가 새어들지 않도록 기와까지 올렸으니 걱정 놓으라고 하였다. 그 소식을 받고 나니 까맣게 타들어가던 가슴이 깨끗한 샘물로 씻어 내린 것처럼 개운해졌다. 나는 '돈을 잃은 것은 조금 잃은 것'이라고 스스로 위안을 하며 하루빨리 산후조리한달이 차기를 학수고대했다.

그런데 '화는 쌍으로 온다'고 하더니 억장이 무너질 듯한 또 다른 소식을 전해 들었다.

우리 집은 새 집을 지으면서 목재를 살 예산이 부족하여 동네 목수들과 의논하여 해바라기대로 천반을 하기로 결정하였

     빛은 길을 가는 사람을 저버리지 않는다

다. 그렇게 하려면 그 해바라기대들을 한대한대씩 쇠사슬로 엮어야 하는데 그 와중에 일손을 도와주러 왔던 뒷집 조씨청년이 쇠사슬에 눈이 찔려 병원에 입원했다는 것이다. 문제는 현(县)병원에서는 치료가 불가능하다고 하여 할빈의 큰병원으로 가서 치료를 받아야 된다고 했다. 집 지을 돈을 사기당했다고 했을 때는 그래도 '벌면 된다' 하는 생각으로 버텼지만 남의 눈을 다쳤다고 하니 심신을 버텨주던 희망이 통째로 와르르 무너져 내렸다.

이제 며칠만 더 지나면 산후조리 기일이 찬다. 하지만 마음이 칼밭에 앉은 것 같아 기다릴 수가 없었다. 나는 큰애를 이끌고 갓난이는 둘쳐 업고 오후 기차로 집으로 향했다. 도착하자마자 애기는 시어머님께 맡겨 드리고 조씨집 문부터 두드렸다. 마침 조씨 부인이 집에 있어 내가 특별히 마련해 간 과일통조림이며 사탕과 과자를 내놓았다. 나는 우리가 의도적으로 한 일이 아니니 잘못한 것은 없지만 그래도 사과부터 드린다고 말했다. 그리고 많은 이야기를 함께 하며 걱정이 찬 조씨부인의 마음도 가라앉히우고 또 우리가 집 짓게 된 여러가지 앞뒤 상황을 이야기하면서 우리도 현재 부득이한 딱한 형편에 처했다는 것도 잘 알아듣게 얘기했다.

바로 그날 저녁이었다. 조씨의 장모되는 분이 찾아와 울며불면서 젊은 사람 한쪽 눈이 안 보이면 이제 훗날은 어떡하냐고 한없이 넋두리를 하였다. 정말 딱해서 눈물이 솟는 것을 말릴 수가 없었다. 나도 같이 울면서 힘 합쳐 치료부터 잘 하자며 큰 병원에 가면 완치가 가능하다니 걱정 말라며 진심으로 위안의 말들을 나누었다.

그 후 예산이 턱없이 부족해 집을 계속 지을 수가 없었고 조씨의 장모는 저녁마다 짓다 그만 둔 우리 집 창턱에 앉아 대성통곡을 했다. 어떻게 해야 할지 시어머님은 한마디 말도 없이 눈물만 흘렸고 남편은 애꿎은 담배만 피웠다. 시간은 흘러 여름 날씨가 서서히 가을로 접어들며 저녁에는 찬 기운이 돌았다.

그대로 주저앉아 세월에 맡길 수는 없없다. 시집온 지가 몇 년 되지 않은 나는 마을에 아는 사람이 별로 없었지만 얼굴에 철판을 깔고 알고 모르고를 제쳐놓고 꽤 잘산다는 집은 다 찾아다니며 사정을 털어놓고 돈을 꿔기에 천신만고를 겪었다. 그 끝에 사람들은 내 경우를 깊이 동정해주고 몇십 원씩을 빌려 주었다. 나는 그렇게 빌려온 돈으로 조씨를 할빈병원에서 눈수술 받게 하고는 다시 집 지을 돈을 마련하는 일에 달라붙었다. 세상은 자기를 돕는자를 돕는다고 하더니 내가 조금도 마음줄 놓지 않고 온갖 열심을 다 기우려 집 지을 대금을 구하다보니 우여곡절은 겪을대로 겪었으나 마침내는 해결이 되었고 집도 그렇게

    빛은 길을 가는 사람을 저버리지 않는다

해서 지었다. 이사하는 저녁에 내 눈에서는 하염없는 눈물이 흘러 내렸다.

나는 집 짓고 해산하느라 접어두었던 식당을 다시 오픈했다. 하루빨리 빚더미를 갚아야 했기에 하루같이 갓난애기를 업고 올리 뛰고 내리 뛰며 식당 장사를 해나갔다. 피곤이 뭔지를 생각할 겨를도 느낄 여가도 없었다. 내가 이렇게 식당업을 밀고 나가고 차츰 자리잡히고 있을 때 조씨네가 다시 찾아왔다. 눈을 수술한 뒤 두 달도 되지 않았는데 이젠 눈이 잘 보이지 않기까지 한다면서 다시 할빈 병원으로 가자고 요구해왔다. 그때 돈으로 할빈 병원을 한 번 가면 6백원은 들어가야 했다. 앞서 내가 할 수 있고 또 해야 할 인간도리는 다 했음에도 젊은 사람 눈이 안 보인다니 그것도 세상 딱한 일이라 나는 눈부터 고쳐야 한다고 생각했다. 나는 돈을 마련해서 그들을 할빈으로 보냈다. 그러나 마음 한쪽으로는 내내 이런 식으로 내려가는 것은 한참 잘못된 일이라는 생각이 들어 은근히 걱정이 되었고 이런 상황에서 관련 법은 어떠한지 싶어 향정부 사법부에가서 여러가지 상황을 이야기하며 법에 대해 조금씩 익히기 시작했다.

한편 조씨는 할빈 병원에서 현재 눈이 잘 안보이는 것은 상처가 회복 중이기 때문이니 재수술할 필요는 없고 집에서 눈을 많이 휴식하면서 잘 조리하면 된다는 진단을 받았다. 그러나 의

사의 소견서에 불만을 가진 조씨는 다시 재수술을 받겠다고 우리에게 치료비 요구를 하여왔다. 우리는 하는 수 없이 온갖 방법을 다 대가면서 두 번째 수술비용까지 전담을 했다.

세월은 떠밀지 않아도 정처없이 흘러 겨울이 왔다. 조씨는 가을에 눈수술하고 집에 온 후로 겨울 내내 담배 연기 자욱한 방에서 밤늦게까지 마작을 놀군 했다. 그리고 어느덧 이듬해 봄이 찾아와 논일을 해야 하는데 조씨는 눈에 염증이 생겨 아파 죽겠다며 또다시 우리 집을 찾아왔다. 나는 그동안 익혀 둔 사법지식으로 이번에는 우리가 책임져야 할 의무가 없다는 것을 명백히 알고 있었다.

나는 조씨에게 우리가 천하 없이 힘든 상황에서도 두말 않고 두 번째 수술까지 책임을 졌고 또 현재도 돈이 있으면 끝까지 도와주고 싶지만 식당 경영 상황이 그렇지 못하다고 툭 털어 놓았다. 그리고 농촌 식당이라 식사를 한 후 현금으로 결제하기보다는 거의 다 외상을 하기에 지금 손에 갖고 있는 것이 없어서 도와주지 못하겠다고 이야기를 했다. 조씨는 내 말에 일리가 있다고 생각했는지 더는 강요하지 않고 당신 형의 힘을 빌려 할빈 병원에서 검사를 받았다. 그런데 한쪽 눈을 완전 수술해서 다른 눈으로 바꿔야 된다는 결론이 나왔고 결국 조씨는 세 번째 수술에서 한쪽 눈이 실명되고 말았다.

     빛은 길을 가는 사람을 저버리지 않는다

이웃집에서 이런 벼락 봉변을 겪고 있으니 나 또한 너무 가슴이 아팠다. 빨리 장사돈이 모이면 눈치료값도 값이려니와 위로금이라도 보태야 되겠다는 생각으로 나는 죽을 힘을 다 내서 일을 했다. 그런데 그 집 아내와 장모는 조씨가 눈을 잃은 후 시도 때도 없이 우리 식당에 와서 채소고 고기고 손에 잡히는대로 뒤엎어 놓고 생야단을 치군 했다. 나는 할말이 없어졌다. 그러던 어느 하루 오후 나는 '한시 삼십분까지 법정에 나오라'는 법정 출석 전단표를 받았다.

일개 시골 아녀자로 법정에 불려 가다니, 나는 불안과 두려움으로 두근거리는 가슴을 억누르고 향정부 사법부로 달려갔다. 분위기 엄숙한 그곳에 도착하니 생판 낯모르는 사람이 나를 보자마자 피고라고 하고 조씨를 원고라고 불렀다. 나는 죄인 취급을 당하는 거 같아 불쾌하기를 이루 말할 데가 없었다. 하지만 나는 당당히 우리 집에서 지은 죄는 아무 것도 없을 뿐만 아니라 이웃끼리 인정이 상하지 않게 하기 위하여 사건이 발생해서부터 지금까지 최선을 다했다며 본 사연의 자초지종을 하나도 빼놓지 않고 있는 그대로 다 이야기했다.

나에게서 시말이야기를 듣고 있던 법관은 나에게 우리 뒷집 슈퍼하는 진서기네가 우박 내리던 날 자기네 집의 비막이가 뜰어지는 바람에 그에 깔려 돌아간 가족에게 2500원이라는 큰돈을을 주었다고 실례 들어 말했다. 말하자면 우리는 우리 집일을 하다가 눈을 다쳤고 지금은 한쪽 눈을 잃은 조씨네에게 보상을 하지 않았다는 것이다. 나는 그 말을 반박해야 했지만 변호인이 없어 내 자신이 변호사로 되어야 했다.

나는 슈퍼집 진씨네는 비막이를 만들때 철강을 넣고 해야 했지만 돈을 아끼려고 송목으로 만들었다고 하면서 그것은 그 집에서 돈 절약 꼼수(偷工減料)를 쓴 죄가 있다고 반박했다. 그러면서 그 사례와 우리 집 현재 사안은 별개라고 주장했다. 그 다음에도 법관은 여러 사례로 우리 집과 비교를 하면서 우리 집 처사의 허점을 찾아내려 했다. 하지만 나는 우리는 조씨에게 도와 달라고 한 잘못밖에 없다고 말했다. 이리하여 원고 변호인인 법관은 피고 변호인인 나와 두 시간 동안을 질문하고 해답하고를 하였다. 그 와중에 법관의 태도는 많이 달라졌다. 잠시 후에 법관은 최종 결정을 내릴 것이니 법정밖으로 나가 대기하라고 했다. 십분 가량 기다렸을 쯤에 법관이 나와서 우리에게 하는 말이 '피고가 8백원만 원고에게 주면 문제는 해결된다는 판결이 나왔다'고 했다.

그런데 사연의 진실은 두 번의 치료비 1200원 이상을 우리가 다 지불한 것이다. 반대로 현 상황은 원고가 피고에게 4백원을 돌려 줘야 할 형편이었다. 조씨네 식구들은 이런 법은 받아 들

　　　　　　빛은 길을 가는 사람을 저버리지 않는다

일 수 없다면서 향정부 사법부에서 대성통곡을 올렸다. 법관은 어쩔줄을 몰라하면서 애원의 눈길로 우리를 쳐다 보았다. 나는 법관에게 내 입장을 두 가지로 맺고 끊었다. 첫째는 원고 조씨가 법정 판결대로 우리에게 그 400원 돈을 돌려주지 않아도 되고 둘째는 열심히 장사를 해서 가을에 가서 8백원을 더 주겠다고 했다. 사실 1200원이면 남편의 삼년간 봉급과 맞먹는다. 하지만 이 큰돈을 도의적으로 주겠다고 대답을 하고 보니 그동안의 불안 쇠덩이가 '쿵'하고 떨어져 나가는 것같이 마음이 가벼워져 훨훨 날 것만 같았다. 그리고 이와 함께 사법정을 꽉 채웠던 통곡소리도 뚝 끊겼다. 조씨와 장모는 나의 손을 꼭 잡고 울면서 내가 이렇게 할 줄은 몰랐다며 미안한 눈물을 흘렸다. 나의 눈에서도 알 수 없는 두 줄기의 눈물이 강을 이루었다.

　이렇게 우리는 생뚱같은 재앙을 만나 원수가 될 뻔하다가 다시 이웃사촌으로 돌아왔다. 세월이 내 삶의 앞마당을 스쳐지난 지도 이젠 몇십 년이지만 그때의 아픔과 행복은 안 보이는 큰 힘의 줄이 되어 항상 나를 앞으로 또 앞으로 당겨간다.

어머님의 유산

　　겨울이면 유난히도 춥던 그 옛날, 명절이 다가오면 어머님은 손이 터갈라지도록 매일 명절음식 준비에 바삐 보냈다. 지금은 세월이 좋아져서 돈만 주면 떡, 과자, 사탕 같은 간식을 입맛대로 골라가며 사먹을 수 있다. 슈퍼로 가면 요리사들이 레시피대로 만들어 놓은 맛있는 음식들이 마트 진열대에서 손을 흔들며 고객들을 기다리고 있다. 하지만 어디에서도 어머님이 만들어 주시던 전통 쌀 유과를 판매하는 곳은 본 적이 없다.

　　해마다 설명절은 어김없이 찾아온다. 설이 되면 콧물을 줄줄 흘리며 어머님이 만들어주신 강엿을 오물오물 맛나게 빨며 친구들과 마당에서 뽈망치 놀던 때가 그리워진다. 내 머리에 흰 서리가 하얗게 내려 앉은 할머니가 되어서도 그 그리움은 조금도 늙지를 않는다. 올 설에는 내 마음속에 간직해 두었던 그리움과 추억이 깃든 쌀유과를 만들어 보려 한다. 어머님이 유과를 만드실 때 항상 조수역을 해 왔던 탓에 나는 어머님이 작은 일

　　　　　　　빛은 길을 가는 사람을 저버리지 않는다

에도 감사하며 살아가는 마음과 베풀며 살아가는 것을 배웠을 뿐만 아니라 당신이 하나하나 찬찬히 가리켜 주시던 그 기억을 그대로 가지고 있다. 그래서 어머님이 나에게 물려준 유과 만드는 법을 오늘은 한 번 자랑삼아 내놓고 공유해보고 싶어진다.

유과를 만들 때 필요한 식재료는 찹쌀, 식용유, 기름, 엿기름, 차낟알이다. 제일 먼저 찹쌀을 깨끗이 씻어 물에 한주일 간 담궈 놓았다가 씻지 않고 조리로 건져 소쿠리에다 담아 물기를 뺀다. 그 다음 절구에 찌어서 가는 채로 치면 보드라운 가루가 된다. 그 다음 하루 전부터 불궈 놓은 콩을 믹스기에 갈아 콩물을 만들어 찹쌀 가루에 골고루 뿌려 물반을 내린다. 그러면 촉촉하고 보드라운 콩찹쌀가루가 완성된다. 준비된 콩찹쌀가루를 한그릇 정도만 남겨두고 깨끗한 보자기에 얹어서 솥에다 찐다. 떡을 찌는 동안 준비한 나무함에 찰떡이 붙지 않도록 기름을 골고루 바른 뒤 잘 쪄진 찰떡을 함지에 담고 다듬질방망이로 으깨어 이긴다. 이겨진 찰떡을 두껍지도 얇지도 않은 두께의 만두피만한 크기로 만들어 내는데 그때 남겨 두었던 그 한그릇의 가루를 쓰면 된다. 그리고 잘 밀어 놓은 떡이 방에 붙지 않도록 깨끗한 벼짚을 골고루 깔아 놓고 그 위에 말리운다. 떡을 말릴 때도 엄마는 쉬지 않으신다. 그 시간에 엿을 끓인다. 엿을 만드는 방법은 하루 전에 물에 담가 놓은 찹쌀을 솥에다 찐다. 그리고 엿기름을 두부콩물짜는

천자루에 넣고 물에 담궈서 뽀얀물이 안 나올 때까지 반복 걸러 내고 나머지 껍질은 버린다. 다시 그 뽀얀 물과 금방 쪄낸 따끈따 끈한 찰밥과 섞어서 보온밥솥에 여섯 시간을 삭힌다. 이때 당신 이 원하는 것이 식혜라면 그대로 끓이면 완성된다. 하지만 엿으 로 만들려면 삭힌 찰밥을 다시 자루에 넣고 밥알에 단물이 다 빠 지도록 물을 짜낸다. 옛날 양식이 귀할 때 어머니는 엿물을 너무 꽉 짜내지 않고 엿밥을 남겨 두었다가 저녁에 우리들이 배 고플 때 간식으로 한공기식 나눠 준다. 그러면 우리는 그 시원한 엿밥 을 현대사람들이 팥빙수 먹듯이 맛있게 먹었던 기억을 떠올리면 지금도 참 행복해난다. 물엿은 어렵지 않다. 그냥 엿물을 계속 끓 이면 곧 물엿이 된다. 하지만 유과에 바르는 엿은 강엿보다는 무 르고 물엿보다는 걸쭉해야 하는데 그것은 엿이 무르면 유과에 바 르기는 좋지만 조금만 더운면 금방 엿이 녹아 내려 유과의 고운 형태가 깨지기 때문이다. 그리고 엿이 강엿처럼 굳으면 유과에 바르기가 불편하기에 엿을 유과에 바르기 좋게 적당히 끓여 준비 한다. 그 다음의 일이 바로 차진 차낟알을 튀기는 일이다. 솥이 뜨 거워 지면 차 낟알을 한줌식 넣고 솥비자루로 낟알이 골고루 튀 겨지도록 섞는다. 하얗게 튀겨낸 차낟알 티박은 낟알 껍질이 없 도록 하나하나 골라낸다. 그러고 나면 눈꽃같이 하얀 티박만 남 는다. 그런데 티박이 크기가 고르지 않으면 유과에 묻혀 놓았을

                    빚은 길을 가는 사람을 저버리지 않는다

때 모양이 곱지 않다. 그래서 다시 맷돌에다 고르게 갈아야 하는데 그대로 갈면 너무 보드라워져서 눈꽃같은 티박의 맵시를 낼수 없기에 맷돌 쇠기에 짚으로 가락지를 만들어 끼운다. 맷돌에 티박을 한줌식 넣고 갈아내면 고르루한 티박이 탄생한다.

나는 어머니의 일을 도와드리며 이 정도면 정말 티박이 고르다고 생각했는데 어머님은 맷돌에 갈아놓은 티박을 다시 채로 친다. 그러면 보드라운 가루는 다 빠지고 정말 하얀 눈꽃같은 티박만 남든다. 나는 그냥 대충해서 먹어도 달달하게 맛있기만 한데 어머님이 왜 그렇게 정성을 들이는지 이해가 가지 않았다. 이렇게 티박까지 준비되면 잘 마른 떡을 기름에 튀긴다. 여기서 주의할 점은 떡이 너무 바싹 마르면 깨지고 조금이라도 덜 마르면 유과에 씹기 불편한 뼈가 생긴다. 떡을 잘 말리우는 것도 유과를 만드는 과정에 필수의 기술이다. 기름이 70도 정도 뜨거워졌을 때 말린 떡을 하나식 기름 솥에 넣고 주걱으로 누르면 기름이 달아오르면서 작은 떡이 접시만하게 커진다. 그렇게 잘 튀긴 유과에 엿을 발라야 하는데 겨울 철이라 엿을 추운데 두면 금방 굳는다. 그러기에 큰 냄비에 따뜻한 물을 담아놓고 그위에 엿그릇을 놓아 두면 엿이 녹아 바르기가 좋다. 그렇게 잘 튀긴 유과에 엿을 골고루 바른 다음 그 우에 티박을 묻친다. 어머님은 그렇게 정성들여 한조각 한조각씩 만든 유과를 예쁜 상자에 곱게 담아 두었다가 설명절에 조상님들의 제사상에도 올리고 집안에 친척들이 오면 아낌 없이 대접했다.

어머니는 해마다 명절이 지나면 동네어르신들을 모셔와 식사 대접을 하군 하신다. 어머님은 농망기에 젊은 사람들이 논밭으로 일하러 나가면 동네는 어르신들이 마을을 지켜주셔서 그 덕분에 동네가 항상 안전했다고 하면서 새해에도 어르신들이 건강하시고 또 잘 부탁 드린다며 식사 대접을 하고 그 정성들여 만든 유과와 단감주를 간식으로 차려 드린다. 치아가 나쁘신 어르신들이 박속같이 하얀 유과를 드시며 입안에서 살살 녹는다는 말씀에 소박한 미소를 띠우시던 어머니의 모습은 평생 동안 잊지 못할 것 같다.

지금도 팍팍하고 힘든 삶이 올 때마다 항상 감사하며 행복을 만들어 가시던 어머님의 얼굴을 떠올린다. 그러면 만사가 다 대길인냥 잘도 이겨낼 수 있게 된다. 어머님은 살아 생전 쉬는 날 없이 계절을 오가며 하늘땅과 친구하며 우리들에게 넉넉한 마음과 감사하며 살아 가는 방법을 남겨주셨다. 그리고 또 어머님 당신의 유과 만드는 비법도 설명절마다 실천하시면서 고스란히 남기고 가셨다. 그 덕분에 나도 오늘 유과제작법을 공유하는 큰 행복의 시간을 가질수가 있었다. 나는 어머님께서 물려준 유산들을 녹이 쓸지 않게 갈고 닦고 쓰면서 내내 이어가고 싶다.

빛은 길을 가는 사람을 저버리지 않는다

엄마 나무와 아들 나무

이른 아침 동녘 하늘이 푸름히 밝아오자 나는 종전과 마찬가지로 아침 산책길에 나섰다. 단풍잎들이 빨간 옷을 갈아입고 사뿐사뿐 땅에 떨어지며 반갑게 인사를 한다. 걷고 있는데 커다란 바위를 뚫고 우뚝 선 푸른 소나무 한그루가 나의 시선을 끌었다. 그 나무 주위에는 돌틈새마다에 서서 생명을 자랑하는 작은 나무들의 모습이 보였는데 마치도 큰 나무를 지키는 병사들을 방불케 한다. 누구의 손길도 바라지 않고 뿌리를 아래로 내리며 내수를 힘껏 끌어 올려서 폭우가 쏟아지고 설한풍이 몰아쳐도 표정한 번 변하지 않는 힘을 가진 소나무들이 참 대견스럽다. 나는 그들의 손짓에 발걸음을 멈추고 한참을 묵묵히 바라보았다. 그들 생명의 성장이야기에 내가 멀리하고 온 추억이 적혀있는 듯도 하여 더 마음이 끌렸다. 집집에서 애지중지 키우는 자식나무 도 저 나무들이 자라는 과정을 닮았다는 생각이 들었다.

사실 나는 아이들이 어렸을 때부터 부를 이루는 기회 잡기를 첫 순위에 놓고 살아 왔던 거 같다. 국민학교 입학도 안한 아이들에게 취학 전 엄마의 교육이 절박한 걸 모르는 바 아니지만 가난에 절은 삶에 작은 꽃이라도 피워보려고 앉으나 서나 벌이마당에서 몸부림쳤던 거 같다. 짜개바지 아이들을 시부모님께 맡기고 출국의 길을 택했을 때 내 생각은 정말 단순했었다. 그저 하루속히 가난에서 벗어 나자는 생각뿐이었다. 천가지 신고와 만가지 고생도 이겨내고 열심히 버는 길만이 잘 살수 있는 법이라고만 여겼다. 그래서 산토끼 잡으러 간 사이에 집토끼가 잘 커지 못하거나 병들거라는 생각을 하지 못하고 아이들 곁을 멀리멀리 떠났던 것이다.

나는 출국한 후 비자가 만기되어 불법체류자 딱지를 쓰고 숨어 다녔었다. 그래서라도 벌어서 집에 가야 한다는 일념으로 그저 억세게 일만 했다. 내가 일하던 그 식당 주인장은 내가 식당일마다에 가족처럼 공들이는 것을 보고 한없는 신임을 보였다. 덕분에 설거지아줌마로부터 참모아주마가 되어 고기 구이 솥도 씻고 태산같이 쌓인 그릇도 씻고 화장실 청소 등 허드렛일에서 하루 열몇 시간을 뺑뺑이 돌던 데로부터 몸도 마음도 여유를 얻었다. 그리고 봉급에서 내 노력의 가치가 고스란히 체현되었다. 차곡차곡 벌이가 모이기 시작하니 나는 고생을 하면서도 보람과 행복을 느꼈다. 고생의 대가로 우리 아이들을 더 잘 키울 수

                    빚은 길을 가는 사람을 저버리지 않는다

있겠다고 생각하면서 매일 힘 다해 일했다.

이렇게 나는 삼년 반 세월을 보내고 귀국했다. 오매에도 그리던 가족의 곁으로 돌아와 알콩달콩 잘 살 일만 남았다고 생각했으나 새로운 도전이 기다리고 있었다. 나는 작은 식당을 경영하기로 마음먹었다. 바닷물도 쓰면 줄기 마련인데 하물며 벌어온 것을 파먹고 살 수가 없다. 이렇게 나는 가족들에게 따뜻한 밥 한끼 해 줄 새도 없이 또다시 요식업일에 바쁘게 보내게 되었다. 제일 문제로 되는 건 자식들을 관심할 시간을 조금도 낼 수 없는 일이다. 아침 일찍 집에서 나가면 한밤중이 되어야 귀가하니 나에게는 집이란 존재가 잘 때가 되어 찾아가는 여관과 다름 없었다. 시어머님과 아이들의 일상은 도우미아줌마에게 맡기고 아이들의 공부는 과외선생님에게 전담시켰다. 그리고 그렇게 사는 것에 습관되어 아예 걱정같은 건 하지도 않았다.

세월보다 빠른 것은 없다. 어느새 둘째 아들이 고중 시험을 한 달 정도 앞 둔 나날이 왔건만 나는 여전히 매일을 밤 12시에야 집문을 열곤 하는 생활을 이어갔다. 그러다가 아들에게서 좀 이상한 기미가 있는것을 느끼기 시작했다. 아무리 늦은 시간에 귀가해도 둘째 아들은 자지 않고 기다리고 있다가 꼭 엄마 이제 오시냐고 인사 마중을 해 주곤 했는데 웬일인지 그날은 아들이 집에 없었다. 속이 철렁했다. 땀을 철철 흘리며 동네 몇 바퀴를 돌면서 소리쳐 불러 봤으나 아들의 답은 커녕 밤매미 우는 소리만 들렸다. 우리 부부는 별 수가 없이 기다리고 있었다. 여전히 꿩 구워 먹은 자리다. 불길한 생각이 갈마 들어 우리는 손전지를 들고 집 앞 산중턱까지 올라가면서 큰 소리로 아들 이름을 부르고 또 불렀다. 산속이라 이산에서 저산에로 메아라가 울려 온 산맥을 따라 아들의 이름이 끝없이 울려퍼졌다. 역시 아무런 대답이 없고 새들이 단잠에서 깨어나 불편하다는 듯이 끽끽 소리를 내며 푸드득 이 나무에서 저 나무에로 날아갔다.

가슴이 솜을 먹은것처럼 한없이 답답하다. 경찰서 신고를 생각해 봤으나 괜히 별일없는 아들에게 나쁜 딱지가 붙을까봐 무작정 기다리기로 했다. 평소에 식당업에만 매달려 있다 보니 아들의 친구 전화도 갖고 있는 게 하나도 없다. 하늘이 방금 무너질것 같고 땅이 꺼지는 같았고 눈앞이 까맸다. 몇 밤을 지냈으나 아들은 여전히 귀가하지 않았다. 아들놈은 도대체 하늘로 올랐는지 땅으로 꺼졌는지 종무소식이기만 하다. 나는 그때에야 엄마가 되어서도 자식 주위에 사람을 하나도 모르고 있다는 사실을 느꼈다. 걱정과 불길한 생각에만 잡혀 눈물인지 콧물인지 하염없이 흘러 내려 옷깃을 적시고 가슴을 적셨다.

생각할수록 아들에게 죄지은 마음뿐이다. 나는 이날 이때까지 금쪽같은 내 새끼는 식은 밥 취급하고 도대체 뭘 위해 살아

　　　　　　빛은 길을 가는 사람을 저버리지 않는다

왔는지 넉두리하며 엉엉 소리내어 울기도 하고 뜬눈으로 밤을 새우기도 하면서 기다리고 있었지만 아들 소식은 여전히 없었다. 무소식이 희소식이라고 아무 일 없겠지 하고 혼자 위안을 해봐도 믿음이 안 섰다. 딴 방법 같은 건 더 없는 듯하여 경찰서에 신고하려고 퉁퉁 부은 얼굴로 나갈 차부를 하는데 벨소리가 들려 문을 여니 아! 둘째 아들녀석이 지친 몸으로 집에 들어섰다. 순간 나는 아들을 와락 끌어안고 소리 내어 울었다.

아들은 못 넘길 산 앞에서 고민이 심했던 것이다. 고등학교 입시를 앞두고 있지만 시골학교에서 못 배운 영어와 한어 두 가지 과목이 다른 학생들보다 삼년이나 뒤처져 있었으니 배울수록 모래 위에 무거운 큰 돌멩이를 얹어 놓는 격이어서 그 문제에 대한 해결책이 없었던 것이다. 딴에는 혼자의 시간을 넉넉히 가지고 깊은 생각에 빠졌던 것이다. 엄마라는 내가 공부에 따라가기 힘들어 진 아들의 공부 상황도 모르고 지내왔었다. 그냥 남들보다 깨끗한 교복에 맛있는 반찬과 간식을 사먹으라고 용돈을 넉넉히 챙겨주는 것으로 부모의 할 일을 다 한것처럼 걱정 없이 살아 왔었다. 아들이 온밤을 혼자 학교 앞까지 다섯 번이나 왔다 갔다 하며 혼자 고민을 했다는 말을 들었을 때 내 가슴은 찢어지는 것 같았다.

우리 집에서 학교까지의 거리는 십리길이 잘 된다. 그러니 밤새 동안 왔다 갔다 걸으면서 계속 공부를 해야 하나 아니면 그만 두고 기술을 배워야 하나를 고민하며 그 힘든 결정을 어린 나이에 혼자 했던 것이다. 밤이 새도록 생각을 거듭 했는데 자기가 기술자가 될려면 지식이 없이는 진정한 기술을 장악할 수 없기에 계속 공부하기로 결정 했다고 말하는 아들이 참으로 대견스러웠다. 나는 아들을 품에 안고 한없이 울었다. 그러면서도 부실한 이 엄마에게 이렇게 훌륭한 아들이 있구나 싶어 뿌듯하기도 했다. 나는 아들이 하룻밤 사이에 어른스러워진 것을 느끼면서 큰 위안을 얻었다. 그리고 아들의 결정에 무조건 박수쳐 주기로 했다. '엄마 미안해요. 공부 못 해서 엄마 걱정만 시켰어요' 라는 하는 아들의 말을 나는 지금도 잊지 않는다. 자식이 무엇이 필요한지도 모르고 살아온 건 칼로 후벼내는 아픔이 되었지만 아들의 결정 이야기를 들으며 또한 얼마나 큰 힘을 얻었는지 모른다. 그때로부터 나는 집을 식당과 가까운 곳으로 이사하고 집을 자주 드나들며 아들과 속심 나누기를 자주 하면서 아들의 친구가 되기 시작했다.

하루는 아들이 학교에서 행사가 있다고 했다. 나는 용돈을 두둑히 주면서 '아들아, 그래도 엄마가 벌어서 용돈도 많이 주고 하니 좋지 않냐' 라고 생색을 냈다. 아들은 그러는 나에게 '엄마, 나는 아직 돈은 많이 필요 없어요. 엄마만 있으면 돼요.

나는 어렸을 때 항상 돈보다 엄마가 필요했어요. 부모와 매일 같이 한집에서 살고 있는 아이들이 얼마나 부러웠는지 엄마는 모를 거예요.'라고 하면서 내 마음을 거절했다. 나는 아들 앞에서 부끄럽기만 했다. 나는 아들에게서 자식들에게는 천금으로도 바꾸지 않을 것이 바로 부모님과 같이 하면서 매일 느껴도 행복하기만 한 그런 보이지 않는 정신적 건강이라는 진실을 깨달았다. 그 후로 나는 아들과의 대화를 내 생활의 우선순위에 놓고 지내는 나날을 이어갔다. 아들이 하루하루 몰라보게 성인으로 성장하였다. 내 삶의 버팀목으로 지금은 내가 속상한 일이 있을 때마다 아들의 조언을 듣고 마음을 풀곤 한다. 아들은 항상 내 입장이 되어 도움 되는 이야기를 해 주며 나에게 마음 안정을 주었다. 아들은 노력 끝에 끝내 고중에 입학했다. 그리고 지속적인 노력으로 해외 유학을 다녀와 지금은 자기 사업의 장에서 달리고 있다.

산속 청송이 삶의 모진 풍랑을 이겨내는 건 자연이라는 엄마의 사랑이 있어서이다. 자식 나무가 잘 자랄 수 있는 것 또한 구석구석 쏟아 붓는 엄마의 사랑이 있어서 일 것이다.

옥이 언니의 삶

매미들이 제철을 만났다고 하루종일 노래를 부르고 있는 밤에 옥이 언니는 우리 집에 왔다. 가만히 앉아 있어도 옷이 흠뻑 젖는데 언니는 며칠 동안 흐르는 땀을 닦으면서도 두꺼운 양말을 그냥 신고 있었다. 나는 그러는 언니가 너무 웃긴다 싶어 좀 비아냥거리는 말투로 '언니, 무슨 양반이라도 될려고 그래요? 땀 범벅을 해가지고도 양말은 무슨?'하며 벗으라고 권했지만 언니는 내내 망설이면서 벗지 않았다. 그러다가 세 번째 되는 날에 언니는 재삼 되는 내 말에 더는 못견디겠는지 주밋주밋 양말을 벗었다.

언니의 발을 보는 순간 나는 놀랐다. 언니가 왜 양말을 벗지 않았는지도 알았다. 언니의 발가락은 꼬부라질대로 꼬부라져서 그냥 보기에도 아파 보였다. 그 발가락으로 발바닥을 짚고 걸을 때마다 힘을 지탱해주며 한걸음 한걸음씩 역경을 헤가르며 걸어왔을 언니를 생각하니 저도 모르게 눈물이 글썽해졌다. 비아

　　　　빚은 길을 가는 사람을 저버리지 않는다

냥거린 내가 언니에게 얼마나 미안하던지!

내 나이 13살 되던 해에 언니는 육남매 집의 맏며느리로 시집을 갔다. 여섯 살짜리 막내시동생에 시아버지는 천식병이 있어 사흘이 멀다하게 병원 출입을 하는 형편이었다. 그리고 살고 있는 집도 월세집이여서 말그대로 가난하기가 이루다 말할 수 없었다. 설상가상으로 거기에 형부도 기관지가 좋지 않아 힘든 일은 할 수가 없었고 시집간 시누이도 시집살이 힘들다며 친정에 눌러 앉아 집에 갈 생각을 하지 않았다. 거기에 시누이 남편까지 숟가락을 보태니 언니가 할 일은 한없이 많아졌다. 새벽부터 밤늦게까지 군소리 한마디 없이 일만 하는 며느리로 사는 언니건만 시어머님은 눈에 차지 않아 했고 시누와 편하여 자주 언니를 욕 먹이곤 했다.

언니는 시집 가서 아들 삼형제를 낳았다. 아이들이 학교에서 공부도 잘하고 특히 큰아들은 반장도 하고 달리기도 뛰어나고 노래도 잘 불렀다. 언니는 고생이 막심했지만 자식들이 건강하게 잘 자라주니 천군만마를 얻은 듯 마음은 내내 든든하였다. 언제부터인지 언니는 동네 사람들의 부러움을 받았다.

그렇게 15년이라는 세월이 지났다. 언니네 아이들도 장발하여 남부럽지 않게 네 칸짜리 벽돌집도 지어 올렸다. 여름 농한기의 어느 하루, 언니가 별일 없이 집안 청소를 하고 조용히 거실에 앉아 라디오 음악을 듣고 있을 때 이웃집 엄마의 급한 소리에 불려 뛰어 나갔더니 아들 해룡이가 다른 아이들과 싸우고 있다고 전해줬다. 옥이언니는 한쪽 신발만 신은채 싸움 난 곳으로 달려갔다. 피투성이가 된 아들이 쓰러져 있었다. 언니는 인사불성이 된 아들을 둘쳐 업고 날듯이 병원으로 달려갔다. 동생들 잘 챙기고 말 잘듣던 큰아들이 왜 친구들과 싸웠는지 옥이 언니는 영문을 알 수 없었다.

검사를 마친 의사 선생님은 외상은 큰 문제가 없는데 큰병원에 가서 머리 내부 검사를 해 보거나 정신질환 병원으로 가 보라고 했다. 세상에 이게 무슨 청천벽력인가.

언니는 천둥번개가 머리를 내리치듯 눈앞이 캄캄해지며 발이 땅에 얼어 붙은 듯 한발자국도 움직일 수가 없었다.

검사한 결과는 절망이였다. 옥이 언니의 인생에서 고생이 끝인 줄 알았는데 더 큰 걱정이 기다리고 있을 줄 누가 알았으랴. 살기 힘든 고비가 올 때마다 아들들을 바라보며 참고 견디며 희망을 가지고 살아 왔었는데 이제 청춘이 만리같은 아들이 시들어버렸다.

옥이 언니는 집일 때문에 아들이 학교 다닐 때 한 번도 학부형 회의에 참석하지 못했다. 옥이 언니가 자식을 위하여 한 것이라곤 엄마로서 밥 먹이고 옷 씻어주고 그 외에는 한 것은 아

    빛은 길을 가는 사람을 저버리지 않는다

무 것도 없었다. 옥이 언니는 생각할수록 후회가 되고 아들에게 미안한 마음이 깊어 하염없이 울고 또 울었다. 언니는 재가 된 가슴으로 실오리같은 희망이라도 버리지 않고 정신병을 잘 고친다는 병원은 다 찾아 다녔지만 아들의 병은 깊어만 갔다.

옥이 언니의 인생은 그날부터 앞이 보이지 않았다. 아들이 병든지도 사십년을 바라본다. 옥이 언니네 아들은 사람을 때리는 정신질환이라 형부는 병이 깊은 아들에게 얼마나 맞았는지도 모른다. 나는 자주 언니와 형부 몸에 멍든 자리를 볼 수 있었다. 옥이 언니네 온 가족이 올리 뛰고 내리 뛰고 한 세월은 모두 제로로 돌아왔고 형부도 폐암으로 저세상으로 가고 말았다. 옥이 언니는 남편 보낸 눈물이 마르기도 전에 시어머님까지도 아들을 따라 보냈다. 옥이 언니의 시어머니는 언니에게 '니가 우리 집 대들보였다. 너무 고생시켜 미안했다'면서 언니의 손을 꼭잡고 평생 잊지 못할 말을 남기고 가셨다. 그리고 정신질환 장손은 자기가 죽은 후에 생전의 나를 돌보듯이 돌봐라고 자식들에게 유언을 남겼다. 옥이 언니는 이렇게 두 달 사이에 50여 년간 서로 의지하며 함께 웃고 울던 두 사람을 떠나보냈다.

옥이 언니는 사람을 마구잡이로 때리는 아들을 집에 둘 수가 없어 정신병원으로 보냈다. 하지만 병원 비용이 어마어마한데다가 둘째 아들과 셋째 아들도 하던 사업이 잘 안되여 빚더미에 올라 앉았다. 옥이 언니는 두 아들과 형제들이 십시일반으로 보태어 몇 년간은 지탱했지만 방도가 아님을 알고 빚을 짊어지고 다시 돈벌이를 떠나고 말았다. 그러나 병원비는 굽빠진 항아리라 언니가 벌어 온 돈도 이젠 다 거들이 나고 집까지 팔아야 하는 판국에 이르렀다.

더는 길이 없어 속을 잡아 뜯던 옥이 언니는 텔레비전 뉴스에서 국가에서 특별 곤란을 겪는 백성들을 위하여 혜택정책을 실천하고 있다는 것을 알게 되었다. 언니는 호구 소속지 대대 판공실 전화를 걸었다. 더 이상 아픈 아들이 병이 좋와지면 살아가는데 허물이 될 까봐 몇 십년 숨겨왔던 진실을 감출 수가 없었다.

언니는 이렇게 떠난지 몇십 년이 되는 고향마을에서 큰아들의 미래를 맡길 길을 찾았다. 막내 시동생의 도움덕으로 큰아들의 병원도 집근처로 옮겨져 옥이 언니는 자주 가 볼 수도 있게 되었다. 옥이 언니는 성가 후 60년이 넘도록 허리가 휘어지고 발가락이 꼬부러질 정도로 일했으니 나보다 열살 이상인 옥이 언니가 가끔 나의 친정 엄마로 착각받는 것도 이상스러운 일은 아닌 거 같다.

언니는 지금 80을 바라본다. 세상 인심이 박하다고 하지만 다행히 옥이 언니에게는 든든한 형제들과 두 며느리 시누

　　　　빛은 길을 가는 사람을 저버리지 않는다

이 시동생들이 있다. 시가 형제들은 옥이 언니를 '우리 집 엄마 같은 분'이라며 함께 살자고도 하고 자기네 집으로 오라는 전화도 끊기질 않게 보내 온다고 했다. 옥이 언니는 몸은 늙어 병투성이긴 해도 형제들 정이 따뜻해 살맛난다고 했다. 그리고 나라의 좋은 정책이 있어 큰아들은 걱정 안해도 되니 지금 죽어도 눈을 감을 수가 있다고 하였다. 언니는 감동인지 슬픔인지 이런 말을 하는 내내 눈물을 훔쳤다.

깊은 밤이라 매미들도 잠을 자는지 밖이 조용하다. 나는 가로등 너머로 희미하게 보이는 나무숲을 바라보며 우리 옥이 언니가 그 옛날 가꿔 놓은 삶의 텃밭도 저렇게 내내 무성하기를 빌었다.

파란 장화

불을 켜지 않은 식당 안은 어두컴컴했다. 구석진 테이블 앞에 남루한 옷차림으로 앉아 있는 큰형님의 모습에 나는 깜짝 놀랐다. 그 옛날 도도한 품위는 온데 간데 없었고 흰 머리에 자글자글한 주름살 천지다. 정말 알아보기 힘들 정도로 변했다.

커피 한 잔을 받아 든 큰형님은 속상한 이야기들을 쏟아 놓기 시작했다. 마주 앉아 같이 식사를 하며 하염없이 눈물을 흘리는 큰형님을 모습을 보니 그 옛날 명절날이면 온 가족이 밥상에 둘러 앉아 함께 식사하며 웃고 떠들던 그때 일들이 떠오른다.

내가 열한 살 때 일이다. 큰오빠는 대학을 졸업하고 삼년 동안 북경에서 파견 근무를 했다. 그 동안 회사 일에 충실하며 연애는 생각할 겨를이 없었다. 그때는 도시에 진출한 조선족들이 많지 않아 도시에서 조선족 처녀와 결혼하기란 쉽지 않았다. 그렇다고 오빠에게 특별한 가정 배경이 있는 것도 아니고 인물 체격이 출중한 것도 아니었다. 가난한 농민의 가정에 칠남매 맏아

          빛은 길을 가는 사람을 저버리지 않는다

들로 문화 수준이 어울리는 사람을 색시로 만난다는 것은 하늘에 별따기와 마찬가지였다. 큰오빠는 그때 시절 노총각이라고 할 삼십 나이가 되어서 회사 영도와 동료들이 도와 준 덕분에 어렵게 지금의 큰형님과 인연을 맺게 되었다.

형님이 야위고 작은 키에 안경까지 쓰고 있어 어머니의 눈에는 반도 안 들었지만 늦어진 혼사에 감 놓아라 배 놓아라 할 수 없어 울며 겨자먹기로 맏며느리로 받아들였다. 오빠는 요녕 사법대학을 졸업하고 석사공부까지 하느라 혼사가 늦어진 처녀로 야무지고 똑똑한 사람이라고 어머님께 인사를 시켰다. 그리고 오빠는 마음 감춤을 잘 못하여 표정 관리가 잘 안되는 어머님 귀전에 살짝 잘 부탁한다고까지 했다.

어린 나이에 내가 본 큰형님은 단발머리에 단정한 옷차림과 하얀 얼굴이 영화에서만 봐 왔던 부자집딸 같은 느낌이었다. 근데 설이 되면 오빠네 가족이 설 쇠러 오는데 큰형님은 물을 많이 쓰기에 나의 고생은 만만치 않았다. 당시 우리 동네에는 마을에서 10킬로 떨어진 곳에 광산이 있었는데 몇 년째 석탄을 캐며 24시간을 펌프로 지하수를 뽑아 올린 연고로 집집마다 수도물이 나오지 않았다. 그래서 공사에서는 마을에서 일리쯤 떨어진 마을 서문밖에 큰 물탱크를 만들어 놓고 시간제로 식수를 공급했다.

물 긷는 일은 열두 살밖에 안 되는 내몫이었다. 나는 매일 물
밴대에다가 초롱을 앞뒤로 걸고 하루에 몇 번씩 오 가며 물을
길어 와야 했다. 평상시에 우리 집에서는 물을 아끼느라 세숫물
도 아버지가 먼저 씻고 나면 우리들이 차례로 그 물에다 세수를
했다.

그해 설명절은 골목마다 눈이 녹아 진흙을 깔아 놓은 것처럼
질척질척 거렸다. 큰오빠와 큰형님이 삼개월 된 조카를 데리고
왔다. 큰형님은 이십시간이나 차를 타고 왔지만 여독을 풀 새도
없이 주방에서 우리와 함께 팔을 걷어 붙였다. 부뚜막은 흙으로
되어 솥을 닦고 나면 행주에 흙이 묻어나군 했다. 형님이 행주
를 한 번 빨고는 또 깨끗한 물로 바꾸고 거기다 조카 기저귀까
지 씻어야 하니 나는 계속 물을 길어와야 했기에 큰 초롱을 메
고 진흙길을 몇 번이고 오가며 물 길러 다녀야 했다. 한 번은 물
을 길어오다가 진흙에 푹 젖은 왕바신(王八鞋)이 너무 무거워 그
만 흙탕물에 자빠졌다. 그런 나의 모습을 몇몇 친구들에게 보여
준 것이 창피하기도 하고 집과 가까운 곳에서 물을 다 쏟았으니
속상하기도 하여 나는 집모퉁이에 서서 혼자 엉엉 울었다. 그
모양을 본 큰형님은 따뜻한 물로 나를 깨끗이 씻어 주고 머리까
지 감겨 주었다. 그리고 설을 쇠고 간 지 한달이 지나 큰형님은
편지와 함께 굽이 높은 파란색 장화를 부쳐왔다. 자기가 신으려

        빛은 길을 가는 사람을 저버리지 않는다

고 상해에 있는 동창생한테 부탁하여 겨우 구매한 장화를 내게 보내 주었다. 검은 장화도 흔치 않았던 그 시절 우리 동네에서는 단 한 켤레밖에 없는 파란색 장화다.

내가 장화를 신을 때마다 여동생은 부러워서 울곤 했다. 그렇게 큰형님은 시집 식구들을 친정 식구와 같이 생각했으며 신혼 살림에도 매달 형편에 따라 집에 돈을 부쳐왔다. 큰오빠형님네는 12평짜리 작은 아파트에 살면서 해마다 봄이면 잘 손질한 반건조 생선을 부쳐왔고 평소에 한 푼 두 푼 절약하며 안 먹고 아껴서 설명절때면 크고 작은 보따리에 시골에서는 볼 수도 없는 귀한 물건들을 마련해 왔다. 형님은 맏며느리답게 집에 오면 부모님께 인사하고 바로 옷을 갈아 입고 부엌에 들어와 씻고 닦고 하면서 주방일을 책임지고 했다. 나는 형님의 그런 모습에 항상 감사하고 존경했다.

세월은 착하고 열심히 사는 사람에게 기회를 주는 것 같다. 큰오빠는 80년도 후반기에 연동합작회사에 사장으로 추천되어 일본 동경 주재 회사에 발령 받게 되었다. 그리고 노력 끝에 큰형님도 고등학교 선생에서 시 교육학원으로 전근되었다. 오빠는 농민의 자식으로 태어나 그만하면 부와 명예를 다 가졌다 해도 과언은 아니었다.

말 없이 흘러 가는 세월 속에 우리들도 다들 시집장가 가고 가정을 이루었다. 농촌에서 신혼 살림은 항상 부족하고 모자라는 것이 많았다. 그때마다. 우리는 큰오빠에게 손을 내밀었고 오빠는 형님이 알게 모르게 우리들을 도와 주었다. 내가 아는 큰형님은 모자라고 부족할 때는 아껴서 갈라 먹고 나누어 주는 것을 행복으로 생각하며 살아왔다. 그런 큰형님이 생활이 넉넉해지고부터 형제들과의 형편이 천리만리로 벌어지기 시작하였다. 그때부터 지켜야 할 것이 많은 큰형님은 가랑비에 옷 적시듯 조금씩 조금씩 변해가고 있었다. 효자 아들의 부인으로는 산다는 것은 여성으로서는 제일 감당하기 힘든 일인 것 같다. 그러니 큰형님이 부자가 된 다음에 형제 친척들이 찾아오는 것을 불편해 하는 것도 지금 생각해 보면 이해가 된다.

시간은 흐르는 강물보다 더 빨리 흘러가는 것 같다. 우리들은 다들 잘 살아 보려고 고향을 떠나고 부모님과 함께 살고 있는 자식들은 아무도 없었다. 큰오빠는 연로하신 부모님이 혹시나 편찮으시면 돌봐 드릴 자식들이 곁에 없는 것을 염려하여 의료시설이 좋은 도시로 모셔오기로 결심하고 고향으로 갔다. 부모님은 자식들에게 부담을 줄까봐 도시로 오는 것을 극구 거절했지만 큰오빠의 설득으로 큰오빠집으로 왔다.

어머니 아버지가 오시면서 큰오빠네집은 매일 잔칫집처럼 법석거렸다. 십년 넘게 혼자 편히 지내는 것이 익숙해진 큰형님

     빛은 길을 가는 사람을 저버리지 않는다

은 집 안에 확성기를 달아 놓은 것처럼 매일 법석거리고 시끄러운 것이 여간 불편하지 않았다. 큰형님의 얼굴에는 불만과 불편함이 역력히 나타났다.

큰오빠가 일본으로 가야 할 날짜가 다가왔다. 큰형님의 얼굴 표정은 큰오빠를 걱정시켰다. 혹시나 부모님께 심기불편한 일이라도 생길까봐 큰오빠는 큰형님께 부탁 또 부탁을 하고 태산같은 걱정을 지고 지친 몸으로 일본으로 갔다. 그리고 일본으로 간 지 일주일이 지나 큰오빠는 과로와 고혈압으로 쓰러졌고 휠체어에 실려 집으로 오고 있다는 청천벼락같은 소식을 전해왔다.

까마귀 날아가고 배 떨어진다고 큰형님은 그때부터 완전히 변했다. 어머니 아버지는 형님의 눈치에 아픈 아들 걱정할 시간도 없이 셋째 오빠의 도움으로 이사를 했다. 그렇게 부모님들은 집안에 대들보인 큰오빠의 아픈 모습을 가슴에 안고 2년에 거쳐 선후로 저세상으로 가셨다. 반신불수가 된 큰오빠도 병원에서 양로원으로 자리를 옮겨 십년 넘게 아프다가 세상을 하직했다.

우리 집 가문의 습관대로 그 후부터 맏며느리인 큰형님은 집안에 모든 제사를 지내야 했다. 그러나 제사때가 되면 형제들이 다 모이는 것을 귀찮게 생각했던 큰형님은 드디어 우리들과 가까이 살고 있던 집을 팔고 멀리 뚝 떨어진 곳에 새 집을 구매하여 이사를 갔다. 그렇게 몇십 년을 천사처럼 지켜오던 맏며느리가 하루 아침에 마녀로 변하여 가문의 모든 짐을 내려 놓았다.

　큰형님은 산골 마을에서 팔남매 중 둘째 딸로 태어났다. 집안에 올망졸망 많은 동생들을 돌봐야 하는 형편에 공부하겠다고 나섰다. 큰형님의 부모님은 책가방을 빼앗고 책은 활활 타는 부엌 아궁이에 밀어 넣으며 공부하는 것을 포기하라고 엄포를 놓았지만 큰형님은 끝까지 배움을 포기하지 않았다. 그는 당신의 몸으로 낳은 자식들도 자기를 닮으리라 믿었다.

　사람들은 왕왕 다른 사람들의 마음도 자신의 마음과 같다고 생각한다. 그러니 큰형님도 당연히 자식들을 잘 먹이고 잘 입히고 좋은 집에 살면서 명문 학교까지 보냈으니 열심히 공부하여 훌륭한 인재로 성장할 수 있을 것으로 생각했다. 그러나 큰형님은 그렇게 아이들이 한창 성장하고 배우는 그 시기에 시부모를 멀리하고 시가와 멀리하여 살면서 인간으로서 해야 할 도리와 본분을 아이들에게 제때에 가리켜 주지 못했다. 그런데다가 항상 회사일이 바쁘다는 이유로 웬만한 일은 다 돈으로 해결했다. 그러다 보니 사춘기 아이들이 비뚤게 나가는 것은 그리 예외는 아니였던 것 같다. 큰형님은 자식들에게 더 많은 재산을 남겨주는 것이야말로 자식들을 위하는 것이라고 생각하고 못 사는 일가친척들과는 아예 왕래를 끊다시피 했다. 아이러니하게도 큰형님 바람대로 자식들은 우수하지 못했다. 두 자식들은 점점 큰

　　　　　　빚은 길을 가는 사람을 저버리지 않는다

형님의 돈에 관심이 더 많아졌다. 큰형님의 통장에 돈은 강가에 놓아둔 소금자루처럼 바람에 씻기고 비가 와서 흘러 내려 가고 큰물이 져서 떠내려 가듯이 알게 모르게 돈은 다 흘러나갔다……

형님은 식사상에 앉아 나와 이야기하는 내내 눈물을 흘리며 그옛날 어머니 아버지가 살아 계실 때가 행복했다고 했고 자신이 부모님 살아 생전 마지막까지 맏며느리 도리를 다하지 못한 것이 한스럽다고 울면서 후회했다.

나는 집에 있는 반찬 몇 가지와 지갑에 있는 현금을 큰형님께 건네 주고 택시에 태워 댁으로 보내드렸다.

구름에 덮인 석양이 빠끔히 얼굴을 내밀더니 다시 구름속으로 묻혀 들어갔다. 비가 곧 내릴 것 같다. 나는 멀어져 가는 택시를 멍하니 바라보다가 큰형님이 우산이 없는것을 걱정되었다. 그 옛날 큰형님이 보내준 파란장화가 생각났다. 비가 내리는 날이면 큰형님은 신발장에 있는 장화를 꺼내 보고 아까워 못신고 다시 신발장에 넣어 놓고 낡은 신발을 신고 다니면서도 그 고운 신발을 나에게 보내주었었다. 그런데 그 고운 마음결은 돈과 만난 후 거칠어졌다. 명주처럼 부드럽게 남을 위하고 착하고 부지런했던 큰형님이, 평생을 교육사업에 몸 담았던 큰 형님이 금전의 농간을 알아보지 못한 것이다. 그 바람에 두 자식을 바르게 못키운 것이다. 잘 먹이고 잘 입히는 것보다 인간의 도리를 더 많이 가르쳤더라면 아이들이 잡초처럼 멋대로 자라지는 않았을 것이다.

큰형님의 가슴 터지는 이야기는 나로 하여금 욕심을 부린다고 영원한 부자로 사는 법이 없고 없는 사람들을 돕고 베풀며 산다고 삶이 기울어지는 것은 아니라는 것을 깨우치게 하였다. 자신이 살아온 길을 돌아봐야 하겠다. 험난하고 고단한 인생길을 걸어오면서 나 자신도 그 누구에게도 상처 주지 않았다고 호언장담 할 수 있을까! 나보다 못한 사람들 앞에서 과연 몸을 낮추며 살아 왔는지, 그날 그날 착하고 지혜롭게 덕을 쌓으며 살아가고 있는지… 어찌 보면 부와 명예는 삶을 착하게 살아 가는 조건일 뿐이다!

　　　　　　　빛은 길을 가는 사람을 저버리지 않는다

장백산 문학 기행

나는 춥지도 덥지도 않은 유월을 참 좋아한다. 문 앞만 나서면 정원 담장을 타고 올라가며 탐스럽게 피어 있는 노란 호박꽃도, 밤새 이슬을 듬뿍 머금고 백옥같이 하얀 속살을 숨기며 수줍은 듯 아침 햇살에 고개 숙이는 박꽃의 순결한 모습도, 녹음과 꽃으로 장식하고 있는 산천은 마치 옛 친구들이 부르는 듯 나를 밖으로 뛰쳐 나가고 싶게 하는 계절인 것 같다. 나는 이 좋은 시절에 몇몇 문인들과 함께 장백산으로 문학 세미나를 떠났다.

연길 공항에 도착했다. 조선족 산재 지역인 요녕에 살다보니 눈앞에 펼쳐진 조선글간판들이 참으로 정이 갔다. 나는 일행들과 이도백하로 질주하는 버스에 앉아 차창 너머로 흐르는 계곡 물과 푸르싱싱하게 자라는 옥수수밭을 보며 그 옛날 농망기면 달을 지고 논으로 나가면 별을 지고 집으러 오던 생각이 떠올랐다. 과학의 힘을 입어 무궁하게 발전하고 있는 현시대에 밭에서는 논김매는 사람들은 그림자도 보이지 않는다. 버스는 쉼 없이 몇 시간을 달려 저녁녘에 이도백하에 도착했다. 나를 포함해 일행 모두가 시장기를 느껴 먼저 저녁식사부터 하기로 했다. 예약된 식당에는 장백산 기슭에서 따온 청정 버섯과 여러 가지 산나물들이 푸짐하게 차려져 있어, 우리는 먼저 눈 호강을 하고 또 맛으로도 일미여서 그 어떤 산해진미보다 더 맛있는 저녁을 먹었다. 식사 후 우리는 힘든 줄 모르고 호텔방에 다들 모여 앉아 글쓰기 강좌를 들었다.

다음 날 우리는 장백산으로 행한다. 장백산에 오를 차비를 했다. 장백산은 기후 변화가 많아아 나는 도톰한 옷도 한 견지 준비했다. 출발이다. 구름 사이로 얼굴을 내민 아침 햇살이 기분을 들뜨게 했다. 우리는 몇 번이나 차를 갈아타고 끝내 천지로 올라가는 마지막 셔틀 버스에 올랐다. 산으로 오르는 길은 인간이 살아가는 길을 닮음인지 수없이 많은 가파른 꼬불길이었다. 그것들을 에돌아 올라가는 내내 손에 땀이 고였다. 장백산 길을 여러 번 올랐었지만 번마다 가슴이 한줌되는 것은 이번에도 똑같았다.

산으로 올라가는 길목 음지에는 마치 며칠 전에 내린 듯한 하얀 눈이 아직도 크고 작은 무덤들처럼 여기저기에 쌓여 있었다. 우리가 산등성이를 돌아 양지 바른 곳에 이르니 실낱같이 가늘고 작은 자주빛 꽃들이 바람에 하늘하늘 거린다. 보기에 가

   빛은 길을 가는 사람을 저버리지 않는다

날픈 식물의 힘에 감탄이 절로 나간다. 나는 찬 바람 속에 버티고 서서 오가는 행인들에게 늦봄과 초여름이 교체하는 장면을 연출하는 그 이름모를 꽃의 정신을 셀카에 담았다.

차에서 내리니 온몸의 열기가 장백산 천지의 품으로 안겨가는 판인지 순간순간 한기가 느껴졌다. 나는 추위에 떨면서도 창공을 날 것 같은 기분이었다. 물이 흘러드는 길은 한 곳도 없건만, 수천년이 지나도록 천지의 물은 마를 줄 모른다. 인간의 눈으로는 판별이 어려운, 초인의 항구적 노력으로 천지의 푸름을 받치고 있는 힘이 있을 것이다. 나는 벌써 몇 번째로 천지를 본다. 몇 번을 봐도 처음으로 돌아가게 하는 천지의 모습 앞에서 오늘도 말을 잃는다. 조손 삼대가 복을 지어야 천지를 볼 수 있다고 하는데, 올 때마다 천지를 볼 수 있으니 참으로 행운이다. 조상님들이 지어놓은 복을 받고 있는 것이 분명하다. 착한 일을 하며 살아야 겠다는 생각이 저절로 솟는다. 이런 걸 두고 영혼의 정화라 했던가! 해발 2660미터에 자리 잡고 있는 천지 정상에는 나처럼 경탄을 품은 사람들로 꽃이 폈다.

천지의 물은 오늘도 맑음과 깊이를 알수 없는 파란 색으로 오가는 행인을 대접하고 있다. 호수 가운데 비친 태양과 나즈막하게 드리운 구름조각들이 신비롭기만 하다. 나는 손을 펴서 높이 내밀어 보니 머리 위로 지나가는 솜뭉치같은 흰 구름 한조각이 잡히는가 싶더니 금방 빠져나갔다. 그리곤 또다시 손에 잡히고 하면서 내 마음을 한없는 즐거움으로 간지럽혔다. 우리는 여기저기 화산 폭발로 만들어진 신기하게 생긴 회색 돌과 산들을 열심히 셀카에 담으며 아이들처럼 연속 소리를 쳤다. 이것이 사는 멋이구나 싶은 생각이 진하게 안겨 들었다.

산 아래로 내려오니 온천물에 삶은 계란과 옥수수를 판매하는 사람들이 시장기를 느끼는 우리들을 부른다. 그 맛계란을 먹으면서 따뜻한 온천물에 손을 담가 보니 순식간에 일에 터실해진 손은 어디로 가고 애기손마냥 매끄러워졌다. 자연의 신비로움에 탄성이 저절로 나왔다.

우리를 태운 버스는 다시 오던 길을 따라 연길시로 가는 길에 올랐다. 길 옆 곳곳에는 항일 투사들의 비석을 볼 수 있었다. '산마다 진달래꽃이요, 마을마다 영웅의 비석이라'고 연변 지역을 형용하는 말이 실감난다. 우리를 태운 차가 룡정을 지날 때, 우리는 윤동주 생가를 찾아갔다. 먼저 짧은 시 한 수에 눈길이 끌려 돋보기를 꺼내 들었다.

나무가 춤을 추면
바람이 불고나무가 잠잠하면
바람도 자요

                    빛은 길을 가는 사람을 저버리지 않는다

마음에 칭칭 감겨드는 시구였다. 다음 나는 윤동주 시인님의 서시가 적혀있는 비석 앞에 섰다. 28세의 짧은 생을 살면서 마지막 순간까지도 한 편 한 편 적어 놓은 시구들이 나의 심금을 울렸다. 서시를 읽으면서 나는 그의 시가 일제 강점기에 나라를 팔아먹는 매국놈들에게 대대손손 자손들에게 부끄럽지 않게 양심을 지키라는 충고의 글이고 모든 백성들이 각성하여 함께 항일하자는 신호탄 같은 글이라는 생각을 했다.

우리는 저녁 7시가 되어 예약된 호텔에서 연변 '청년생활' 문학지 주필님과 어머니 수필회 여러 작가님들과 저녁 식사 자리를 함께 하게 되었다. 엄마의 손맛을 그대로 담은 연변 냉면 한 그릇을 먹으니 하루 종일 산길걷기에 날아가버린 에너지들이 다시 돌아와 내몸을 채워주는듯 했다. 맛에 매료되어 정신이 없다. 오징어 무침도 숭어회도 맛의 새나라에 온듯하다. 우리는 화기애애한 좋은 분위기 속에서 저녁 만찬을 마치고 체크인을 했다. 호텔방에 들어왔으나 다음 날 코스인 훈춘 삼각지대를 관광할 생각에 잠을 이룰 수가 없었다. 나는 룸메이트와 밤이 깊어가는 줄 모르고 이야기속에 빠져버렸다.

아침이다. 우리 일행은 석탄과 천연가스가 많이 저장되어 있어 에너지 창고라 부르는 훈춘 땅을 지나 삼각지대에 도착했다. 백년 전 간도라 불리던 이곳에서 잃어버린 나라를 찾기 위해 일본군의 삼험한 경계를 무릅쓰고 조선과 러시아를 오가며 항일하던 영웅들의 피로 물든 이야기들을 품은 강줄기가 멀리로 보인다. 그 아픈 역사를 씻어 주기라도 할 것처럼 추적추적 비가 내린다. 흐르는 강 물은 소리 없이 삼각지대의 세 나라를 유유히 흘러 지나며 하나로 이어준다. 강과 인간과 땅은 원래 갈라질 수 없는 공동체건만, 저 창공을 날고 있는 새들은 이 나라 저 나라 마음껏 오가며 재롱을 떨고 조잘대며 즐거워 하건만……

누군가 삶의 의미는 미래에 있다고 했던가. 하나의 공동체가 되어 평화롭게 강 건너고 산 넘어서 오갈 앞날은 분명 올 것이다. 우리는 아쉬움을 가슴에 담은 채 도문강 강변공원을 찾아갔다. 강변에는 나이 지긋한 조선족 할머니, 할아버지들이 확성기를 틀어 놓고 양걸(秧歌) 춤을 추고 있었다. 행복으로 넘치는 그 분위기에 취해 우리 일행도 함께 박수치며 한참 동안 구경을 즐겼다. 어느새 해가 중천을 지나 서쪽으로 기울고 있었다.

나는 며칠간 문인들과 함께 어행을 즐기면서 친구들이나 가족 여행을 할 때와는 달리 가는 곳마다에서 배움의 보람을 만끽했다. 풀 한 포기, 꽃 한 송이도 작가님과 시인님들의 입을 통하면 좋은 시 한 수가 탄생했다. 요즘 유행하는 말 중에 평생 교육, 평생 공부라는 말이 있다. 이번 문학 기행을 하면서 나는 깨닫는 바가 많았다. 참으로 기억에 담아두고 싶다.

  빛은 길을 가는 사람을 저버리지 않는다

작가 소개

이순자(李順子)

1958년 3월 18일 중국 길림성 교하현 오림조선족자치공사 우이촌 출생.
1975년 교하현 오림중학교 졸업.
1984년 길림성 교하현 라법공사에서 식당 경영.
1992년 10월 한국에서 식당일 했음.
1996년 3월 귀국.
1996년~2022년까지 중국 대련시에서 한식집, 일식집 경영.
대련조선족기업가협회 요식협회 부회장(역임).

2020년부터 왕성한 창작으로 문학창작의 전성기 맞이.
『연변문학』을 선두로 하는 중국의 모든 조선족 문학지에 「장떡 벤또밥」, 「배추시래기밥」, 「빛바랜 읽기책」 등 수필 작품 다수 발표.
대련조선족문학회 이사.
2020년 대련조선족문학회 제1회 '영성컵' 수필부문 동상 수상.
2022년 대련조선족문학회 제2회 '북경 동계올림픽컵' 수필부문 우수상 수상.
2022년 9월 〈애심컵〉 수필 작품 '순자어부촌' 가작상 수상.
2022년 8월 〈청년생활〉 제3회 계림문화상 우수상 수상.
2024년 3월 수필 「배추시래기밥」 길림성조선족문학예술연구회 제3회 동상 수상.
2024년 5월 수필 「디딤돌」 한국 문학생활 신인상 수상.
2024년 6월 한국 사단법인 문학생활 해외 이사.

이순자 작가 중국 연락처 139-4269-7056
한국 연락처 010-7371-7056